Springerkind

Mit Mut fangen die schönsten Geschichten an.

Für Klemens, Julian und Lilia,
die mich mutig machen.

Catherine Huber

Springerkind

Bevor Catherine Huber zu schreiben begann, sah sie sich erst mal in der weiten Welt um, legte längere Stopps in New York City und Paris ein, und fasste schließlich nach Abschluss ihres Studiums im heimischen Marketing Fuß. Ihr späterer Wechsel in die PR ließ sie die Liebe zu Worten entdecken, der sie sich seither als Werbetexterin und Autorin vollständig widmet. Catherine Huber lebt mit ihrem Mann und ihren beiden Kindern im Süden Wiens.

Weitere Informationen zur Autorin auf www.catherinehuber.com

Deutsche Erstausgabe

Autor & Herausgeber: Catherine, Huber
Lektorat: Dr. Babsi Brunbauer
Umschlaggestaltung: Loopix Mediaconsulting
unter Verwendung von Adobe Stock Motiven

Verlag: myMorawa von Morawa Lesezirkel GmbH
ISBN: 978-3-99084-696-4
Printed in Austria

Kapitel 1

Ich drückte mein Gesicht in das Kopfpolster, vernahm ihn, diesen Geruch, der mir so neu und so fremd war. Alles in diesem Zimmer war mir fremd. Es war dunkel, denn die Sonne war noch nicht aufgegangen.

»Guten Morgen, Emma-Schätzchen! Hat dein Wecker denn nicht geläutet?« Es war diese Morgens-Gute-Laune-Stimme meiner Mom. Sie bahnte sich ihren Weg bis zu meinem Bett, gemeinsam mit dem Licht, das sich durch die geöffnete Tür in mein Zimmer drängte. Ich versuchte mein verschlafenes Gesicht zum Leben zu erwecken, doch meine Worte waren nicht mehr als ein Murmeln, das im Überzug meines Polsters sogleich wieder verschwand.

Da war sie wieder, die Gute-Laune-Stimme: »Wir sitzen schon alle beim Frühstück und warten auf dich.«

Was konnte ich dafür, dass alle in diesem Haus Frühaufsteher waren? Mom erinnerte mich daran, mir etwas Passendes anzuziehen, dann war sie von meiner Tür verschwunden.

Als ob ich wüsste, wie etwas Passendes für eine Schule auszusehen hatte. Von meinem ersten Schultag an hatte ich Schuluniform getragen, das heißt, neun Jahre lang habe ich mich nie mit der Frage um passende Schulkleidung herumschlagen müssen. Vor allem nicht zu dieser frühen Stunde. Denn all diese Jahre und auch die Zeit davor hatte ich mit meiner Familie in New York City gelebt. Aber New York City war jetzt Vergangenheit. Heute Morgen lag ich in einem neuen Bett, in einem neuen Zimmer, in einer neuen Stadt, die exakt 6.732 Kilometer von New York City entfernt lag.

Ich drehte mich auf den Rücken, versuchte das spätwinterliche Morgenlicht zu ignorieren, das sich seinen Weg durch

die großen jalousielosen Sprossenfenster bahnte. Voller Hohn tauchte es mein eingerichtetes Zimmer in dezentes Licht.
Zum ersten Mal fiel mir auf, dass diese vier Wände meiner ehemals kindlichen Vorstellung von einem österreichischen Zimmer ziemlich nahekamen. Es wirkte majestätisch mit seiner imposanten Raumhöhe und dem geschwungenen Stuck, der an der Decke klebte. Andere amerikanische Mädchen hätten es bestimmt als prinzessinnenhaft bezeichnet. In meinen Augen fehlte es jedoch an dem nötigen Glitzer und für das Attribut prinzessinnenhaft war ich eindeutig zu wenig Prinzessin.
Ich lag noch immer in meinem Bett, betrachtete die Kartons, die sich anstelle eines Kleiderschranks stapelten, beäugte den Schreibtisch, der nicht mehr als ein quergelegtes Brett auf Boxen war. Am linken Ende des Brettes stand mein Wecker und schickte seine Uhrzeit in rot leuchtenden Zahlen in meine Richtung. Was er sagte, war, dass es endgültig an der Zeit war aufzustehen. Ich ging zu den Kleiderboxen, wühlte lieblos in der obersten und zog Unterwäsche, meine engen Jeans und einen Pulli heraus. Wer sagt's denn. Vor einem Kleiderschrank wäre ich nicht schneller gewesen.
Beim Betreten der Küche konnte ich das Gefühl der Fremde für den Bruchteil einer Sekunde abschütteln, denn dieser Moment fühlte sich überraschend gewohnt an. Lag es an dem guten Duft nach frischem Kaffee und englischem Toast? Oder war es das Stimmengewirr, das vertraut und laut an meine Ohren drang?
Ich blickte zum großen Eichentisch, der in der Mitte des Raumes thronte und um den meine ganze Familie versammelt saß. Er war Moms ganzer Stolz, hatte sie ihn ja selbst restauriert.
Ich schickte ein »Morning« in die Runde – die Runde, das waren Mom, Dad, mein kleiner Bruder Jacob und meine kleine Schwester Olivia – und ließ mich auf einen der letzten freien

Stühle fallen. Dad biss in seinen Toast und sah auf die Küchenuhr. »Schön, dass du es auch noch geschafft hast. Sieht ganz so aus, als würdest du dich richtig auf deine neue Schule freuen.«
Eine Viertelstunde später verkündete Mom die Uhrzeit. Es war ihre Art, uns anzutreiben. Sie griff nach so vielen Tassen, wie sie mit zwei Händen tragen konnte, und ging zur Spüle.
»Du bist dir sicher, dass du zur Schule findest, mein Schatz?«
Ich hatte eine wirklich coole Mom. Sie war um vieles cooler als die Moms meiner Freundinnen. Aber ihre ständige Angst, ich könnte mich verlaufen, nervte wirklich.
»Mom, bitte! Ich bin sechzehn, schon vergessen? Wir sind den Weg gestern schließlich schon mal gegangen.« Ich stapelte die Teller und folgte ihr zur Spüle. »Außerdem kann man sich in diesem Kaff ja gar nicht verlaufen.«
Mom ließ diesen Satz unkommentiert im Raum stehen. Ich denke, ihr war bewusst, wie schwer ich mich von New York und meinen Freundinnen getrennt hatte. So wandte sie sich meinem Bruder zu. »Jacob, nachdem deine Schwester alles im Griff zu haben scheint, sei doch so lieb und geh dir rasch die Zähne putzen. Heute müssen wir zwei früher los. Wir haben einen Termin beim Direktor.«
Jacob protestierte. »Du hast gesagt, ich darf meinen Lego-Roboter fertig bauen!« Er war wohl auch nicht heiß auf seinen Neuanfang. Mom verdrehte die Augen, was Jacob zu verstehen gab, sich lieber rasch die Zähne putzen zu gehen.
Dad zeigte keine Anzeichen von Eile. Seinen Job als Professor für Anglistik an der Universität Wien würde er nicht heute, sondern morgen antreten.
Nachdem Mom mit dem Abräumen des Tisches fertig war, küsste sie Dad auf seinen leicht ergrauten Scheitel. »Bring Olivia bitte nicht allzu spät in den Kindergarten. Das macht keinen guten Eindruck.« Dann umarmte sie meine vier-

jährige Schwester, winkte mir zu und verschwand im Vorzimmer.
Ich konnte Mom in ihren High Heels auf und ab gehen hören. Vermutlich sammelte sie Handy, Schlüssel und Portemonnaie ein. Ohne dabei nochmals in die Küche zu kommen, gab uns Mom, der wandelnde Kalender, letzte Anweisungen. »Ach ja, vergesst bitte nicht, dass sich unsere Leihoma, Frau Wieland, am Nachmittag vorstellen kommt. Den Kuchen besorge ich. Bye!«

Ich war bereits am Vortag hergekommen, war neugierig gewesen und zugegeben, ich wollte sichergehen, mich auch wirklich nicht zu verlaufen. Und obwohl ich nicht das erste Mal vor diesem Schulgebäude stand, versetzte mich dessen Anblick in Staunen. Ich stand vor einem schmiedeeisernen Tor, blickte durch das Gitterornament hindurch und sah eine gekieste Einfahrt, die vor einem breiten, steinernen Treppenaufgang endete. Der Kiesweg umrundete einen Springbrunnen, dessen Kaskaden von Tieren gesäumt waren. Wie eindrucksvoll musste dieses Entrée nur wirken, wenn der Brunnen in Betrieb war? Ich löste meinen Blick von der alten Architektur und kramte in meiner Tasche auf der Suche nach dem ausgedruckten E-Mail, das ich bereits vor Wochen von der Direktion erhalten hatte. Da sich nicht sonderlich viel in meiner Tasche befand, wurde ich schnell fündig und las den Text auf dem zerknitterten Papier: *Begeben Sie sich um acht Uhr in das Sekretariat im ersten Stock. Ich werde Sie erwarten und über alles Wichtige in Kenntnis setzen.* Unterzeichnet war das Mail von Frau Grabenwallner, der Direktorin der Schule.
Pünktlich um acht klopfte ich an die Tür des Sekretariats.
Hinter einem mit Blumen geschmückt Pult sah ich eine ältere Dame sitzen. Ihr ergrautes Haar war hochgesteckt, auf ihrer Nase thronte eine rahmenlose Brille. Ihr Lächeln wirkte be-

reits zu dieser frühen Stunde gestresst, ihre Augen betrachteten mich fragend.

»Hallo, ich bin Emma Mattis. Ich fange heute an dieser Schule an.«

Völlig überraschend sprang die alte Dame aus ihrem Armstuhl hoch und streckte mir, an dem Blumenarrangement vorbei, ihre Hand entgegen. Ihre Stimme klang freundlich. »Guten Morgen, Frau Mattis. Herzlich willkommen!« Langsamer als beim Aufstehen ließ sich die Sekretärin wieder auf ihren Stuhl sinken. Ihre Miene nahm einen entschuldigenden Ausdruck an. »Frau Grabenwallner ist heute leider nicht im Haus. Ihr ist ein dringender Termin dazwischengekommen.« Am liebsten hätte ich gesagt, dass mir das keinesfalls unrecht war und ich morgen wieder vorbeikommen würde. Aber die Sekretärin hatte andere Pläne. »Keine Sorge, wir lassen Sie nicht im Stich. Frau Wimmer hat sich bereit erklärt, Ihnen die Schule zu zeigen und Sie über alle Gepflogenheiten unseres Hauses zu informieren.«

Okay, und wer war diese Frau Wimmer?

Als könnte sie Gedanken lesen, fuhr sie fort. »Frau Wimmer besucht dieselbe Klasse wie Sie. Ich bin mir sicher, dass sie jeden Moment hier sein wird.« Dann deutete sie auf einen abgewetzten Ohrensessel in der Ecke und bat mich Platz zu nehmen, um auf Frau Wimmer zu warten.

In diesem Moment fragte ich mich, was für ein Land Österreich doch war. Frau Wimmer war ein Mädchen aus meiner Klasse und trotzdem war sie eine Frau Wimmer und nicht Sue oder Cloe oder die, die sie halt war. Während ich überlegte, ob ich mich als Frau Mattis und nicht als Emma vorstellen sollte, beobachtete ich das rege Treiben im Sekretariat. Im Minutentakt wurde die Tür aufgerissen. Manchmal waren es Schüler, manchmal Professoren, und immer trugen sie ihre Anliegen,

am Blumenschmuck vorbei, in Richtung Hochsteckfrisur vor. Dann sah ich Frau Wimmer zum ersten Mal. Sie sah nicht aus wie eine Sue und auch nicht wie eine Cloe. Ihr Auftreten war energisch, energischer als das von allen vor ihr. Ihre dunkel geschminkten Augen funkelten unter ihrem schwarzen Pony, ebenso funkelte das Piercing, das in ihrem rechten Nasenflügel steckte. Mit durchgedrücktem Rücken ging sie auf das Pult zu. Auf ihrem Gesicht war keinerlei Anflug von schlechtem Gewissen zu erkennen. Und das, obwohl sie sich ganze 15 Minuten verspätet hatte. Sie blinzelte zur Wanduhr, dabei hob sie eine Augenbraue. »Guten Morgen Frau Norawets. Fast pünktlich.«
Die Sekretärin schüttelte ihren Kopf und nickte in meine Richtung. Frau Wimmer folgte ihrem Blick, dann lächelte sie und machte einen Schritt auf mich zu.
»Du musst Emma sein. Hallo, ich bin Lina. Willkommen auf der Internationalen Schule für Wirtschaft.« Dabei malte sie Krähenfüße in die Luft. »Ich denke, so lautet die richtige Begrüßung durch einen Buddy.«
Jetzt musste auch ich grinsen. Sie war mir auf Anhieb sympathisch.
Sie sprach weiter: »Ich sag dir gleich, ich war noch nie einer. Buddy meine ich. Aber ich werde versuchen, dir alle Fragen zu beantworten. Über die Schule, versteht sich. Und die süßen Jungs an dieser Schule zeige ich dir auch. Allzu viele sind es ohnehin nicht.«
Dann verabschiedete sie sich von Frau Norawets, riss die Tür auf und verließ das Sekretariat genauso energisch, wie sie es betreten hatte. Ich griff nach meiner Tasche, die neben mir auf dem Boden gestanden hatte, und folgte ihr, bevor die Tür ins Schloss fiel.
Lina hielt sich nicht lange auf. Sie eilte auf das vorherrschende Treiben zwischen den Klassenräumen zu und bedeutete mir

über ihre rechte Schulter, dass uns gerade mal zehn Minuten für die Führung blieben. »Was soll's, für eine schnelle Runde wird's schon reichen.« Sie warf einen kurzen Blick auf meine Schuhe und ich sah sie in Gedanken die Größe der Tour berechnen. Ich wusste nicht, ob ich froh sein oder bereuen sollte, dass ich meine Schuhe mit Absatz heute Morgen nicht gefunden hatte.

Bereits nach wenigen Schritten wurde mir bewusst, dass wir in zehn Minuten nicht wirklich weit kommen würden. Das Gebäude bestand aus mehreren Flügeln. Doch Lina blühte in der Rolle der Fremdenführerin richtig auf und sprach ohne Ablass. »In dem Trakt, in dem wir uns gerade befinden, liegt die Direktion. In der warst du ja schon, naja, im Vorzimmer zumindest, und da drüben«, dabei deutete sie wie eine Flugbegleiterin es beim Hinweis auf die Notausgänge tat, zu einer verschlossenen Flügeltür. »Siehst du die Tür? Dahinter befindet sich der Festsaal.« Ohne davor stehen zu bleiben, gingen wir weiter. »Der Festsaal ist so gut wie immer verschlossen. Gerade mal zu besonderen Anlässen dürfen auch wir Schüler rein. Angeblich, weil er zu kostbar zum Benützen ist. Und siehst du all die Türen dort vorne?« Ihre Hand deutete zum Ende des Ganges. Die Türen waren ebenfalls verschlossen. Schüler sah man dort keine. »Das sind die Räume der höheren Klassen. Da herrscht heute tote Hose, denn die sind auf Exkursion.«

Warum sie darüber Bescheid wusste, fragte ich sie nicht. Vielleicht war das hier so üblich.

Mit Lina Schritt zu halten, stellte sich trotz der Converse, die ich trug, als schwierig heraus. Während sie mit großen Schritten durch die Schülergruppen hindurchzuschreiten schien, war ich ständig damit beschäftigt, niemanden umzurennen. Rums, stieß ich mit Lina zusammen. Sie war so abrupt stehen geblieben, dass ich nicht mehr rechtzeitig abbremsen konnte.

»Du kommst tatsächlich aus New York?«, fragte sie mich und machte dabei einen Schritt nach hinten.
Ich nickte.
»Und wieso sprichst du dann so gut deutsch? Du verstehst alles, was ich sage, oder etwa nicht?«
»Klar verstehe ich dich. Das liegt daran, dass meine Mutter ursprünglich von hier ist. Ich bin quasi zweisprachig aufgewachsen.« Ich hoffte, dass sie das nicht als Angeberei auffasste. Sie wäre jedenfalls nicht die Erste gewesen.
Doch Lina schien unbeeindruckt zu sein »Alles klar. Hättest du nicht diesen winzig kleinen Akzent, man würde nicht vermuten, dass du aus Amerika kommst.«
Lina führte mich in den Trakt, wo die ersten beiden Jahrgänge untergebracht waren, somit auch wir. Außerdem waren hier die Bibliothek und die Kantine. Im Vorbeigehen verfiel Lina ins Schwärmen, dass es hier die besten Avocado-Sandwiches zu kaufen gab, die man sich nur vorstellen konnte.
Unser Klassenraum befand sich am Ende des Ganges. Lina schritt und ich kämpfte mich an diversen Schülergruppen vorbei. Keine von ihnen schenkte uns Beachtung. Nur ein Grüppchen, es waren drei Mädchen, allesamt mit Pferdeschwanz und Minirock, stellte sich Lina in den Weg. Ich war gerade dabei, mir meinen Weg vorbei zu suchen, als die drei alleine durch Linas Blick auseinanderstoben. Die drei Mädchen waren die ersten, die sie mir namentlich vorstellte.
»Das sind Stella, Irina und Zoe. Allesamt dumme Gänse.« Ein zufriedener Ausdruck stahl sich in ihr Gesicht. »Die sind sicher total genervt, dass an dieser Schule eine Neue und dazu eine so Hübsche beginnt.«
Sprach sie etwa von mir?
»Wir nennen sie übrigens das Röckchen-Trio. Glaub mir, die machen ihrem Namen alle Ehre!«

Wie selbstverständlich zog mich Lina zu ihrem Tisch und bedeutete mir, neben ihr Platz zu nehmen. »Hab ich schon mal für dich reserviert.«

Während alle ihre Bücher aus den Rucksäcken holten, legte ich meine Stifte auf den Tisch. Ich besaß noch keine Schulbücher.

Der Vormittag selbst verlief eintönig. Zumindest, was den Unterricht betraf. Die Professoren begrüßten mich alle auf dieselbe Art und Weise. »Herzlich willkommen, Frau Mattis aus New York.« Ich fragte mich, ob sie meinen ehemaligen Wohnort ebenfalls erwähnt hätten, wäre er nicht New York City gewesen.

Linas guter Freund in der Klasse hieß Nikolas. Er saß zu ihrer anderen Seite. Ab der zweiten Stunde machte er sich den Spaß, die eintönige Begrüßung der Lehrer mitzusprechen. Dabei verzog er sein Gesicht auf eine so lustige Art und Weise, dass ich aufpassen musste, nicht laut loszuprusten. »Einer wie der andere. Jetzt kannst du dir ein Bild davon machen, wie abwechslungsreich sich hier der Unterricht gestaltet.« Dabei hatte er mir zugezwinkert und sich einen Boxer von Lina eingefangen, die ihn sogleich zurechtwies. »Jetzt verdirb der Armen nicht ihren ersten Schultag!«

Zuhause schmiss ich mich erstmal aufs Bett. Meine Bücher befanden sich noch alle in Kisten, und so blieb mir nichts anderes übrig, als die Decke mit ihren Stuckarbeiten anzustarren. Klar, ich hätte mich ans Ausräumen machen können, aber dafür war mir nicht langweilig genug. Für den Bruchteil einer Sekunde zog ich das Beschriften meiner ersten vier Schulbücher, die ich im Laufe des Vormittags erhalten hatte, in Betracht. Doch auch dafür war die Langeweile nicht groß genug. Außerdem war ich in der neunten Schulstufe. Wer beschriftete da seine Bücher an seinem ersten Tag?

Nach der Fertigpizza zu Mittag rief mich Mom am Handy an. Das Besorgen des Kuchens würde sich nicht mehr ausgehen, wenn sie rechtzeitig zu Frau Wielands Besuch zu Hause sein wollte. So bat sie mich, es für sie zu erledigen und meine beiden Geschwister zum Konditor mitzunehmen. »Dann haben die zwei ihre Ration Frischluft schon mal getankt. Und dir, Emma-Schätzchen, schadet es auch nicht, ein bisschen rauszugehen.«

Ich freute mich sogar ein wenig darauf, weil mir einfach keine spannende Beschäftigung einfallen wollte. Was sonst hätte ich in einer kleinen Stadt wie dieser auch anstellen sollen? Noch dazu Ende Februar, wo keiner auf der Straße zu sein schien. Da gehörte Kuchen zu holen wohl zu den Highlights. Lina und Nikolas konnte ich jedenfalls nicht anrufen, wir hatten keine Nummern ausgetauscht. Was hätten wir uns auch nach sechs Stunden Bekanntschaft großartig erzählen sollen?

So half ich Olivia in Jacke und Schuhe, suchte mit Jacob gemeinsam in diversen Kartons nach seinen Lieblingssportschuhen und machte mich mit ihnen gemeinsam auf den Weg zur Konditorei, die wir bereits am Vortag besucht hatten. Dabei übersah Olivia kein einziges der vielen Vogelhäuschen, die in den Bäumen hingen und sich im Wind bewegten, und Jacob nützte ihre Begeisterung für die Häuschen dafür, sie über verschiedene Vogelarten aufzuklären. Olivia verstand natürlich nicht wirklich, was Amsel und Spatz bedeuten sollten und nannte jeden Vogel einfach Birdy. Mein Teil war das Aussuchen des Kuchens und so entschied ich mich für den buntesten und klebrigsten Kuchen von allen.

Den Birdys zum Trotz schafften wir es gerade rechtzeitig vor Frau Wieland zu Hause zu sein. Ich hatte eben den Tisch gedeckt, naja, sagen wir, ich hatte ein paar Tassen platziert und den Kuchen aus dem Karton genommen, als Frau Wieland be-

reits an der Tür läutete. Mom stand neben ihr und übernahm trittsicher die Rolle der perfekten Gastgeberin.
Hätte es eine Kür zur idealsten Leihoma aller Zeiten gegeben, Frau Wieland hätte sie wahrscheinlich gewonnen. Ihre weißgrauen Haare trug sie zu einem Knödel gebunden, auf ihrem Kleid leuchteten bunte Blumen und Unmengen von Falten verliehen ihr einen freundlichen Ausdruck. Meine restliche Familie sah es wohl ähnlich, denn Jacob und Olivia mussten bei jedem ihrer Scherze lachen und Dad ließ es sich nicht nehmen, ihr das bereits dritte Kuchenstück auf den Teller zu legen.
Was mir gefiel, war ihre lustige Art zu reden. Ich nahm an, dass es an dem Dialekt lag, den sie sprach, und der es mir erschwerte, jedes ihrer Worte zu verstehen. Auch Dad sah konzentriert auf ihre Lippen, und so versuchte die alte Dame schließlich unter großer Anstrengung Hochdeutsch zu sprechen. Nach einer Weile begann sie zu seufzen. »Wer hätte gedacht, dass ich auf meine alten Tage wieder Deutsch lernen muss.« Dabei zwinkerte sie meinen Geschwistern zu und brachte sie erneut zum Lachen. Ich hingegen schenkte ihr unaufhörlich Kaffee nach, den sie dankend annahm und ebenso unaufhörlich trank.
»Ich habe gehört, du gehst auf die IES.«
Ich war gerade dabei, mir die klebrige Glasur von meinen Fingern zu lecken, als sich alle Augenpaare auf mich richteten. Verlegen legte ich meine Hände in den Schoß. Meine Finger klebten noch immer.
»Und, wie gefällt es dir dort?«, fragte Frau Wieland.
»Naja«, ich sah in die Runde, »ich kann nicht viel sagen.« Ich bereute es, nicht die kleine Gabel benutzt zu haben, die unbeachtet neben meinem Teller lag.
»Ich frage deshalb, weil drei meiner ehemaligen Schützlinge auch auf diese Schule gehen.« Frau Wieland nahm einen weiteren Schluck Kaffee und ich griff nach der Serviette. Was war

bloß in der Glasur drinnen gewesen, dass sie nicht von meinen Fingern wollte? Gedankenverloren blickte die alte Dame in die Tasse, während sie weitersprach. »Wenn ich richtig rechne, sind die Buben jetzt zwei Jahre älter als du. So liebe Buben. Sind immer freundlich und wenn ich sie auf der Straße treffe, vergessen sie nie aufs Grüßen.«

»Das ist schön zu hören«, meinte Dad.

»Ich vergesse auch nie aufs Grüßen«, stellte Jacob klar.

»Dann bist du ein genauso freundlicher Junge wie Finn, Matthias und Tristan.«

Dann wandte sich Frau Wieland wieder mir zu. »Hast du sie schon kennengelernt?«

Vielleicht wusste die alte Dame nicht, dass fünfhundert Schüler auf diese Schule gingen. Wie, bitteschön, hätte ich an einem einzigen Tag gerade diese überaus freundlichen Buben kenenlernen sollen? Noch dazu, wenn sie nicht einmal so alt waren wie ich.

Ich schüttelte den Kopf. »Tut mir leid, Frau Wieland. Diese Namen sagen mir nichts. Aber in dieser kleinen Stadt ist ja alles sehr überschaubar. Wir werden uns bestimmt über den Weg laufen.«

»Bestimmt.« Und obwohl keiner an diesem Tisch diese drei auch nur annähernd kannte, ließ sich unsere neue Leihoma nicht davon abhalten, mehr über sie zu erzählen. »Finn und Matthias sind Zwillinge. Zwillinge sind heutzutage gar nicht so selten, müssen Sie wissen.«

»Da haben Sie wohl recht«, pflichtete Mom ihr bei, obwohl wir keine einzigen kannten.

»Tristan stammt aus einer anderen Familie, ist jedoch wie ein dritter Bruder zu den beiden. Sie müssen wissen, Tristans Eltern sind sehr wohlhabend und hatten für den armen Buben kaum Zeit. Das hat sich über all die Jahre auch nicht geändert.

Als er siebzehn Jahre alt wurde, haben sie dem Jungen seine eigene Wohnung gekauft. Dort ist er dann mit den Zwillingen eingezogen. Angeblich ist die Wohnung groß genug für vier. Ich sage Ihnen, viel zu früh für eine WG. Viel zu früh!«
Mein Mitgefühl für einen Jungen, der sich im Elternhaus voller Möglichkeiten allein gefühlt hatte, hielt sich in Grenzen. Ich kannte diese Sorte von Jugendlichen, bestimmt war er verzogen und eingebildet.

Kapitel 2

»Ist diese Torte nicht ein Traum geworden? Ich habe extra viel Glasur draufgetan. So, wie Sie es gerne haben, Frau Mattis.«

Ich befand mich erneut in der Konditorei. Der Mann hinter dem Tresen lugte streng unter seiner weißen Mütze hervor und hob seinen Zeigefinger. »Aber ich muss Sie höflich darauf hinweisen, dass man bekleckste Finger ausnahmslos mit der Serviette reinigt!«

Moment mal, wieso wusste der Konditor denn, dass ich meine Finger abgeschleckt hatte? Und warum waren meine Finger schon wieder in meinem Mund? Ich brauchte meine zweite Hand doch, um die Torte zu halten. Sie wog viel mehr, als ich angenommen hatte.

»Frau Mattis, passen Sie auf! Wenn Sie die Torte nur mit einer Hand halten, wird sie noch kaputtgehen! Frau Mattis ...!!«

Jetzt sah ich den untersetzten Mann aufgeregt hinter dem Verkaufstresen auf und ab hüpfen. Dabei wurde die ohnehin schon schwere Torte immer größer. Sogar so sehr, dass dieses Ungetüm von Mehlspeise mich zu erdrücken drohte. Verdammt, wieso unternahm denn der Konditor nichts?

Nach Luft ringend wachte ich auf. Was für ein skurriler Traum. Obwohl ich mir im wachen Zustand bewusst war, dass es keine Monstertorten gab, hatte ich trotzdem meine Probleme beim Atmen. Ich sah an mir hinunter und stellte fest, dass es mein schlafender Bruder war, der mir die Luft abschnitt. Ich schüttelte ihn sanft an der Schulter.

»Jacob, schläfst du? Jacob? Geh runter, du bist mir zu schwer!«

Ohne dabei die Augen zu öffnen, rollte er von mir und zog die Decke mit sich.

Ich sah zu meinem Wecker. Es musste mitten in der Nacht sein, denn kein einziger Lichtstrahl stahl sich durch die Fenster. Mein Wecker leuchtete aus irgendeinem Grund auch nicht.

»Jacob, was machst du in meinem Bett? Wie spät ist es überhaupt?«

»Ich glaube, es ist ganz früh«, murmelte Jacob verschlafen. Das glaubte ich allerdings auch. Kein Wunder also, dass der Himmel noch schwarz war. »Und was machst du so früh in meinem Bett?«

Jacob öffnete seine Augen und schmiegte sich mit seinem zarten Körper an mich. »Ich hatte einen Alptraum. Ich wollte nicht alleine in meinem Zimmer bleiben.«

Er tat mir leid. Es kam nicht selten vor, dass er von Alpträumen heimgesucht wurde. Die ungewohnte Umgebung tat wahrscheinlich ihr Übriges.

»Wovon hast du denn geträumt?«

Jacob setzte sich auf. »Wir wurden verfolgt. Du und ich. Ich glaube, du warst so etwas wie eine Superheldin. Aber ohne Umhang.«

Bis dahin klang es nicht so schlecht. Die Rolle als Superheldin hätte ich nicht unbedingt als Alptraum bezeichnet.

»Wir waren auf der Suche nach irgendjemandem, aber dann haben wir uns verlaufen und landeten in einer Sackgasse.«

Und wo waren meine Superheldenkräfte abgeblieben, wenn man sie dringend benötigte?

»Ich hatte solche Angst.«

Ich stupste ihn sanft auf die Nasenspitze. »Hast du nicht gesagt, ich wäre eine Superheldin gewesen? Dann sollte dir klar sein, dass Superhelden aus jeder Sackgasse herausfinden.« Ich überlegte. »Nein, besser: Ich habe uns einen Weg gezaubert. Und nicht nur das. Auf diesem gezauberten Weg erwartete uns dieser irgendjemand und anschließend gingen wir glücklich und zufrieden nach Hause.« Ich erzählte Jacob, wie schade es eigentlich war, bereits vor meiner Superheldenaktion aufgewacht zu sein. Er hatte nicht nur das gute Ende, sondern den spannenden Teil verpasst.

Jacobs Lächeln verriet mir, dass sein Morgen gerettet war, und mit dem Gefühl, eine Superheldin zu sein, war es meiner irgendwie auch.

An Schlafen war nicht mehr zu denken, und so beschlossen mein Bruder und ich, diesen Morgen heldenhaft zu beginnen. Wir planten ein Überraschungsfrühstück. Von Mutter- und Vatertagen mal abgesehen, war uns diese Idee nicht allzu oft in den Sinn gekommen. Wir schlichen auf Zehenspitzen die Treppe hinab, hielten jedoch auf halbem Weg inne. Moment mal, da war ein anderer Superheld bereits am Werk. Denn in der Luft hing der Duft nach frischen, selbstgemachten Pancakes. Nur ein einziger Held war imstande, solch einen Duft zu fabrizieren, und zwar Dad. Als wir die Küche betraten, wurde mein Verdacht bestätigt. Dad saß am großen Küchentisch, ganz allein, und hielt eine Zeitung in der Hand. Genüsslich schlürfte er an seiner Tasse Kaffee. Jacob schien von diesem Bild keineswegs irritiert zu sein. Ohne zu zögern, stürzte er sich auf den riesigen Berg Pancakes. Ich blickte mich erst mal hilfesuchend nach bedruckten Luftballons oder Blumen um. Wo waren sie, diese Hinweise, die mir verrieten, welchen Anlass ich vergessen hatte? Denn eines stand fest: Um diese Uhrzeit saß Dad nicht grundlos in der Küche, um zu kochen und Zeitung zu lesen.

Sosehr ich mich auch im Kreis drehte, ich erblickte keinen einzigen Luftballon und keine Konfetti. Dad ließ die Zeitung sinken und mir wurde schlagartig klar, dass ich weder einen Geburtstag noch einen anderen Anlass vergessen hatte. Denn das, was ich in seinen Augen las, war Traurigkeit. Ich setzte bereits zum Fragen an, jedoch gab mir Dad mit einem leichten Kopfschütteln zu erkennen, dass ich keine Fragen stellen sollte. Nicht vor Jacob. Aber, wenn ich in mich hineinhörte, und dazu bedurfte es keiner Superheldenkräfte, wusste ich ohnehin, was passiert war. Bestimmt ging es um seinen Job. Diese Tonnen an Pancakes verrieten mir, dass das tägliche Bahnfahren an die Wiener Universität nicht eintreten würde. Ich wusste es deshalb so genau, weil Mom und Dad von einem entscheidenden Telefonat gesprochen hatten. Das war wohl gestern gewesen.

Anstatt darüber zu reden, wie es ihm wirklich ging, war Dad um gute Laune bemüht. »Na, ihr seid auch schon wach? Lasst euch bitte die Pancakes à la Papa gut schmecken!«

»Dad«, Jacob war schwer zu verstehen, glichen seine Backen doch denen eines Hamsters, »warum hast du heute Frühstück gemacht?«

Für seine Antwort musste Dad nicht einmal überlegen. »Ich habe schlecht geträumt und wollte nicht mehr länger im Bett bleiben.« Mein Augenverdrehen überging er dabei geflissentlich.

»Dad, weißt du, ich hatte auch einen schlechten Traum«, sprach Jacob mit vollem Mund weiter, »und Emma auch!« Jacob war regelrecht begeistert von so viel Gemeinsamkeit.

»Tatsächlich?« Weiter der aufgesetzte Ausdruck von guter Laune. »Dann kann der Tag nur besser werden!«

»Hi! Ist neben dir noch frei?« Mit meiner Jacke in der linken und meiner Tasche in der rechten Hand stand ich vor Lina, die bereits auf ihrem Sessel saß und lustlos in ihrem Arbeitsbuch kritzelte.

Sie blickte auf und lächelte. »Klar. Setz dich.«

Ich blieb eine Weile stehen und schielte auf ihre Arbeitsmappe,

in der Lina unmittelbar weiterschrieb. »Ich sag dir, Unternehmenskommunikation ist vielleicht ein bescheuertes Fach! Wer, bitteschön, denkt sich solche beschränkten Fragen aus?«, begann sie zu nörgeln.
Ich fand dieses Fach eigentlich ganz interessant und der Lehrer gestern machte einen passablen Eindruck. »Hast du die Fragen denn schon durch?«
Ich ließ mich auf den Stuhl neben ihr fallen und kramte in meiner Tasche nach meiner Arbeitsmappe. Ein ähnliches Fallbeispiel hatten wir in meiner ehemaligen Schule bereits durchgenommen. Die Übungsfragen waren somit leichtes Spiel gewesen. Ich schob Lina mein Buch hin und bot ihr an, meine Antworten abzuschreiben. »Hatten ein ähnliches Beispiel in meiner Ex-Schule«, fügte ich hinzu.
Sie ließ es sich nicht zweimal sagen und begann hastig meine Antworten zu kopieren. »In deine Schule wäre ich auch gerne gegangen. Dann hätte ich dieses bescheuerte Fallbeispiel bereits hinter mir.«
Während Lina schrieb, blickte ich mich im Klassenraum um. Neben der Tür war an einer Kordel eine Europakarte angebracht, die so schief hing, dass man den Kopf zur Seite drehen musste, um die Ländernamen lesen zu können. Über der Klassentür hing ein Kreuz und gegenüber klebten zahlreiche Zettel, deren Text von meinem Platz aus nicht erkennbar war. Ich vermutete, dass es sich um Schülerarbeiten handelte, was mir in diesem Moment aber egal war.
Plötzlich Unruhe. Mitschüler, die eben noch plaudernd auf Tischen gesessen hatten, liefen hektisch zu ihren Plätzen, andere rutschten im Eiltempo auf ihre Stühle. Bei dem ganzen Durcheinander flogen herrenlose Zettel durch die Luft, wurden im Vorbeigehen hastig aufgehoben und wahllos in Schulbänke gestopft.

Im Türrahmen sah ich einen kleinen Mann stehen. Mit arrogantem Blick beobachtete er das Treiben. War er der Grund für den Aufruhr unter meinen Mitschülern?
»Das ist Professor Ernst, unser Lehrer für Volkswirtschaftslehre. Ein richtiges Arschloch, wenn du mich fragst«, flüsterte Lina.
Der kleine Mann setzte sich in Bewegung. Seine Schritte waren kurz, sein Blick stur auf das Lehrerpult gerichtet.
Ich kannte diese Art von Professoren. Bestimmt entging ihm keine einzige Bewegung um ihn herum. Dann begann er zu sprechen und ich beinahe zu lachen. Denn das war nicht die autoritäre, tiefe Stimme, die ich erwartet hatte. Sie klang irgendwie ... ich weiß auch nicht ... irgendwie piepsig. Viel zu hoch für eine Männerstimme.
Er knallte seine Unterlagen auf das Lehrerpult und wandte sich der Klasse zu. »Guten Morgen, meine Damen und Herren. Ich hoffe, Sie hatten erholsame Semesterferien.« Bevor er weitersprach, ließ er einige Sekunden verstreichen. Sein Blick schweifte dabei über die Köpfe der Schüler. »Des Weiteren hoffe ich, dass Sie sich darüber im Klaren sind, dass Ihr Weg in das zweite Halbjahr der reinste Spaziergang war. In den nächsten Monaten geht es um das w-a-h-r-e Verständnis für die Lehre der Volkswirtschaft!«
Was war das nur für ein Clown. Ob er seine hochtrabenden Ansprachen zuhause vor dem Spiegel übte? Ich konnte nicht aufhören zu schmunzeln, sein Versuch der Einschüchterung prallte an mir vollkommen ab. Ich fragte Lina, ob seine Auftritte des Öfteren von solcher Theatralik geprägt waren. Und während wir so tuschelten, wurde Professor Ernst auf uns aufmerksam.
»Ach, wie ich sehe und vor allem höre, haben wir eine neue Schülerin in dieser Klasse. Frau Emma Mattis, richtig?« Erst

als er mich zu mustern begann, bemerkte ich seine ungewöhnlich helle Augenfarbe.
Ich drückte meinen Rücken durch und lächelte. »Ganz richtig, Herr Professor. Ich bin Emma Mattis. Ich komme aus New York City.«
Ein leises Gelächter ging durch die Reihen. Lina kicherte besonders laut und Nikolas wiederholte die Wörter New York City wie ein bunter Papagei. Überraschung stahl sich in den Gesichtsausdruck des Lehrers. Klarerweise entging ihm der Witz an dieser Aussage. Keiner machte sich die Mühe einer Erklärung.
»Wahrlich sehr lustig, meine Herrschaften. Wobei, wenn ich mich recht entsinne, dann konnte ich bei meinem USA-Besuch der Stadt New York absolut nichts Lustiges abgewinnen. Aber zurück zu den Fakten. Meine Kollegen in den Staaten sind unwissend über die Wichtigkeit der Volkswirtschaft. Sie verabsäumen es nach wie vor, diese bereits im ersten Halbjahr der neunten Schulstufe zu unterrichten. Und das, obwohl es sich um die wichtigste Lehre unserer Zeit handelt. Stellen Sie sich das einmal vor!«
Diese Tatsache schien ihn wirklich zu ärgern, wobei es eigentlich ich war, die daraus den Kürzeren zog. Sein Blick blieb an mir hängen. »Ihnen ist hoffentlich bewusst, Frau Mattis, dass Sie das gesamte erste Semester in nur wenigen Wochen nachzuholen haben, nicht wahr?«
Ich hielt seinem Blick stand, sagte mir in Gedanken, dass es sich nur um eine lächerliche Ausgabe eines Lehrers handeln konnte, wenn er so mit seinen Schülern sprach. Irgendwer hatte mir einmal verraten, dass ich arrogant wirkte, wenn ich meine langen Locken über die Schultern warf, also tat ich es. Ich legte sogar eine Extraportion Arroganz in meine Bewegung.
»Das ist korrekt, Herr Professor Ernst. Da es sich jedoch Ihrer

Einschätzung nach beim ersten Semester ohnehin um einen einzigen Spaziergang handelte, wird es für mich keine Schwierigkeit werden, den Stoff in kurzer Zeit nachzulernen.«

Bingo. Ein kurzes Zucken huschte über sein Gesicht, dann verharrte es regungslos. Er wollte spielen? Kein Problem, denn dieses Spiel begann mir Spaß zu machen. »Selbstverständlich habe ich bereits an Unterstützung gedacht. Herr Winkler aus der Elften wird mir dabei behilflich sein.« Ich lächelte, war mir meines Sieges sicher. Dieser kleine Mann mit seiner Piepsstimme und seiner hässlichen Augenfarbe hatte sicher nicht damit gerechnet, dass ich bereits Vorkehrungen getroffen hatte. Es gelang ihm nicht, seine Überraschung zu verbergen, dann zog er seine rechte Augenbraue nach oben. »Sie meinen Herrn Luis Winkler?«

Ich nickte.

»Da haben Sie wahrlich eine hervorragende Wahl getroffen. Er gehört zu meinen besten Schülern. Aber was den Spaziergang betrifft, muss ich Sie leider enttäuschen. Ihnen stehen nur wenige Wochen zur Verfügung. Ich wünsche Ihnen schon jetzt viel Glück.«

Es war offensichtlich, dass er das mit dem Glück nicht ehrlich gemeint hatte. Trotzdem bedankte ich mich und fragte mich, warum ich das Pech hatte, gerade in diesem Fach einen aufgeblasenen Clown als Lehrer zu haben. Dad hatte mir einst geraten, mir unangenehme und angsteinflößende Personen in Unterwäsche vorzustellen. Er sollte Recht behalten. Wie lächerlich doch Professor Ernst in Unterhosen aussah.

Das Bild des kleinen Mannes in knielangen Unterhosen verschwand, als mich Lina leicht in den Oberarm zwickte. »Du nimmst Nachhilfe bei Luis Winkler? Echt jetzt?«

Ich konnte ihre Aufregung um meinen Nachhilfelehrer nicht ganz nachvollziehen, daher sah ich sie fragend an.

»Hast du schon ein Bild von ihm gesehen?«
Um ehrlich zu sein, hatte ich mir über seine Optik keine Gedanken gemacht.
»Dir ist also nicht klar, wie süß der ist?«
»Hat man dafür nicht einen Buddy?«, gab ich schmunzelnd zurück.
»Süße«, Lina seufzte, »lass uns erst mal diesen dämlichen Professor überstehen, und dann zeige ich dir Luis Winkler, und zwar in natura.«
In der Pause forderte mich Lina auf, mir meine Jacke zu schnappen und ihr auf den Sportplatz zu folgen. Zweifelsohne würde Luis sich dort befinden. Ich war überrascht, dass sie über die Pausengewohnheiten von Luis Winkler Bescheid wusste. Tatsache war, dass alle Mädchen darüber Bescheid wussten. Die konnten doch unmöglich alle Nachhilfe nehmen?
»Was hast du denn gedacht, wo die ganzen Mädels ihre Pause verbringen? Luis' Clique, das sind die süßesten Jungs der ganzen Schule.«
Langsam wurde ich neugierig auf ihn.
»Wir fallen nicht mal auf, wenn wir am Rand des Basketballfeldes stehen. Dort stehen sie alle und hoffen, dass der Basketball nur ein einziges Mal in ihre Richtung springt. Dämlich, oder?«
Allerdings. Ich konnte es nicht ganz nachvollziehen, warum man sich bei dieser Kälte an den Rand des Sportplatzes stellte und auf Bälle hoffte.
Auf dem Weg zum Platz kam Lina nochmals auf Professor Ernst zu sprechen. »Sag mal, hast du eigentlich irgendetwas ausgefressen, von dem ich nichts weiß?«
Ich war mir keiner Schuld bewusst, war der heutige Tag gerade mal der zweite an dieser Schule und die heutige Stunde bei Professor Ernst überhaupt die erste gewesen.

»Hast Recht. Der kann dich gar nicht kennen. Meiner Meinung nach hat der ohnehin nicht alle Tassen im Schrank.«
Wir verließen das Schulgebäude auf der Rückseite. Die Gartenanlage, die sich auf dieser Seite ausbreitete, war zwar nicht ganz so prunkvoll wie die auf der Vorderseite, aber dennoch beeindruckend. Nicht unweit von uns erstreckte sich die Sportanlage und Lina nützte den Weg bis dorthin, um mich über Details aufzuklären.
»Nochmals zum Mitschreiben. Luis ist so etwas wie der Vorzeigeschüler an dieser Schule. Gutes Auftreten, gute Noten. Sein Freund Mats, der Draufgänger-Typ, ist auf jeder Party anzutreffen. Meistens betrunken und immer hat er seine peinliche Freundin Stella im Schlepptau. Du weißt schon, die vom Röckchen-Trio. Mats hat einen Zwillingsbruder, den Finn. Ständig auf Basketballwettkämpfen, deshalb auch nicht oft gesehen. Scheint angeblich ziemlich gut darin zu sein.«
Uns trennten nur noch wenige Schritte vom Basketballplatz. Nicht nur Körbe, sondern auch Fußballtore, eine Hochsprungstange und eine Sandgrube waren zu sehen. Außerdem eine Laufbahn und ein Volleyballnetz. Offensichtlich wurde hier nicht nur Basketball gespielt. Es war richtig kalt, was wahrscheinlich der Grund war, warum nur wenige Mädchen in dicken Jacken herumstanden und kicherten.
Dann machte es plötzlich »Bang«. Matthias und Finn. Das waren wohl die Schützlinge von Frau Wieland.
»Sag mal, Mats steht nicht zufällig für Matthias, oder?«
Ich blieb abrupt stehen und auch Lina bremste sich ein. »Süße, Mats steht definitiv für Matthias. Sag jetzt nicht, du kennst ihn!«
Naja, kennen war etwas übertrieben. Ein ganzes Kuchenstück und ein paar Tassen Kaffee lang kannte ich ihn. Ich erzählte ihr von Frau Wieland, fragte Lina, ob sie diese Dame vielleicht ken-

nen würde, was sie jedoch verneinte. Und während ich sprach und auf den Platz blickte, sah ich ihn zum ersten Mal, fragte mich, ob es sich bei dem blonden Jungen mit dem schwarzen Mantel um Tristan handelte. Es war diese selbstsichere Art, mit der sich der Junge über den Platz bewegte. Zweifelsohne zeugte dieses Selbstbewusstsein von einer Kindheit voller Möglichkeiten, die ein gewisser Reichtum oft mit sich brachte. Das war doch Tristan gewesen, der aus wohlhabendem Elternhause, oder nicht? Dann stand ich da, starrte genauso dämlich wie die anderen um mich herum und die Kälte war vergessen. Ich hatte bis jetzt keinen so hübschen Jungen gesehen. Dessen war ich mir sicher.

Linas Kopf rückte in Großaufnahme in mein Blickfeld. »Emma, du starrst gerade ziemlich auffällig. Ich hoffe, das ist dir klar?«

Starren? Ich? Bestimmt nicht.

Linas Kopf war noch immer in voller Größe vor meinem Gesicht. »Tust du doch, Emma. Der, den du da eben anstarrst, heißt übrigens Tristan. Der gehört auch dazu.«

Ich machte einen Schritt zur Seite, um die Jungs wieder in Augenschein nehmen zu können. Ich stellte fest, dass sie eines gemeinsam hatten: sonnengebräunte Haut. Ziemlich ungewöhnlich für Ende Februar. Sie mussten in den Semesterferien gemeinsam im Süden auf Urlaub gewesen sein.

Lina gab überraschend viele Details über die Jungs zum Besten. Ich ließ meinen Blick ständig zu Tristan wandern. Lina hatte so ihre Probleme damit, sich ihr Amüsement über mein Verhalten zu verkneifen. Also war es auch schon egal, und ich fragte sie, ob Tristan eine Freundin hatte.

»Du zögerst aber auch nicht lange, was Süße?«

»Hat er nun oder hat er nicht?«

»Ich habe gute Neuigkeiten für dich. Soweit ich weiß, ist Tristan noch zu haben.«

Irgendwie machte sich ein warmes Gefühl in meinem Bauch breit. Aber es war so schnell wieder verschwunden, wie es gekommen war. Ein Typ wie Tristan konnte jede haben. Wieso sollte er sich ausgerechnet für mich interessieren?

Zurück in der Realität, auf dem Weg zum Schulgebäude, hielt mich Lina plötzlich fest.

»Sag mir jetzt bitte, dass ich nicht träume. Kommt Luis tatsächlich auf uns zu?«

Keine Ahnung, war das so? Ich blickte mich um, versuchte festzustellen, ob es jemand hinter uns war, den er so zielstrebig anpeilte. Doch hinter uns stand niemand. »Ich glaube nicht, dass du träumst, Lina.« Und als wäre es nicht ohnehin offensichtlich, fügte ich dem Ganzen hinzu: »Er kommt auf uns zu.«

Luis blieb einen Schritt vor uns stehen, zog seinen Schal ein Stück nach unten und grinste uns an. »Hallo, ich bin Luis.« Seine Stimme hatte einen tiefen, angenehmen Klang und im Augenwinkel konnte ich sehen, wie Lina, einem Goldfisch nicht unähnlich, ihren Mund öffnete und wieder schloss. Ein Ton war dabei nicht zu hören. Alles klar, das Reden musste demnach ich übernehmen.

»Hallo, Luis. Ich bin Emma«, ich nickte in Linas Richtung, »und das ist meine Freundin Lina.«

Luis' Blick verharrte einen Moment auf Linas Goldfischausdruck, ehe er sich wieder mir zuwandte. »Ich habe dich hier noch nie gesehen. Bist du die Neue aus New York?«

Echt jetzt? Kannte er etwa jedes Gesicht an dieser Schule? Lina fand ihre Stimme wieder.

»Ja, das ist sie.«

Er schenkte Lina ein Lächeln, dann sah er mich an. »Dachte ich's mir. Du hast mich letzten Monat angeschrieben. Bezüglich der Nachhilfe in Volkswirtschaft. Das bist doch du, oder?«

Ich nickte.

»Wie sieht es aus? Wollen wir uns gleich eine Zeit ausmachen? Willst du vielleicht sofort morgen starten? So gegen vier Uhr?«

Eventuell wäre es cooler gewesen, ich hätte beim ersten Vorschlag nicht gleich zugesagt. Hätte so getan, als wäre ich furchtbar verplant. Aber bis auf Lina und Nikolas kannte ich niemanden und meine Freizeitgestaltung war alles andere als eng gesteckt.

»Ich schlage vor, wir treffen einander in der Bibliothek. Dort haben wir Ruhe«, meinte Luis.

»Hey Luis! Hast du vor, dort Wurzeln zu schlagen?«

Ich blickte an Luis vorbei und sah, wie der Junge mit der Baseballkappe in unsere Richtung grinste

»Dank dir sind wir gerade dabei, das Spiel zu verlieren!«, blaffte er. »Beweg deinen Hintern gefälligst wieder zurück aufs Spielfeld oder lassen dich die Mädchen nicht mehr gehen?«

Dabei fühlte sich dieser Junge besonders lustig, aber außer einem Mädchen am Spielrand lachte niemand. Das Mädchen war zweifelsohne Röckchen-Trio-Stella.

Luis ließ sich nicht beirren und rief, ohne sich dabei umzudrehen. »Ruhig Blut, Mats. Die Pause ist ohnehin schon vorbei.« Er senkte seine Stimme und begann sich zu verabschieden. »Dann, liebe Emma aus New York, sehen wir uns morgen um vier Uhr in der Bibliothek.«

Linas Blick bohrte sich in meine rechte Gesichtshälfte. Ich konnte es richtig spüren.

»Alles klar. Ich werde da sein. Bis morgen.«

Er stand noch immer vor uns, doch dieses Mal galt sein Blick Lina. »Und wann sehe ich dich wieder?«

Oh Gott, lass Lina nicht wieder zum Goldfisch werden! Ich drehte mich ihr zu, konnte sehen, wie es in ihrem Kopf zu arbeiten begann, wie sie nach einer schlagfertigen Antwort such-

te. Aber sie fand keine, denn aus ihrem Mund war wieder kein Ton zu vernehmen.
Luis zwinkerte ihr liebevoll zu. »Ich hoffe jetzt mal, dass das bald heißt.« Dann drehte er sich um und lief zu seinen Freunden. Im Augenwinkel konnte ich erkennen, dass Tristan mich beobachtete. Ich reagierte auf die einzige Art und Weise, die mir in diesem Moment als sinnvoll erschien. Ich tat so, als würde ich es nicht bemerken und wandte mich ab.
Die gesamte Schülertraube machte sich auf den Weg in das Schulgebäude zur nächsten Unterrichtsstunde und wir machten es ihr gleich. All die Worte, die Lina als Goldfisch nicht gefunden hatte, sprudelten auf einmal aus ihr heraus.
»Hast du gesehen, wie Luis mich angesehen hat? Und er hofft, mich bald wieder zu sehen. Ich glaub's nicht! Wann wird das sein? Ich hoffe bald. Nein, besser: sofort!«
War klar, dass Lina halb ohnmächtig werden würde, sobald alles mal gesickert war. Meine Gedanken kreisten jedoch um Tristan. Ich sah ihn vor mir. Wie er dagestanden und mich angesehen hatte. Ich konnte es noch immer spüren, das angenehme Ziehen, das sich dabei in meinem Bauch breitgemacht hatte.
»Emma. Hörst du mir eigentlich zu?«

Kapitel 3

In der Schulkantine herrschte tote Hose, aber zu dieser frühen Tageszeit hatte ich kein Problem damit. Die Morgen zu Hause waren ohnehin immer viel zu laut für meinen Geschmack.

Der Unterricht hatte bereits begonnen und während sich meine Freunde durch den Englischunterricht quälten, war ich als Native Speaker davon befreit. So saß ich nun an einem der freien Tische und betrachtete den Olivenbaum, der das Zentrum der Kantine bildete. So wie er dastand, alt und knorrig und in dieses Holzfass gepflanzt, verströmte er einen Hauch an mediterranem Flair.

Schon beim Eintreten war ich so fasziniert von diesem alten Riesen gewesen, dass ich erstmal eines der Blätter kneifen musste, um festzustellen, ob er auch tatsächlich echt war. In seinen Ästen hing jede Menge Klimbim. Auch das hätte ich gerne jedes für sich angegriffen, aber schon als Kind hatte man mir eingebläut, mit den Augen und nicht mit den Händen zu schauen. So saß ich nun da und betrachtete die Sprüche, die vielen kleinen Figuren und die Weihnachtsdekoration, die nie wieder abgenommen worden war.

Um den Baum leuchtete das Licht von Glasvitrinen. Es waren nicht solche, wie man sie von Supermärkten her kannte. Sie wirkten moderner und waren mit weiß lackiertem Holz eingefasst. Auch der Inhalt unterschied sich von dem einer Snackvitrine im Supermarkt. Alles sah appetitlich aus. Ich entdeckte das von Lina hochgelobte Avocado-Sandwich, jedoch lag in meinem Bauch noch der Marmeladetoast von heute Morgen. Ich würde es ein anderes Mal ausprobieren müssen.

Mein Blick schweifte weiter, bemerkte die vielen Fenster mit

Sprossen, wie es bei einem alten Schloss üblich war, die dem Raum auf eine bestimmte Weise Gemütlichkeit verliehen. Sicher war die Kantine an sonnigen Tagen lichtdurchflutet, doch heute verirrte sich kein Sonnenstrahl durch die Fensterkacheln. Was sich zeigte, war eine Landschaft wie in graue Farbe getüncht. Der Schlosspark wirkte düster und mit den sich auflösenden Nebelschwaden sogar ein wenig geheimnisvoll. Sah man in den Himmel, änderte sich die Farbe kaum. Dunkle Wolken prangten groß und stolz am Horizont.

Meine Gedanken blieben in den Wolken hängen, mein Blick ging ins Leere. Alles war ruhig, keine Menschenseele war zu sehen. Aber plötzlich, wie aus dem Nichts, nahm ich eine Bewegung wahr. Sie drang durch meine Tagträume, passte mit ihrer Schroffheit nicht in die schlafende Landschaft. Sie kam ruckartig und vollkommen unerwartet. Ich blinzelte und die Bewegung fing langsam an Form anzunehmen. Es war die von vier Personen. Es waren weder Trolle noch Riesen, aber was war es, das mich Sekunden davor so irritiert hatte? Und dann, nach wiederholtem Zwinkern, sickerte es langsam durch. Es war die Art, wie sie aufgetaucht waren. Ganz plötzlich und wie aus dem Nichts. Ganz so, als wären sie erschienen. Ich blinzelte erneut, in der Hoffnung, dass ich mich getäuscht hatte. Meine Wimpernschläge radierten die Personen nicht aus der Landschaft.

Hilfesuchend sah ich mich in der Kantine um. Wenn sie tatsächlich erschienen waren, dann musste es doch jemanden anderen geben, dem es ebenfalls aufgefallen war. Aber außer mir befand sich nur die Servicekraft in der Kantine. Und die hatte offensichtlich keine Zeit, um aus dem Fenster zu sehen. Sie war vollauf mit dem Verpacken von Snacks beschäftigt.

Unruhig wandte ich mich wieder den vier Gestalten zu, konnte erkennen, wie sie sich laufend dem Schulgebäude näherten.

Moment mal, war das nicht Luis gemeinsam mit Mats und seinem Zwillingsbruder? Und der hübsche Junge daneben, das war Tristan. Ganz bestimmt waren es die vier Freunde. Sie alberten, lachten, und ich sah, wie Mats seinen Bruder schubste, sodass er beinahe hinfiel. Durch das große Fenster konnte ich alles sehen und war heilfroh, dass keiner von ihnen in meine Richtung blickte. Ich beobachtete sie, studierte sie regelrecht, und so entging es meiner Aufmerksamkeit nicht, dass sie alle nasse Haare hatten, obwohl es nicht regnete. Ihrer Gelassenheit nach zu schließen, schien keinen die Tatsache zu stressen, dass sie eine Stunde zu spät zum Unterricht auftauchten.
Tristan war der Erste, der das Schulgebäude erreichte. Auf der breiten Steintreppe hatte er zwei Stufen auf einmal genommen und die anderen dadurch spielend abgehängt. Der Türgriff lag bereits in einer seiner Hände, als er seinen Kopf hob und mir direkt in die Augen sah. Er schien nicht überrascht zu sein, jemanden am Fenster sitzen zu sehen. Er hatte die ganze Zeit über gewusst, dass ich da war und sie beobachtete. Dann legte er seinen Zeigefinger auf die Lippen und deutete mir, Stillschweigen zu bewahren. Seine dunklen Augen brannten sich in meine und sein Mund verzog sich zu einem Lächeln. Ich lächelte zurück, angesteckt von seinem, und blieb so lange am Fenster sitzen, bis der Letzte der vier im Schulgebäude verschwunden war. Was hatte das zu bedeuten? Was war es, was ich nicht verraten sollte? Dass auffliegen würde, dass sie zu spät kamen, dazu bedurfte es nicht meiner Person. Hatte es etwas mit ihrem Erscheinen zu tun? Hatte ich also doch etwas gesehen, was nicht für fremde Augen bestimmt war?
Als es zur Pause läutete, saß ich noch immer am Fenster. Dann brach der Lärm über mich herein. Aus allen Richtungen strömten Schüler, die schubsend und plappernd die Kantine betraten. Nach dieser Stille, die gerade geherrscht hatte, erschien

mir der Geräuschpegel besonders hoch zu sein. Ich packte meinen Laptop in die Tasche und ergriff die Flucht. In meinem Kopf schwirrte es. Tristan hatte mich angelächelt und mich dabei völlig aus der Fassung gebracht.

Ich setzte gerade mal einen Fuß in das Klassenzimmer, als Lina schon an meiner Seite war und Nikolas an der anderen.

»Hey, warum grinst du so, Süße?«

Tat ich das denn?

»Sag jetzt nicht, dass du Tristan-infiziert bist! Ist es das?«

Ich hoffte, dass es nicht so war, und wie kam sie bitte von sämtlichen Möglichkeiten nur bloß auf ihn? Es hätte tausend Gründe für mein Lächeln geben können.

»Ist er dir etwa über den Weg gelaufen?«

»Ja, und wenn schon.« Ich bemühte mich um Gleichgültigkeit. »Ist doch egal.«

»Egal? Jetzt lass dir nicht alles aus der Nase ziehen.«

Was hätte sie mir auch aus der Nase ziehen sollen? Von meiner Sinnestäuschung würde ich bestimmt nichts verraten. »Er hat mich nur angelächelt, das ist alles.«

Linas Stimme nahm eine höhere Tonlage an. »Er hat dich angelächelt? Emma, Tristan lächelt nie ein Mädchen an. Glaub mir, das hat etwas zu bedeuten und ganz bestimmt nicht nichts.«

Nikolas, der Lina mit einem heftigen Nicken beipflichtete, brannte ebenfalls darauf, Details zu erfahren. Wo ich Tristan gesehen hatte, ob er alleine oder mit Finn zusammen gewesen war.

Hallo? Ich hatte gerade mal von einem einzigen Lächeln gesprochen, mehr nicht. Was also wollten die beiden denn von mir hören?

Lina bombardierte mich weiterhin mit Fragen, kam zwischenzeitlich auf Luis zu sprechen, um von Nikolas wieder unterbrochen zu werden.

In diesem ganzen Kauderwelsch bemerkte keiner von uns dreien, dass es in der Klasse ruhig geworden war. Plötzlich schallte eine hohe Männerstimme neben meinem Ohr.
»Es tut mir wahrlich leid, das Kaffeekränzchen auflösen zu müssen. Aber könnten die werten Herrschaften bitte Platz nehmen?« Professor Ernst holte tief Luft. Er wollte nicht glauben, dass wir verabsäumt hatten, ihn gebührend zu empfangen. »Sobald Sie Ihre Plätze gefunden haben, beginnen Sie bitte gleich mit der Stundenwiederholung!«
Langsam und ohne Hast setzten wir uns in Bewegung. Im Gleichschritt gingen wir zurück zu unseren Plätzen. In der gesamten Klasse herrschte Totenstille, die nur von einem kurzen Husten durchschnitten wurde. Jeder Einzelne war um Unauffälligkeit bemüht, keiner wollte riskieren, ebenfalls zur Stundenwiederholung dranzukommen. Auf unserem Weg begleiteten uns zahlreiche Blicke, bedankten sich wortlos dafür, schon mal den ersten unangenehmen Part dieser Unterrichtseinheit übernommen zu haben.
Sobald wir Platz genommen hatten, meldete ich mich mit der Hand nach oben gestreckt zu Wort. »Ist es in Ordnung, wenn ich mit der Wiederholung beginne?«
Professor Ernst zog eine Augenbraue nach oben. »Bitte, Frau Mattis, dann fangen Sie doch an. Erzählen Sie uns, was in der Mikroökonomie unter der Spieltheorie zu verstehen ist.«
Diese Frage überraschte mich. Beinhaltete diese Frage ja keinerlei Vorkenntnisse des ersten Semesters. Auch Nikolas und Lina hatten Glück. Alle drei hatten wir relativ einfache Fragen bekommen. Es hätte durchaus anders aussehen können.
Die Zeit bis zu meiner Nachhilfestunde verbrachte ich in der Schulbibliothek, ich wollte nicht nach Hause gehen. Meine gestrige Frühstücks-Befürchtung, Dad könnte den Professorenjob nicht bekommen haben, hatte sich noch am selben

Nachmittag als richtig herausgestellt. Im Klartext hieß das, dass Dad vorerst ohne Job war. Nach dem enttäuschenden Telefonat meines Vaters hatte Mom keine Zeit verloren und sofort zu ihrem Handy gegriffen, um ihre Arbeitsstunden aufzustocken. Ihre Partnerin und langjährige Freundin Gudrun war darüber so erfreut gewesen, dass wir ihren Freudenschrei durch die ganze Küche hören konnten.
Gudrun war übrigens einer der zwei Gründe, warum wir nach Österreich übersiedelt waren. Genau genommen war sie der zweite. Sie hatte Mom die Partnerschaft in ihrer PR-Agentur angeboten und Mom hatte sich außer Stande gefühlt, ihr Angebot auszuschlagen. So ein Angebot bekäme man nur einmal im Leben und außerdem müsse man sich als Mutter dreier Kinder darüber mehr als glücklich schätzen. Vielleicht hätte sie Gudruns Angebot ausgeschlagen, hätte es nicht kurz davor den ersten und eigentlichen Grund für unsere Übersiedlung gegeben. Der nämlich war das Erbe meiner Großtante, Moms verstorbener Lieblingstante Erna. Sie vererbte Mom ihr Haus. Eigentlich war es kein Haus. Als ich das erste Mal ein Foto davon sah, verstand ich, was der Begriff Villa bedeutete. Keine Frage, sie sah wunderschön aus, jeder hätte gerne in so einer Villa gewohnt. Dort gab es bestimmt genug Platz. Der Haken daran war nur, dass sich dieses Gebäude in Österreich befand. Nach einer einmaligen Besichtigung, die Mom am Tag der Beerdigung unter Tränen vorgenommen hatte, war der Entschluss gefasst. Meine Eltern wollten für ein paar Jahre nach Österreich übersiedeln. Mom würde ihren Traumjob annehmen, der ihr neben drei Kindern bestimmt auch zustand, und Dad, ein renommierter Professor, fragte wegen einer Stelle an der Wiener Universität an. Wie es sich jedoch gestern herausgestellt hatte, war alles nicht ganz so einfach, wie meine Eltern es sich vorgestellt hatten. Es war mir ein Rätsel, wie man Dad

nicht als Professor haben wollte. Bestimmt lag es an der Kurzfristigkeit der ganzen Aktion. Kurzfristig, beinahe überhastet war unser Umzug gewesen. Nicht einmal ein halbes Jahr gaben uns meine Eltern, sich von allem und jedem verabschieden zu können. Ich bin mir nicht sicher, wem es von uns am schwersten gefallen war. Ich denke, irgendwie allen.

Ich streifte durch die Regale der Bibliothek und kam aus dem Staunen nicht mehr raus.
Schon beim Eintreten fühlte ich mich wie ein kleines Kind beim Betreten eines vollgestopften Candyshops. Oder wie Jacob, wenn er einen Fuß in einen Mega-Lego-Store setzte.
Noch nie zuvor hatte mich eine Bibliothek so sehr beeindruckt. Alle Wände waren mit Ebenholz getäfelt und bis zur Decke mit Büchern beladen. Die riesigen Fenster, dieselben wie in der Kantine, waren von schweren Samtvorhängen eingerahmt. Unmittelbar beim Eingang befanden sich zwei große Mahagonitische, das Reich zweier Bibliothekarinnen. Ich schätzte die Damen auf denselben Jahrgang wie die Tische. Ich hatte mich in die Schlange schweigsamer Schüler gestellt und wartete auf meinen Bibliotheksausweis. Dort stand ich eine halbe Ewigkeit, denn das Tippen der Damen in ihre modernen Laptops lief in Zeitlupe ab. Ich drehte mich einmal im Kreis, ließ diesen imposanten Raum auf mich wirken. Zwischen den Tausenden von Büchern entdeckte ich Tische, die meisten waren besetzt. Zu hören war das Tippen auf Laptoptastaturen und in der Luft hing der vertraute Geruch alter Bücher.
Mit dem neuen Ausweis ausgestattet, begab ich mich nun zu der Sammlung für Geografie & Länder und entschied mich für einen Bildband, der alleine durch das Titelbild und seine Größe imponierte. »Europas Vielfalt« stand darauf geschrieben und nachdem ich einen freien Platz ergattert hatte, tauchte ich

ein in ebendiese überwältigende Vielfalt, die dieser Kontinent bot. »All das will ich einmal sehen«, dachte ich bei mir.
Ich verlor mich gerade in einer Detailaufnahme vom Pompidou-Brunnen in Paris, als ich ein raues »Hallo Emma« flüstern hörte. Ich kannte diese Stimme nicht, dennoch gefiel sie mir. Ich sah auf und blickte in die dunklen Augen eines Jungen. Es war Tristan. Mein Herz klopfte. Tristan wartete mein Hallo nicht ab, sondern schnappte meine Tasche und deutete mir mit einem einzigen Nicken, dass ich ihm in die hintere Hälfte der Bibliothek folgen sollte. »Dort stören wir die anderen nicht«, flüsterte er.
Da stören wir die anderen nicht? Wie konnte er jetzt nur an die anderen denken? Mich quälten ganz andere Fragen. Allen voran die, was er hier zu suchen hatte? Dann ging er voraus und ich folgte ihm.
Tristan führte mich zu einer Wandnische mit einem einsamen Tisch und zwei leeren Stühlen. Er schob beide vom Tisch weg und nahm auf einem von ihnen Platz. Über die Stuhllehne des anderen hängte er meine Tasche und deutete mir, Platz zu nehmen. Dabei lächelte er mich an. Es war so ein Lächeln der unwiderstehlichen Art.
»Jetzt brauchen wir nicht mehr zu flüstern.« Er legte seinen Kopf leicht schief und nickte Richtung Eingang. »Die zwei Ladys da vorne sind ziemlich streng, wenn es um Lärm geht, aber in dieser Nische können sie uns nicht hören.« Er begann zu grinsen. »Sehen übrigens auch nicht und wenn man es ganz genau nimmt, sieht uns hier keiner. Dafür müsste man sich schon in den Sektor für Anthropologie verirren und glaube mir, das tut so gut wie keiner an dieser Schule.«
Wer hätte es für möglich gehalten, aber mein Herz schlug nun schneller, was er zum Glück nicht hören konnte. Im Grunde konnte er bis auf mein Atmen und meine Schritte vorhin gar

nichts an Geräuschen von mir vernehmen. Es war mir unmöglich, einen Ton von mir zu geben. Ich versuchte gegen meinen einfältigen Eindruck, den ich mit Sicherheit abgab, anzukämpfen und just in dem Moment, in dem ich zum Sprechen ansetzte, ergriff Tristan wieder das Wort.

»Okay, dann fang ich an. Ich bin Tristan, ein Freund von Luis. Wir haben uns heute Morgen bereits durchs Fenster gesehen. Du kannst dich vielleicht erinnern?«

Wenn er gewusst hätte, wie sehr ich mich daran erinnern konnte. Sein Blick, den er mir durch das Fenster zugeworfen hatte, kreiste seither in Dauerschleife durch meinen Kopf.

»Auf jeden Fall ist mein Freund und gleichzeitig dein Nachhilfelehrer ein wenig angeschlagen. Man könnte auch sagen: Er liegt vollkommen erschlagen im Bett. Jedenfalls hat er mich gebeten, heute für ihn einzuspringen. Er meinte, du würdest etwas unter Zeitdruck stehen.«

»Irgendwie ja.« Mehr bekam ich für den Anfang nicht raus. Zumindest kannte er jetzt meine Stimme.

»Dann fangen wir am besten gleich an, oder?«

Ich wollte etwas Geistreiches antworten, etwas Lustiges oder zumindest irgendetwas. Aber alles, was ich tat, war neben ihm zu sitzen und mich in seinen dunklen Augen zu verlieren und mir dabei von seinem Duft nach Sonne und Meer mein Sprachzentrum vernebeln zu lassen. Seine sonnengebräunte Haut, die aussah, als käme er direkt vom Strand, tat ihr Übriges.

Tristan schnappte seinen Rucksack, holte ein abgegriffenes Buch mit dem Sticker *Luis Winkler, 1B* heraus und lächelte. »Bereit für ein bisschen Spaß?«

»Du musst das nicht machen«, platzte es aus mir heraus. »Bestimmt hast du etwas anderes vor.« Verunsichert warf ich meine Haare über die Schultern und hoffte, er würde jetzt nicht wirklich aufstehen und gehen. Das würde er doch nicht tun, oder? Er tat es nicht. Er gab sich sogar richtig Mühe, ein würdiger Ersatz für meinen eigentlichen Nachhilfelehrer zu sein. Zwischendurch musste ich mich nur zwingen, regelmäßig auf meinen Block zu schauen und mir Notizen zu machen. Er gestikulierte beim Erklären, als würde es um sein Leben gehen, er stand auf, um sich gleich darauf wieder zu setzen und seine Augen wanderten ohne Unterlass zwischen mir und dem Buch hin und her. Ohne seinen Redeschwall dabei zu unterbrechen, zog er seinen Stuhl ganz nah an meinen und senkte seine Stimme. »Weißt du eigentlich, wie gut deine Haare riechen? Ist das Vanilleduft?«

Ich brauchte einen Moment, um zu realisieren, was er da eben gefragt hatte.

»Ähm, nein, das ist Mandelöl«, murmelte ich. »Komm schon, Emma«, dachte ich. »Du schaffst es, einen mehrsilbigen Satz von dir zu geben.« Und dann, oder sollte ich sagen endlich, gelang es mir, wieder zu mir zu finden. »Und welches Shampoo verwendest du? Es trägt nicht zufällig den Namen Meeresbrise, oder?«

Er griff nach einer meiner Haarsträhnen und wickelte sie um seinen Zeigefinger. Warum gab er mir denn keine Antwort? Schließlich war er es gewesen, der mit diesem Shampoo-Thema überhaupt erst angefangen hatte. »Ich mag deine Haare. Sie passen so gut zu dir.«

Und da war es wieder. Dieses neue Gefühl im Bauch, das sich warm und angenehm ausbreitete. Was passierte hier eigentlich?

Er ließ meine Haarsträhne fallen, griff nach dem Buch mit dem Luis-Winkler-1B-Sticker und schlug es zu. »Ich würde sagen, wir waren heute echt fleißig.« Dann schielte er auf meine Notizen. »Und du hast beinahe deinen ganzen Block vollgekritzelt.«

Ich ließ die Blockseiten durch meine Finger gleiten und war überrascht, wie viel wir durchgemacht hatten.
Tristan packte das Buch in seinen Rucksack. »Ich muss langsam echt aus dieser verstaubten Luft. Du nicht auch?« Dabei blickte er verstohlen auf seine Armbanduhr, was mir einen leichten Stich versetzte. Klar, dass ein Junge wie Tristan etwas vorhaben würde. Er stand auf und beobachtete mich, wie ich meine Unterlagen ebenfalls in meiner Tasche verpackte. Ich ließ mir dabei Zeit. Schließlich hatte ich keine weitere Verabredung für heute.
»Also, ich habe heute nichts mehr vor«, schickte er in meine Richtung. »Hast du vielleicht Lust auf einen Kaffee? Ich für meinen Teil könnte einen vertragen.«
Ich blickte auf und versuchte meine Überraschung zu verbergen, was mir in Anbetracht der Umstände nicht leicht fiel. Mit einem »Ähm« leitete ich meinen gedanklichen Scan meiner offenen To-dos ein: Französisch lernen für den Grammatiktest am nächsten Tag, für den ich bis jetzt keinen einzigen Strich gelernt hatte, und für Deutsch gab es ein ganzes Essay zu verfassen. Somit war klar, es gab nur eine vernünftige Antwort: »Ich komme gerne auf einen Sprung mit.«

Aufgeregt griff ich nach meiner Tasche und klemmte mir den schweren Europa-Bildband, der die letzte Stunde unbeachtet unter dem Stuhl gelegen hatte, unter den Arm. »Ich gebe nur schnell das Buch zurück.«
Erst jetzt bemerkte er das Buch, legte seinen Kopf schief, um den Titel zu entziffern, und bewegte dabei stumm seine Lippen. »Hast du vor, in den Ferien zu verreisen?«
Ich biss mich auf die Unterlippe. »Naja, genau genommen möchte ich mir die ganze Welt anschauen und möglichst bald damit beginnen.« Ich machte mich auf den Weg zu der Geo-

grafie & Länder-Sammlung. Tristan ging mir nach. »Vielleicht geht sich eine kleine Reise in den Osterferien aus«, fuhr ich fort. »Gesetzt den Fall, ich schaffe diese blöde Semesterprüfung. Sonst darf ich bestimmt nicht weg.«
»Davon gehe ich jetzt mal aus. Bei so einem tollen Nachhilfelehrer.« Er lachte. »Solltest du irgendwelche Tipps brauchen, egal zu welchem Land, lass es mich wissen. Ich bin schon ein wenig herumgekommen.«
Vor dem Schulgebäude empfing uns eisige Kälte. Es wurde bereits dunkel und mich fröstelte. Ich schlug meine Arme um meine Brust und wünschte mir, ich hätte mich heute Morgen für eine wärmere Jacke entschieden. Mein Frösteln blieb nicht unbemerkt, denn Tristan löste seinen Schal und wickelte ihn mir um. »Ich hoffe, der hilft ein bisschen.«
Der Schal fühlte sich kuschelig an und roch nach Urlaub, so wie Tristan. Zwei Tatsachen, die mir umgehend Wärme schenkten.
Plötzlich durchfuhr eine Stimme die Dämmerung, durchschnitt das aufkeimende Knistern. »Verdammt Mann, hier steckst du also.«
Ich fuhr herum und entdeckte schemenhaft eine Gestalt am Fuße der Treppe stehen. Mit seiner Baseballkappe war er leicht zu erkennen. Es war Mats, der seine Arme vor der Brust verschränkt hielt.
»Wir waren bereits vor einer Stunde verabredet, vergessen?« Mats Tonfall klang anklagend. Dabei würdigte er mich keines Blickes, schien mich nicht einmal wahrzunehmen.
Ich wandte mich wieder Tristan zu und erkannte in seinem Blick dieselbe Enttäuschung wie in meinem. Oder waren das meine Gefühle, die sich in seinen spiegelten?
Seine Lippen formten ein stummes F***, dann rief er Mats mit ruhiger Stimme zu. »Bleib cool, Mats. Bin ja gleich bei dir.« Seine Augen nahm er nicht von meinen. »Sorry, Emma. Ich

habe da offensichtlich eine Verabredung vergessen.« Seine Stimme klang sanft und tief. »Bitte, sei mir nicht böse.«
Böse? Niemals, enttäuscht traf es wohl eher.
»Wir holen den Kaffee nach, versprochen. Es sei denn, ich habe meine Chance verspielt, nachdem ich dich jetzt versetzt habe.«
Mats wurde ungeduldig. »Kommst du jetzt, Mann?«
»Hab ich eine zweite Chance?« Tristan sah mich flehend an. Wie hätte ich diese Bitte jemals ausschlagen können? Ich nickte.
Seine Augen brannten sich in meine, seine Lippen verzogen sich zu einem Lächeln. Im Hintergrund hörte ich Mats Stimme irgendetwas ätzen. Dann griff ich zu seinem Schal und begann ihn abzuwickeln, doch Tristan winkte ab. »Nein, lass bitte. Behalte ihn dir. So kann ich wenigstens sichergehen, dass aus unserem Kaffee etwas wird.« Er beugte sich vor und hauchte mir einen Abschiedskuss auf die Wange. »Komm gut heim.« Ein kurzes Zwinkern, ein Lächeln, dann lief er die Treppe hinab.
Ich roch an dem Schal und sog Tristans Duft, den der Schal im Übermaß verströmte, ein. Während ich mit einem Gefühl der Vorfreude im Bauch wie angewurzelt dastand und vergaß endlich loszugehen, waren Tristan und Mats bereits verschwunden.
Ich ließ mir Zeit beim Nachhausegehen, hatte weder Lust auf Französischlernen noch auf das Verfassen eines Essays. Als ich das Haus schließlich betrat, drang ein ganzer Schwall an Stimmen zu mir ins Vorzimmer. Offensichtlich hatten wir Besuch. Vielleicht unsere Nachbarn?
Ich stellte meine Tasche ab, dann kam Mom ins Vorzimmer gelaufen. Ihre schwarze Kochschürze harmonierte mit ihrem schwarzen, engen Kleid. Okay, es waren definitiv nicht die Nachbarn. Sie gab mir einen Begrüßungskuss. Zum Glück auf die ungeküsste Wange.

»Hallo, Schatz. Wie war die Nachhilfe?« Sie half mir aus der Jacke, hängte sie auf einen Kleiderhaken und anschließend in den Wandschrank. Erst jetzt fielen mir die drei fremden Schuhpaare auf, die aufgereiht vor dem Schrank standen. Damenschuhe.

»Ganz okay, Mom. Nichts Aufregendes.«

»Und wie ist dein Nachhilfelehrer so?«

Ich zuckte mit den Schultern, jedoch ließ Mom nicht locker.

»Denkst du, er kann dir dabei helfen, das fehlende Semester aufzuholen?«

Ich stellte meine Schuhe neben die anderen. »Ehrlich gesagt habe ich keine Ahnung, wie mein Nachhilfelehrer so ist. Der war heute nämlich gar nicht da.«

»Und wo warst du dann so lange?«

»Ein Freund von ihm hat seine Stunde übernommen. Mein Nachhilfelehrer ist nämlich krank.«

Mom fand das mehr als fair und bedachte mich mit einem prüfenden Blick.

»Was ist denn das für ein Schal, den du da umhast?« Schneller als ich schauen konnte, lag ihre Hand bereits an der dunklen Kuschelwolle.

»Der gehört niemandem, Mom.« Ich schob ihre Hand weg, wickelte den Schal ab und steckte ihn in meine Tasche. Ich hatte so etwas von keiner Lust, ihr von Tristan zu erzählen. Ich verstand ja selbst nicht ganz, wie ich mit dem warmen Gefühl im Bauch umgehen sollte. So drängte ich mich an Mom vorbei und ging in die Küche, die im Licht der vielen Kerzen eher wie ein Restaurant als wie eine Küche wirkte. Drei Gäste saßen mit dem Rücken zu mir gewandt bei Tisch und plauderten angeregt mit Dad. Von einem der Gäste brauchte ich das Gesicht nicht zu sehen, um zu wissen, wer es war. Es war der strenge Zopf, der es mir verriet. Was nur hatte Röckchen-Trio-Stella hier zu suchen?

Die Frau, die ganz rechts saß, drehte sich zuerst um. Es war Gudrun, Moms Freundin und Partnerin. Als sie mich erblickte, fing sie zu kreischen an.
»Emma! Das gibt's nicht. Bist du es wirklich? Wann hörst du nur bloß zu wachsen auf?« Diese Frage konnte nur eine Person stellen, die nicht groß gewachsen war.
Sie schob ihren Stuhl nach hinten und schloss mich auf ihren bestrumpften Zehenspitzen tänzelnd in die Arme. Gudrun roch nach teurem Parfum und Gesichtspuder. Dann schob sie mich von sich und musterte mich von oben bis unten. »Wie hübsch du aussiehst, Kind! Mein Gott! Du brichst sicher sämtlichen Jungen das Herz.«
Im Augenwinkel sah ich Röckchen-Trio-Stella, wie sie ihre Augen verdrehte und ziemlich dämlich dabei dreinschaute. Wenn sie wüsste, wer mir heute einen Kuss auf die Wange gedrückt hatte. Sie würde mit großer Wahrscheinlichkeit noch dümmlicher dreinblicken, als sie es ohnehin schon tat. Doch ich ließ mir von alldem nichts anmerken und lachte. »Da musst du schon die Jungs fragen, Gudrun. Ich freue mich übrigens auch, dich zu sehen.« Ich hatte Gudrun als lustige Frau in Erinnerung. Wie lange war es nun her, seit ich sie zuletzt gesehen hatte? Sicherlich einige Jahre. Sie selbst hatte keine Kinder. Laut Mom war sie für eigene nie erwachsen genug geworden.
Mom gesellte sich zu uns und stellte mir die andere Frau, die ebenfalls aufgestanden war, vor. »Emma, das ist Andrea, eine unserer netten Kolleginnen.« Andrea begann zu lächeln. »Ihre Tochter kennst du vielleicht schon. Sie geht auch auf die IES.« Ich setzte mein wohlerzogenes Tochter-Grinsen auf und schüttelte Andrea die Hand. Dann wandte ich mich Stella zu.
»Ich glaube, wir sind uns tatsächlich schon einmal über den Weg gelaufen. Ich bin Emma und wie heißt du?«

»Stella.« Das war eine wirklich kurze Antwort. Kein Hallo und kein »freut mich«. Einfach nur Stella.

Einen Moment lang sprach keiner von uns, bis Dad uns bat, wieder Platz zu nehmen.

Dann fing Andrea zu reden an. Ihrer Tochter zugewandt erklärte sie, dass wir bis vor wenigen Tagen in New York gelebt hatten. Da hatten wir es wieder. Emma Mattis aus New York. Ich musste schmunzeln, aber Andrea schien davon nichts zu bemerken. Unbeirrt fuhr sie fort. »Beim Vorbeifahren haben Stella und ich uns so oft gefragt, wer wohl in diese Traumvilla einziehen würde!«

Mit geübten Griffen entkorkte Dad eine Weinflasche und schenkte den Erwachsenen Wein ein. Dann bat er uns zuzugreifen und beendete das Gespräch über unser Haus, bevor es überhaupt begonnen hatte.

Doch Andrea hatte bereits ein neues Thema gefunden. »Wie war deine erste Woche auf der IES?« Sie ließ mich nicht zu Wort kommen, redete ohne Unterbrechung. »Stella geht so gerne hin. Ihr Freund besucht übrigens dieselbe Schule.« Ihr Ausdruck war voller Stolz. »Er geht schon in die elfte Klasse und ist ein ziemlich guter Schüler, nicht wahr, Stella?«

Alle sahen zu Stella, ich blickte auf ihren Teller. Er schien beim Beladen der Speisen gefehlt zu haben. Alles, was darauf zu sehen war, waren ein paar einsame Salatblätter, in denen sie zögerlich herumstocherte. Irgendwann bemerkte Stella, dass unsere Blicke auf sie gerichtet waren und hob ihren Blick. »Ja, Mom. Mats geht schon in die Elfte.«

An diesem Abend unterhielten sich hauptsächlich die Erwachsenen. Stella schien gelangweilt zu sein und ich hing meinen Gedanken nach. Irgendwann, ganz unbewusst, nahm ich eine Haarsträhne in die Hand und roch daran. Tristan mochte ihren Duft, hatte er gesagt. Bei der Erinnerung an seinen gingen

meine Mundwinkel nach oben. Mir fiel auf, dass Mom mich dabei beobachtete. Für einen kurzen Moment war mir, als könne sie meine Gedanken lesen.
Mit einem Schlag war das In-Erinnerungen-Schwelgen vorbei. Olivia war richtig müde geworden, begann zu weinen und wollte sich nicht mehr beruhigen lassen. Es mag vielleicht etwas komisch klingen, aber ich empfand es als Segen. Vor allem sah ich es als Chance, dieser Gesellschaft zu entkommen. Ich meldete mich bereit, meine süße, kleine, brüllende Schwester hinzulegen und verabschiedete mich für den restlichen Abend. Gudrun ließ es sich nicht nehmen, mich nochmals zu umarmen und flüsterte mir zu, wie glücklich sie darüber war, uns endlich in Österreich zu wissen.
Olivia schlief binnen Sekunden ein und trotzdem blieb mein Französischbuch in der Tasche. Ich fischte Tristans weichen Schal aus meiner Tasche, nahm ihn mit ins Bett und legte meinen Kopf darauf. In dieser Nacht träumte ich das erste Mal von Tristan.

Kapitel 4

»Das sind sicher alles unsere?« Ungläubig betrachtete ich die vielen Stapel der noch verschlossenen Kartons und die daneben. Das waren die leergeräumten und plattgedrückten. Ich fühlte mich, als hätte ich den Weg zwischen Keller, Garage, Haus und wieder zurück bereits hunderte Male zurückgelegt. So gut wie alles wurde verräumt und wie Mom es ausdrückte, war es dafür bereits höchste Zeit.

Irgendwann, zwischen dem fünfzehnten und achtzehnten Karton, verschwand, zwischen all dem anderen Zeug, Olivias Lieblingskuscheltier und das Einräumen wurde für kurze Zeit ein Ausräumen. Begleitet wurde unsere Suche von Olivias Weinen, das ins Unerbittliche anwuchs. Zwischenzeitlich überlegte ich, Olivia in ein anderes Zimmer zu verfrachten. Meine Ohren begannen wirklich zu schmerzen und beinahe hätte ich mir meine kleine Schwester geschnappt. Aber dann fand Mom dieses rosa Kuscheltier und an Olivias Weinen erinnerten nur ihre roten Augen.

Nach Stunden des Räumens standen Mom, Dad und ich vor vollgeräumten Kästen und Regalen, aber leider vor ebenso vielen vollgestopften Kartons. Die Entscheidung war gefallen. Wir schnappten die zwei Kleinen, stiegen alle gemeinsam in unseren Familien-Van und machten uns auf den Weg in ein Möbelhaus in die nächste größere Stadt. Ich malte mir aus, wie mein neuer Kleiderschrank, mein neuer Schreibtisch und all der andere Krimskrams aussehen würde, den wir vielleicht kaufen würden, als Mom beim Anblick der eintönig vorbeiziehenden Wiesen und Felder ins Schwärmen geriet. Sie betonte, wie sehr sie die vorüberziehende Landschaft an ihre Kindheit erinnerte und wie froh sie war, uns drei Kindern ebenfalls eine

Jugendzeit in Österreich ermöglichen zu können. »Das Gute ist, dass ihr die USA und Österreich kennenlernt. Und wenn ihr erst mal größer seid, könnt ihr selbst entscheiden, wo ihr euer Leben verbringen wollt.«

»Ich jedenfalls gehe wieder zurück nach News York.« Der Satz war schneller draußen als ich denken konnte und wie ich so Dads Gesichtsausdruck im Rückspiegel sah, fragte ich mich, ob er genauso gerne wieder zurück in den USA gewesen wäre. Immerhin hatte er sein ganzes Leben dort verbracht. Seine Kindheit, seine Schulzeit, seine Zeit an der Columbia University und schließlich sein Job an derselben Uni, an der er als Jugendlicher studiert hatte. Mom war erst später als Praktikantin nach News York gekommen und schließlich auch geblieben. Zumindest war das bis letzte Woche so gewesen.

Während ich auf der Rückbank saß und die Landschaft mit ihren verspielten Häusern an mir vorüberzog, überlegte ich, ob sich meine Einstellung zu diesem Land nicht schon ein wenig geändert hatte. Nein, hatte es nicht. Darüber war ich mir sicher. Tristan war zwar nicht mehr aus meinem Kopf zu bringen, aber bestimmt würde es in New York einen genauso netten Jungen mit einem ebenso kuscheligen Schal geben wie Tristan. Er war mir davor einfach nicht über den Weg gelaufen.

Die restliche Schulwoche verstrich, ohne ein einziges Lebenszeichen von Tristan. Auch Luis war wie vom Erdboden verschluckt. Ich erwischte mich dabei, wie sich mein Blick in den Pausen auf die Suche begab und auch Lina konnte nicht verbergen, dass ihre Enttäuschung anwuchs. Hinzu kam, dass uns das Wetter mit seinen niedrigen Temperaturen nicht unbedingt in die Hände spielte. Der Sportplatz mit seinen beiden Basketball-Körben war verlassen und übersät mit Wasserlachen. Kein Sport, keine Groupies und keine Spur von den beiden Jungs.

»Und du bist dir ganz sicher, dass es nicht zu auffällig ist?«
Ich kannte Lina erst seit einer Woche, trotzdem wusste ich, dass es sich um eine rein rhetorische Frage handelte. Hätte ich mit *doch* geantwortet, hätte es das Problem nicht gelöst. So stellte ich mich unwissend. »Du meinst, wenn du mich heute Nachmittag von der Nachhilfe abholst, um endlich Luis wieder zu sehen?«
»Was denn sonst, Süße!« So nannte mich Lina seit unserem zweiten gemeinsamen Tag.
Seit dem Morgen versicherte ich ihr, dass es keine bessere Gelegenheit gab, ihren Schwarm und gleichzeitig meinen Nachhilfelehrer wieder zu sehen.
»Lina, jetzt hör mir zu. Du bist meine Freundin, richtig?«
»Richtig.«
»Was, bitteschön, ist dann daran auffällig? In den USA gehen Freundinnen sogar gemeinsam aufs Klo und nicht mal das hat etwas zu bedeuten.«
»Aber was hat das denn jetzt mit dem Klogehen zu tun?«
»Ganz einfach: Freundinnen gehen gemeinsam auf die Toilette und holen sich erst recht von der Nachhilfe ab.«
Lina blieb unsicher und blickte betrübt zu Boden. »Ich werde dastehen und kein einziges Wort herausbringen.«
»Ach was, du wirst großartig sein.«
Dass dies auch mir bei meinem letzten Aufenthalt in der Bibliothek passiert war, erwähnte ich mit keinem Wort. Stattdessen demonstrierte ich Stärke und legte für eine Extraportion Sicherheit meinen Arm auf Linas Schulter. »Schau, es ist ganz einfach. Du holst mich ab, stellst dich vor ihm hin und erklärst, dass du den Rest deines Lebens mit ihm verbringen möchtest.«
Grinsend schüttelte Lina den Kopf und steckte ihre Zunge raus.
Hey, Lina hatte ein Zungen-Piercing. Das war mir bis jetzt gar

nicht aufgefallen. »Okay, du hast Recht. Ist eine blöde Idee. Sag ihm lieber, dass eine gemeinsame Stunde fürs Erste auch ausreichen würde.«

Linas Zunge samt Piercing wanderte wieder in ihren Mund. »Was mache ich nur mit deinen wertvollen Ratschlägen? Ich habe eine viel bessere Idee.« Sie legte eine Pause ein und brachte mich dazu, allen Ernstes eine richtige Lösung zu erwarten. »Ich stelle mich vor ihm hin und bitte ihn, seinem Freund namens Tristan etwas auszurichten.«

Ich verstand nicht, worauf sie hinauswollte, und hob fragend meine Augenbrauen.

»Er soll ihm ausrichten, dass er seinen Schal lieber bald abholen soll. Denn, falls nicht, bekommt er nichts anderes zurück, als ein vom vielen Kuscheln löchrig gewordenes Irgendetwas.«

Sie machte kehrt und ich lief ihr lachend hinterher.

Am Ende der Treppe bekam ich Lina zu fassen und erinnerte sie daran, unbedingt und ausnahmsweise pünktlich aufzukreuzen. »Nach der Nachhilfe muss ich pünktlich weg. Das hab ich meinen Eltern versprochen. Also, mit Warten ist nichts.«

Mit großem Lina-Ehrenwort verließ sie durch das große Tor die Schule und ich machte mich auf den Weg in die Bibliothek zur Nachhilfe.

Ich war überrascht, als ich die Bibliothek nahezu verlassen auffand. So viel stand fest: An diesem Tag würde sich niemand durch meine Nachhilfe gestört fühlen. Trotzdem entschied ich mich für den Tisch in der Nische. Sicher war sicher. Noch kannte ich diesen Luis ja nicht. Seine Nachhilfestunde konnte auch laut und geräuschvoll ausfallen.

Da genug Zeit bis dahin blieb, suchte ich mir einige Geschichtsbücher zusammen. Das war eines der Themen, für das ich mich manchmal begeistern konnte. Im Moment steckte ich wieder einmal in so einer Geschichte-Phase und aus diesem Grund

wurden aus den wenigen Büchern viele, die ich ungalant vor mir herzubalancieren versuchte. Der Turm an Büchern war so hoch, dass er mir die Sicht versperrte. Zweifelsohne wäre es klüger gewesen, ich wäre zweimal gegangen. Aber wen interessierte schon, was klüger gewesen wäre. Das Unvermeidliche passierte. Der ganze verdammte Stapel geriet ins Wanken und ich kam ins Straucheln. Ein ganzer Film begann vor meinem inneren Auge abzulaufen. Die Hauptrolle, sprich ich, landete auf einem Dutzend Geschichteschmöker auf dem Parkett, nachdem diese in einem eleganten Bogen zu Boden gesegelt waren. Aber der Film hatte einen Riss, denn anders als erwartet, schoben sich zwei warme Hände unter meine. Fast hätte ich erschrocken gequiekt, aber überraschenderweise schaffte ich es ruhig zu bleiben. Dabei fiel mein Blick auf Sportschuhe und schwarze Jeans.
Gerne hätte ich durch den Stapel hindurchgeblickt und das Gesicht gesehen, aber nach dem »Wer wird denn gleich so stürmisch sein?« wusste ich auch so, wem ich die Hilfe zu verdanken hatte. Es bestand kein Zweifel. Diese samtige Stimme gehörte Tristan.
Vier Hände versuchten den Bücherstapel auf den Tisch zu stellen, was jedoch kläglich misslang. Zuerst war es nur ein Buch, das aus der Reihe tanzte, dann folgten die restlichen.
»Ich hatte gehofft, dich hier anzutreffen.«
Tatsächlich, tat er das? Und warum hatte er sich dann die ganze Woche über nicht blicken lassen? Die Frage brannte mir auf der Zunge, aber ich wagte es nicht sie auszusprechen. So hätte ich zugegeben, dass es mir überhaupt aufgefallen war. Das war das Letzte, was ich ihm verraten wollte.
Er betrachtete den Bücherhaufen und hob belustigt eine Augenbraue. »Sieht ganz so aus, als ob du beim Durchackern Hilfe gebrauchen könntest.« Es war eine Feststellung, keine Fra-

ge. Dabei fuhr er sich durch die Haare und zog seine Lippen zu einem schiefen Lächeln.
Ich weiß nicht wie, aber ich hielt stand. Wie konnte man nur so unglaublich gut aussehen? Dabei war er keineswegs perfekt. Okay, sein Timing, das war definitiv glänzend. Aber … ich sah an ihm runter. Seine Schuhe! Ja genau! Seine Schuhe waren nicht vollkommen. Sie konnten ein wenig Reinigung vertragen. Sonst noch was? Sicher hatte er keine Ahnung von Geschichte. Die wenigsten hatten das. »Du kannst mir gerne helfen. Ich nehme an, du magst Geschichte?«
Geräuschvoll ließ er ein wenig Luft durch seine Lippen entweichen, was ihn definitiv als Anti-Geschichte-Fan entblößte.
»Irgendwie hatte ich schon befürchtet, dass du mir mit so einem trockenen Lesestoff kommen würdest. Für diesen Fall«, er beugte sich vor, nahm seinen Rucksack auf den Schoß und holte zwei Dosen Iced Coffee heraus, »habe ich bereits vorgesorgt und uns ein wenig Koffein mitgebracht. Natürlich nur für den Fall, dass einer von uns einschlafen sollte, während wir uns in der verstaubten Vergangenheit bewegen.«
»Sind Getränke in der Bibliothek denn nicht verboten?«
»Wenn schon, wen interessiert's? Machst du denn immer nur, was erlaubt ist?« Er öffnete eine der beiden Dosen und reichte sie mir.
Ich griff nach ihr und nahm, ohne zu zögern, einen Schluck. Ein Teil von mir tat es, weil ich Iced Coffee liebte, und der andere Teil, um es mir und vor allem Tristan zu beweisen, dass ich kein Problem mit Verbotenem hatte.
Die Bücher blieben unberührt. Naja, nicht ganz. Wir bauten sie zumindest zu drei Stapeln auf, um keine Ecken reinzumachen oder einen der Buchrücken zu verletzen. Wir schlugen kein einziges auf. Stattdessen spielten wir dieses Was-Wäre-Wenn-Spiel. Unsere Fragen waren harmlos und ich fand Gefallen an

dieser Leichtigkeit, sie beantworten zu können. Irgendwann traf mich die Frage, ob ich in diesem Augenblick nicht lieber an einem anderen Ort als an diesem wäre. Ich überlegte. Ich tat es sogar wirklich. Für einen Augenblick schoss mir New York durch den Kopf, dann eine einsame Insel mit schneeweißem Sand. Sogar einer dieser Berggipfel, die man in Magazinen öfters sehen konnte, fiel mir ein. Doch dann waren meine Worte ausgesprochen, bevor ich sie wirklich durchdacht hatte.
»Du meinst jetzt, genau in diesem Augenblick? Also, ehrlich gesagt, ist mir der Ort im Moment egal. Hauptsache, du bist auch dort.« Moment, hatte ich das tatsächlich laut ausgesprochen?
Tristan schien mit dieser Antwort nicht gerechnet zu haben. Überrascht zog er seine Augenbrauen nach oben, mir stieg Röte ins Gesicht. Verlegen senkte ich meinen Kopf, um das Offensichtliche weniger offensichtlich erscheinen zu lassen. Tristan griff an mein Kinn, hob meinen Kopf sanft an. Unsere Blicke trafen sich und er begann zu lächeln.
»Meinst du das ernst?«
Ich wollte schon in Gelächter verfallen, ihm erklären, dass er auf meinen Scherz hereingefallen war, doch Tristan ließ mir gar keine Chance, um zu antworten. Er forderte mich auf, meine Augen zu schließen. Was hatte er vor? Wollte er mir die Schmach ersparen, wenn er versuchte, unauffällig zu entkommen? Was sonst konnte er nach so einer Aussage wie dieser auch anderes vorhaben?
Ich war so aufgeregt, konnte sogar mein Blut in den Ohren rauschen hören. Warum überließ er mich nicht einfach meinen Tonnen an Geschichte?
Aber er gab nicht auf: »Na, komm schon. Sei kein Angsthase und schließ deine Augen.«
»Warum?«

»Weil ich dir etwas zeigen will.«
»Du willst mir ernsthaft etwas mit verschlossenen Augen zeigen, ja?«
»Vertrau mir einfach.«
Und ich tat es. Ich konnte spüren, wie er meine Hände in seine nahm. Fühlte mich wohl in ihnen, sie waren groß und warm, sein Griff angenehm fest. Seine Stimme senkte er zu einem Flüstern, was sie noch samtiger erscheinen ließ. Obwohl er so leise sprach, verstand ich jedes seiner Worte.
»Bist du bereit?«
»Ja.«
»Ich werde dich jetzt an einen besonderen Ort mitnehmen. Ich habe da schon so eine Idee oder hast du einen sondergleichen Wunsch?«
Dabei kam sein Gesicht meinem so nah, dass nicht einmal ein Blatt Papier dazwischengepasst hätte. Ich öffnete meine Augen und entdeckte Wimpern, so lang, wie ich sie nie bei einem Jungen gesehen hatte.
»Nein, so geht das nicht. Augen wieder zu, Emma!«
Augen zu und sprechen? Das konnte ich nicht.
»Okay, bring mich zu diesem einen Ort, der dir bereits im Kopf herumspukt. Sollte ich vielleicht vorher erwähnen, dass ich an Flugangst leide?«
»Echt jetzt? Du bist Amerikanerin, die fliegen doch ständig.«
»War nicht ernst gemeint.« Ich musste lächeln.
»Ist sowieso egal, denn, wenn du endlich einmal deine Augen schließen würdest, würdest du bemerken, dass wir schon längst da sind.«
Ich ließ meine Augenlider sinken und wurde binnen Sekunden von Tristans Worten an einen einsamen Strandabschnitt gebracht. Er hatte keinen Namen, zumindest wurde mir dieser nicht verraten und ich überlegte, ob es dieses Fleckchen Erde

tatsächlich gab. So wie Tristan es mir schilderte, befand es sich fernab jeglicher Zivilisation. Es gab keinen Schirmverleih und auch keinen Beachclub. Tristan beschrieb diesen einsamen Ort so lebhaft, dass sich die Luft mit einem Mal wärmer anfühlte. In meinem Kopf entstanden plötzlich Farbtöne, wie man sie nur am Meer finden konnte. Sogar meine Nase begann verrückt zu spielen und vernahm einen salzigen Duft. Ein frischer Windzug streifte meine Haut und nicht allzu weit von mir entfernt konnte ich Wellen rauschen hören.

Wenn etwas magisch war, dann dieser Moment. Alles fühlte sich so echt an. Tristans Stimme war kaum mehr als ein Flüstern.

»Kannst du die Wellen rauschen hören?«

Ich wusste nicht, ob er mein Nicken überhaupt sehen konnte. Vielleicht hielt er seine Augen ebenso geschlossen wie ich. Trotzdem brachte ich keinen Ton heraus.

»Lass uns dorthin gehen und uns ein wenig abkühlen.«

Nachdem unsere Haare getrocknet waren, wich der Fantasietag der Fantasienacht. Tristan erzählte vom Nachthimmel und als ich zu ihm hochsah, konnte ich so viele Sterne sehen, als hätte jemand das Licht angeknipst. Ich war mir sicher, dass man jedes Sternbild sehen konnte. Tristans Stimme verstummte, er überließ mich dem unglaublichen Nachthimmel. In Gedanken lag ich nur da und sah hinauf.

»Hast du die Sternschnuppe gesehen?«

Und tatsächlich hatte sich eine über mein ganz persönliches Firmament gestohlen. Wie hatte er sie nur ebenfalls sehen können?

»Die war für dich. Schnell, wünsch dir was.«

Und das tat ich.

»Jetzt kannst du deine Augen wieder öffnen.«

Ein wenig benommen und atemlos fragte ich ihn, ob er das

öfters machte. »Entführst du häufig Mädchen an einsame Orte und schenkst ihnen Sternschnuppen?«
Seine Lippen zogen sich an den Ecken erneut nach oben. »Nein, das habe ich heute zum ersten Mal gemacht. Hat's dir gefallen?«
Und dann ging mein Wunsch in Erfüllung. Seine Lippen berührten meine. Sie fühlten sich weich an. Ich schloss meine Augen, war bereit, als Luis plötzlich mit lauten Schritten unsere Nische betrat.
Luis' Erscheinen ließ mich aufschrecken. Automatisch wich ich zurück, schaffte Raum zwischen mir und Tristan. Der ungewollte und plötzliche Abstand fühlte sich kalt und unangenehm an. Eine Zeit lang sprach niemand von uns. Einen Moment war mir, als könnte ich nochmals den Nachthimmel sehen, dann fand ich mich endgültig in der Bibliothek wieder. Tristan war der Erste, der das Wort ergriff und Luis auf eine Weise begrüßte, als hätte dieser uns nicht eben beim Küssen erwischt. Auch Luis tat so, als wäre nichts Ungewöhnliches vorgefallen. Das gab mir zu denken, ich fragte mich, ob Luis wohl öfter Tristan in solch einer Situation antraf. Und während ich mir darüber meine Gedanken machte, ärgerte ich mich über mich selbst. Wie hatte ich nur so leichtsinnig sein können? Einen Jungen küssen, mit dem ich mich gerade zweimal unterhalten hatte? Aber, war das überhaupt schon ein Kuss gewesen?
»Darf ich abklatschen, mein Freund?« Luis klopfte Tristan freundschaftlich auf die Schulter. »Ich störe ja nur ungern, aber als der einzig wahre Nachhilfelehrer hier fühle ich mich für Emmas kognitives Wohlbefinden irgendwie verantwortlich.« Dann wandte er sich mir zu. »Oder willst du unser Lern-Date etwa verschieben?«
Ich würde nicht unbedingt behaupten, dass mich die Situati-

on überforderte, aber mein überhastetes »Nein, Nein« hätte trotzdem irgendwie lockerer ausfallen können.

»Hier hast du's. Sorry, Mann, aber jetzt bin ich dran.«

Bevor Tristan aufstand, küsste er mich auf die Wange und schenkte mir sein Lächeln. Zum Glück musste ich jetzt nicht stehen. Er schnappte seinen Rucksack und verabschiedete sich von Luis. Ich zog meine Unterlagen aus meiner Tasche und bemühte mich um einen gelassenen Eindruck. Tristans Lippen konnte ich dabei noch immer auf meinen spüren.

Die folgende Nachhilfestunde machte richtig Spaß. Solange man beim Lernen überhaupt von Spaß reden konnte. Luis' Erklärungen rückten den komplexen Stoff in verständliches Licht und seine Art, die trockene Theorie mit Parodien aufzulockern, brachte mich zum Schmunzeln. Luis steckte soeben in der überzeugenden Rolle des Professors Ernst, als ich im Augenwinkel Lina wahrnahm, die suchend durch die Bankreihen strich. Hatte ich vergessen, von der Nische zu erzählen? Sah ganz so aus. Und gerade an der Stelle, an der Luis zum Höhepunkt und Schluss seiner Parodie gelangte, schlüpfte ich an ihm vorbei, um Lina auf leisen Sohlen zu uns in die Nische zu holen.

Es war sieben Uhr abends, als ich unsere Hausglocke schellen hörte. Es war ein schriller Ton, den keiner, selbst wenn er gewollt hätte, überhören konnte. Ich saß am Schreibtisch und vernahm Stimmen. Aber nachdem ich keinen Besuch erwartete, schenkte ich ihnen keine weitere Beachtung. Vor mir lag mein aufgeschlagenes Biologiebuch. Die morgige Arbeit sollte ein Kinderspiel werden und ich beschloss, das Lernen für heute gut sein zu lassen. Während ich aus dem Fenster blickte, wanderten meine Gedanken, die sich vor Kurzem um zelluläre Ebenen gedreht hatten, zu dem Leuchten dunkler Augen. Was

auch immer ich tat, Tristan hörte nicht auf, in meinem Kopf herumzuspuken.
Es klopfte an der Tür, was mich aus meinen Gedanken riss und gleichzeitig auch irritierte. Keiner in meiner Familie klopfte dermaßen sanft. Bei uns war alles laut.
Die Tür öffnete sich einen Spalt und herein kam Lina. Sie stieß ein leises »Überraschung!« aus, schloss die Tür hinter sich und ließ erst mal ihren Blick durchs Zimmer schweifen. »Wow, was für ein Zimmer. Nicht schlecht.«
Ich versuchte ihrem Blick zu folgen, wollte herauszufinden, was genau es war, das sie nicht schlecht fand, aber ich kam nicht dahinter. Ich stand auf und begrüßte Lina mit zwei Küsschen auf die Wangen. »Was machst du hier?« Hatte sie nicht vorgehabt, Nikolas im Internat zu besuchen? Mit der riesigen Sporttasche in der Hand sah es eher danach aus, als ob sie bei mir einziehen wollte. »Was, in aller Welt, schleppst du da für ein schwarzes Monster mit dir herum?«
»Meinst du etwa das?« Sie hob die Tasche ein wenig an, hatte jedoch mit deren Gewicht so ihre Probleme. »Heute Abend habe ich keine Zeit für Internatsbesuche, Süße. Und was immer du gerade tust, du hast auch keine Zeit mehr dafür.« Sie deutete auf mein Bett und schmiss sich samt Sporttasche darauf. Beinahe feierlich fuhr sie fort. »Denn genau jetzt gibt es etwas Unaufschiebbares. Ich sage nur: passendes Outfit für morgen Abend.«
Ich musste kurz überlegen. »Morgen Abend? Meinst du etwa die Party?«
»Bingo! Luis hat mir nämlich verraten, dass er ebenfalls zur Internatsparty kommen wird. Und jetzt rate einmal, wer noch aller dort sein wird.« Erwartungsvoll sah sich mich an.
Ich wagte es nicht zu hoffen, sprach den Namen aber trotzdem aus: »Tristan?«

»Genau der! Dir ist doch klar, was das heißt, oder?«
Ähm, was genau sollte das heißen? Nach Luis' Reaktion in der Bibliothek hoffe ich nicht mehr, dass Tristan es auch nur annähernd ernst mit mir meinen könnte. Also, wen interessierte es schon, welches Outfit ich tragen würde?
Zugegeben, seit Tagen war dieses Fest Gesprächsthema Nummer eins, allen voran bei Nikolas. Da er im Internat wohnte, fieberte er dem Fest nicht nur entgegen, er fühlte sich regelrecht als Gastgeber. Vor drei Tagen hatte er Lina und mich feierlich dazu eingeladen, obwohl es keiner Einladung bedurfte. Jeder der wollte und Eintritt zahlte, konnte dabei sein.
Lina zerrte nun schon seit Minuten an dem klemmenden Reißverschluss ihrer Sporttasche und ich versuchte ihr zu helfen. Ihre aufgeregte Laune wirkte langsam ansteckend.
Endlich löste sich der Reisverschluss und jede Menge Kleidungsstücke kamen zum Vorschein.
»Ich werde nicht von Luis' Seite weichen und du, Süße, wirst dasselbe bei Tristan tun.«
Ich musste unweigerlich lächeln, auch, wenn ich nicht glauben konnte, dass es das war, was Tristan wollte.
»Und jetzt lass uns was richtig Nettes zum Anziehen finden. Die Jungs sollen ja schließlich etwas zum Bewundern haben!«
Bei lauter Musik wühlten wir in Linas Tasche und in den Tiefen meines Kastens. Wie gut, dass ich ihn erst letztes Wochenende eingeräumt hatte, so wusste ich genau, wo was zu finden war. Lina zog ein Printshirt nach dem anderen heraus und hielt sie bewundernd in die Luft. »An deinen Klamotten sieht man einfach, dass du diese Teile nicht bei uns erstanden hast.« Sie hatte aber auch einen Griff für meine Lieblingsteile. »Du wirst umwerfend aussehen. Und wenn es uns gelingt, deine Mähne zu bändigen, wird es Tristan regelrecht umhauen.«
Nach einer ganzen Stunde des Wühlens und Anprobierens fiel

unsere Entscheidung schließlich auf schwarze Hotpants. Dazu wollte ich meine Wildlederstiefel und ein weit geschnittenes Top mit Dreiviertelärmeln tragen. Lina würde ihre Hotpants mit einer hochgeschlossenen, rückenfreien Bluse kombinieren. Sie sah umwerfend aus.

Egal, wie sich Tristan auch mir gegenüber verhalten würde, ich versuchte mir die anwachsende Freude auf die Party nicht nehmen zu lassen.

Kapitel 5

Am nächsten Abend hatte ich mir meinen Mantel bereits im Zimmer übergezogen. Ich wollte sichergehen, dass ich in meinen Hotpants an Dad vorbeikommen würde.
Ich plante auf einen kurzen Sprung in die Küche zu gehen, meiner Familie einen schönen Abend zu wünschen und mich gleich darauf auf den Weg zum Internat zu machen. Wäre da nicht Olivia gewesen, die auf mich zugelaufen kam und mit ihren klebrigen Fingern meine Beine umarmte. »Du siehst aus wie eine Prinzessin!«
Zu spät bemerkte ich, dass auch ihr Gesicht voller Soße war und mein Mantel somit auch. Mom kam, mit einer Serviette in der Hand, hinterhergelaufen und wischte damit meiner kleinen Schwester über den Mund. »Oh, oh Olivia. Keine gute Idee! Emma kann jetzt bestimmt keine Tomatenflecken auf ihrem schönen Mantel gebrauchen!« Sie hob meine kleine Schwester hoch und bewirkte, dass sie sogleich zu weinen begann. »Du brauchst nicht zu weinen, kleine Olivia. Deine große Schwester geht jetzt aus und für dich ist es höchste Zeit, ins Bett zu gehen.« Daraufhin weinte Olivia noch mehr, ihre Tränen schossen regelrecht senkrecht aus ihren Kulleraugen. Es gelang mir Olivia ein wenig zu trösten, erzählte ihr von einer Prinzessin, die Flecken auf ihren Kleidern liebte.
Ich ging zur Spüle, griff nach dem Tuch, verteilte ein wenig Seife darauf und fing an, den Fleck zu bearbeiten. Zwischen all der Aufregung saß Dad. Stillschweigend blätterte er durch die Seiten der Stellenanzeigen. Er musste meinen Blick auf sich gespürt haben, denn er hob seinen Kopf und sah mich mit müden Augen an. So rot wie die waren, musste er bereits Stunden beim Entziffern des Kleingedruckten verbracht haben.

»Vergiss nicht, was wir ausgemacht haben, Emma. Zu Mitternacht bist du wieder zu Hause.«

»Ja, Dad.«

»Und tu mir den Gefallen und fahr auf keinen Fall mit jemandem mit, der etwas getrunken hat.«

Ich verdrehte die Augen. Das hatten wir doch bereits alles durchbesprochen. Ich fragte mich ohnehin, wohin man in dieser Kleinstadt überhaupt mit dem Auto hätte hinfahren sollen. Ich entrang mir ein »Ja, Dad«, wünschte allen einen schönen Abend und machte mich in meinen schwarzen Wildlederstiefeln mit den hohen Absätzen auf den Weg Richtung Internat. Meine Schritte klapperten auf dem Asphalt, meinen Blick hatte ich auf den Boden gerichtet. Vielleicht schaffte ich es sogar, mich nicht allzu sehr zu verspäten. Wenn ich mich beeilte, würde ich bestimmt gleich da sein. Ich war mir sicher, dass es jeden Moment so weit sein würde, als ich das leise Plätschern von Wasser vernahm. Ich hielt inne. Moment mal, das Internat lag nicht an der Donau, oder etwa doch? Mit unguter Vorahnung löste ich meinen Blick vom grauen Asphalt und sah mich anstelle des Internatsgebäudes der örtlichen Bootsanlegestelle für Ausflugsschiffe gegenüber. Verärgert fragte ich mich, wie es mir möglich gewesen war, mich dermaßen zu verlaufen. Und noch dazu in einem Nest wie diesem. Alles, was ich wusste, war, dass ich an die andere Seite der Stadt gehörte.

Ich fluchte, stapfte mit meinen Absätzen auf, wollte auf der Stelle kehrtmachen und mich auf den Rückweg begeben. Etwas hielt mich davon ab. Irgendetwas hatte ich im Augenwinkel wahrgenommen, das mich stutzen ließ. Ich kniff die Augen ein wenig zusammen, um im Licht der Straßenlaternen besser sehen zu können. Langsam formte sich ein klares Bild und ließ auf dem Anlagesteg zwei dunkle Gestalten erkennen. Zögernd bewegte ich mich auf die meterhohe Absperrung aus

Gitterstäben zu, das angebrachte Betreten-Verboten-Schild befand sich deutlich vor mir.
Ich schaute zwischen den Stäben hindurch, hoffte, dass nur ich die Gestalten bemerkte und nicht umgekehrt.
Beim genaueren Hinsehen kam mir eine der beiden Schattengestalten bekannt vor. Zuerst war ich mir unsicher, ob ich mich nicht irrte, aber die Art und Weise, wie sie ihre Kappe trug, ließ mich darauf schließen, dass es sich nur um Mats handeln konnte. Wild gestikulierend redete er auf sein Gegenüber ein, das um einiges größer war und mit seinem dunklen Mantel irgendwie bedrohlich wirkte. Breitbeinig stand es da. Breitbeinig und angriffslustig und mit dem Rücken zu mir. Sein Gesicht konnte ich nicht erkennen. Die Gestalt erinnerte mich an einen dieser Bösewichte, wie sie in Jacobs Comics zu finden waren. Die Distanz war viel zu groß, um auch nur ein einziges Wort verstehen zu können, aber es war unschwer zu erkennen, dass sich die beiden stritten. Ich fühlte mich unbehaglich, hatte das Gefühl, in deren Privatsphäre einzutreten, ohne es wirklich zu beabsichtigen. Ich beschloss, mich nun endlich auf den Weg zu machen.
Ich hatte den Stoß des Großen nicht kommen sehen. Mats' Straucheln nach zu schließen wurde auch er davon überrascht. Er ruderte mit den Armen, versuchte mit aller Kraft das Gleichgewicht zu halten, um nicht ins Wasser zu fallen. Dann packte ihn der Unbekannte am Jackenkragen und zog ihn zu sich heran. Es war, als hätte jemand die Stopptaste betätigt, denn keiner der beiden bewegte sich. Alles war still, einzig das monotone Plätschern des Wassers war zu hören.
Ein kalter Windstoß ließ mich frösteln, kroch mir unter den Mantel. Ich hob meine Hände und blies warmen Atem hinein. Das alles dauerte nicht länger als wenige Sekunden. Trotzdem, als ich meinen Blick wieder hob, war alles anders als zuvor. Mein

Herz setzte für einen Schlag lang aus und in meinen Ohren begann es zu rauschen. In dem Bild, das sich mir nun bot, fehlten die beiden Hauptdarsteller. Wie durch Zauberhand hatten sie sich in Luft aufgelöst. Oder, was um einiges wahrscheinlicher war, waren sie unbemerkt ins eiskalte Wasser gesprungen. Wie ein gefangenes Tier ging ich vor den Gitterstäben auf und ab, versuchte die Köpfe der beiden im Wasser zu entdecken. Aber da war nichts. Keine Bewegung, kein Hilferuf. Nichts. Es war, als hätte ich mir die beiden nur eingebildet.

Ich spielte mit dem Gedanken, dass es meine Sinneswahrnehmungen waren, die mir ein Schnippchen schlugen. Die Idee einer Fata Morgana stieg mir in den Kopf. Oder gab es so etwas nur in der Wüste? Ehrlich gesagt hatte ich keine Ahnung, wie es sich mit Fata Morganen im Generellen verhielt.

Ich fing zu rennen an und wurde erst langsamer, als meine Oberschenkel zu brennen begannen.

Der Blick auf meine Armbanduhr verriet mir, dass ich Linas und mein Date um eine ganze Stunde verpasst hatte. Leicht irritiert von meinem Umweg mit all seinen Ereignissen öffnete ich die Tür zum Internat und trat ein.

Ich hatte erst einen Fuß über die Schwelle gesetzt, als ich von einer Welle lauter Musik regelrecht eingesogen wurde. Der dröhnende Bass wummerte durch meinen ganzen Körper, das eben Erlebte war wie weggeblasen. Mein Ich stellte sich auf Party ein und die Suche nach Lina konnte beginnen.

»Hey Süße, da bist du ja endlich!«

Ich verlor beinahe das Gleichgewicht, als mich Lina von der Seite her ansprang.

»Wo warst du denn so lange? Ich habe mir da draußen beinahe den Hintern abgefroren in meinen Hotpants!«

Ich war so froh darüber sie zu sehen, dass ich ihr um den Hals fiel.

»Das nenne ich mal eine Begrüßung. Sag, du bist ja ganz blass. Ist alles okay?«

War ich das? Das Verschwinden der beiden Personen von gerade eben war so etwas von nicht greifbar, dass ich erst einmal einen Moment nachdenken musste. Wie fühlte ich mich, wie fasste ich es in Worte, ohne dass es lächerlich oder verrückt klang?

»Ist das nicht der absolute Wahnsinn hier? Ich weiß ja nicht, wie eure Partys in New York so ausgesehen haben, aber für hier ist das ziemlich genial. Der DJ legt angeblich auf Ibiza auf.« Sie nahm mich bei der Hand und zog mich durch die Menschenmenge. »Komm mit, wir stehen da hinten an der Bar.« Sie ging halb tanzend vor mir her und ich ließ mich bereitwillig im Schlepptau in die Menge nehmen.

Die Musik war so unsagbar laut, dass ich schreien musste, damit Lina überhaupt eines meiner Worte verstehen konnte. »Wer ist denn aller da?«

»Wirst du gleich sehen.« Sie blieb stehen, drehte sich um. Anders war eine Unterhaltung einfach nicht möglich. »Luis ist da, Mats' Bruder Finn und natürlich Nikolas.« Sie wollte sich gerade wieder umdrehen, als ihr noch jemand einzufallen schien. Bestimmt würde sie mir gleich verraten, dass auch Tristan gekommen war. Typisch Lina. Verpasste keine Gelegenheit für etwas Spannung. »Und der neue Zimmerkollege von Nikolas ist auch vor Kurzem gekommen. Er heißt Lionel und ist Franzose. Total süß, sag ich dir.«

Okay, dass Tristan da war, wollte sie noch nicht verraten. Ich ließ ihr den Spaß. Stattdessen fragte ich nach Mats. Wenn er da war, wusste ich zumindest, dass ich vorhin eine Sinnestäuschung gehabt hatte. So schnell würde keiner wieder trocken aus dem Wasser auf einer Party sein. »Ist Mats auch da?«

Lina meinte, sich verhört zu haben. »Du fragst jetzt nicht ernsthaft nach Mats, oder?«

»Doch! Gehört ja auch irgendwie dazu, oder?«
»Glaub mir, den brauchst du nicht auf einer Party in deiner Nähe.« Sie zog mich ein Stück weiter, um gleich wieder stehen zu bleiben. »Aber, wenn du schon fragst, nein, der ist nicht da. Wacht angeblich an Stellas Krankenbett. Die Arme«, bei diesen Worten ließ Lina meine Hand los, um Krähenfüßchen in die Luft zu zeichnen, »liegt nämlich mit Grippe im Bett.«
Yes! Willkommen Sinnestäuschung. Mats war zuhause bei Stella und demnach war es unmöglich, dass er in der Donau verschwunden war. Der Abend war gerettet. Jetzt musste Lina nur noch mit Tristans Namen rausrücken. Aber ich würde ihn ohnehin jeden Moment sehen. Die Bar war ein paar Schritte von uns entfernt und ich konnte bereits Luis' Lockenkopf erkennen, als Lina ein letztes Mal stehen blieb.
»Sei nicht traurig, wenn du Tristan nicht gleich siehst. Er ist auf einer Familienfeier. Aber Luis hat mir versichert, dass er bald nachkommen wird. Angeblich will er dich nicht verpassen.« Sie zwinkerte mir aufmunternd zu und schob mich das letzte kurze Stück Richtung Bar vor sich her.
Ich versuchte mir einzureden, dass Tristans Abwesenheit mich nicht enttäuschen würde. Aber es gelang mir nicht. Auch, wenn mir Lina versichert hatte, Tristan würde nachkommen, Luis hatte mir gegenüber nichts erwähnt. Was, wenn er sich von seiner Familie nicht losreißen konnte? Was, wenn sein Familientreffen länger als geplant lief und sich die Party für ihn nicht mehr auszahlte?
Aber dann stellte sich Lionel neben mich und es war unausweichlich, dass seine gute Laune auf mich überschwappte. Ich packte mein gesamtes Schulfranzösisch aus, was nicht sonderlich viel war, und brach nicht nur einmal mit einem Schulterzucken ab. Ich war dabei, es zur Gänze zu lassen, Lionel ermutigte mich jedoch weiterzumachen. Er fand Spaß an meinen

Sprechversuchen und lehrte mich das eine oder andere »wichtige« Wort. Mein Cola versuchte ich ebenfalls auf Französisch zu bestellen.
»Und wenn du einen Strohhalm dazu möschtest, dann sagst du: ›Avec une paille, s'il vous plaites.‹ Ist nischt schwer, n'est pas?«

Ich erfuhr, dass Lionel nicht auf unsere Schule ging, was mich nicht sonderlich überraschte. Bestimmt wäre er mir aufgefallen. Lionel war Austauschschüler an der Höheren Technischen Lehranstalt und besuchte den Zweig für Hochbau. Er erzählte mir, dass er Architekt werden wollte. Dass er bereits wusste, was er einmal werden wollte, fand ich ziemlich beeindruckend. Ich hatte überhaupt keine Ahnung, welchen Beruf ich ergreifen würde. Ich steckte dermaßen im Jetzt, dass ich für solche Fragen einfach keine Zeit fand.
»Du musst wissen, dass diese Schule sehr gut ischt. Deswegen hat misch mein Vater nasch Österreisch geschickt. Aber ehrlisch gesagt, habe isch eine Art Kulturschock. Verstehst du, was isch meine?«
Und ob ich das verstand! Wer, wenn nicht ich? Wir machten eine Art Wettkampf daraus, wer mehr österreichische Bräuche kannte und konnten nicht anders, als uns über den einen oder anderen lustig zu machen. Ob dabei alles so war, wie wir behaupteten, bezweifle ich allerdings. In Wahrheit hatte ich relativ wenig Ahnung davon. Aber um das ging es eigentlich nicht. Wir hatten einfach nur Spaß.
Ab und an fiel mein Blick auf Lina, die unaufhörlich mit Luis flirtete. Bei ihr zahlte sich diese ganze Outfitgeschichte wenigstens aus. Ich spürte einen Anflug von Neid in mir hochsteigen, wünschte mir, Tristan würde endlich seine Familienfeier sein lassen und hier aufkreuzen.

Ich musste ziemlich verzweifelt dreingeblickt haben, denn Lionel schien meinen Stimmungswandel zu bemerken und zog mich kurzerhand auf die Tanzfläche. Er versuchte mich aufzuheitern.

»Du wartest auf jemanden Bestimmten, nischt wahr? Er wird schon nosch kommen, bestimmt. Aber jetzt maschen wir erst mal die Tanzfläche wild.« Die gute Laune war zurückgekehrt.

»Das heißt unsicher, Lionel. Nicht wild.«

Er sah mich verständnislos an. »Aber wieso denn unsischer? Isch masche sie lieber wild.«

Die Musik umfing uns mit einer ziemlichen Wucht und ließ uns erst wieder los, als unsere Gesichter vor Hitze glühten. Lionel strich sich die Haare nach hinten. Ich wollte mir gar nicht erst ausmalen, wie meine Mähne durch das Tanzen zu Berge stand. Dabei hatte ich mir solche Mühe gegeben, sie zu bändigen. In der Zwischenzeit war davon sicher nichts mehr zu erkennen.

»Isch brauche eine kurze Pause. Willst du ausch etwas trinken?«

Ich nickte ihm dankbar zu und folgte ihm durch die tanzende Menge. Unser Platz an der Bar war besetzt. Luis und Lina waren näher zusammengerückt, von Finn und Nikolas fehlte jede Spur. Wahrscheinlich waren sie in der Zwischenzeit irgendwo in der Tiefe der Tanzfläche abgetaucht.

Lionel war so groß, dass ich mich auf die Zehen stellen musste, um seinem Ohr nahe zu kommen und meinen Getränkewunsch mitzuteilen. Während wir so dastanden, ich auf Zehenspitzen und er mit seinem Kopf zu mir gebeugt, erblickte ich ihn. Tristan lehnte nicht unweit von uns an der Wand und schaute in meine Richtung. Er sah dabei so unverschämt gut aus, dass ich umgehend weiche Knie bekam. Ich lächelte ihn an, fragte mich, warum er nicht zu uns rüberkam, als ich bemerkte, dass er durch mich hindurchsah. Seine Aufmerksamkeit galt einzig und allein Lionel, sein Blick war von zu viel Alkohol bereits beeinträchtigt. Er dachte doch nicht etwa, dass da zwischen Lionel und mir etwas lief? Nein, er konnte nicht so blöd sein und glauben, dass ich irgendjemanden ihm vorziehen würde.

»Was möschtest du jetzt trinken, Emma?« Lionels Mund war nahe an meinem Ohr.

Ich bemerkte nicht, dass er dabei Tristan siegessicher anlächelte. Und obwohl ich selten Alkohol trank, bat ich Lionel, mir ein Glas Wein zu bestellen. Genau in diesem Moment hatte ich das dringende Bedürfnis, meine Trinkgewohnheiten zu ändern.

Am liebsten wäre ich in der Sekunde zu Tristan gelaufen, hätte meine Arme um ihn geschlungen, seine Nähe gespürt und seinen Duft nach Sonne und Meer in aller Intensität eingezogen. Aber da war dieser Stolz, der mich daran hinderte, das einzig Richtige zu tun. Mal ehrlich. Ich meine, man wird sich wohl mit anderen Jungs unterhalten dürfen. Hatte er ernsthaft erwartet, ich würde alleine in einer Ecke sitzen und warten, bis er sich endlich von Mommy und Daddy losgerissen hatte? War es nicht er, der an der Reihe war, zu mir zu kommen? Wie hatte Lina vorhin gemeint? Er wollte mich nicht verpassen? Warum unternahm er dann nichts? Wie festgefroren stand ich neben Lionel, der mir wortlos mein Glas Wein reichte. Erst jetzt fiel mir auf, dass auch er seinen Blick auf Tristan geheftet hielt. Und was tat Tristan? Er unternahm noch immer nichts. Er lehnte an der Wand, nahm einen Schluck von seinem trüben Getränk und wechselte einige Worte mit Leuten, die an ihm vorbeigingen und ihn offenbar kannten. Trotzig, fast wütend, hob ich mein Glas und prostete Lionel zu. »Auf die Liebe!«

Dann sah ich Tristan, wie er einen Schritt nach vorne machte. Endlich würde er diesem Gefühlschaos ein Ende setzen, würde auf mich zukommen und strahlen. Doch irgendetwas stimmte nicht. Die Richtung. Es war die Richtung! Er steuerte gar nicht auf mich zu, sondern ging nach rechts.

Wie von selbst begannen meine Beine loszulaufen, machten sich selbstständig. Ich schaffte es gerade noch, über meine Schulter ein »Entschuldige mich kurz« zu schicken und war schon in der Menschenmenge verschwunden.

Das Durchkommen gestaltete sich schwierig, ich verschüttete mein halbes Glas Wein. Und obwohl ich mich durchschlängelte, als liefe ich um mein Leben, verlor ich Tristan aus den Augen. Verdammt, wo war er nur hinverschwunden? Dort! Ich sah eine Glastür. Die Tür zur Terrasse. Als ich darauf zusteuerte, fiel sie gerade ins Schloss. Ich stürzte hin und riss sie auf. Kälte schlug mir entgegen. Ich nahm sie nur für einen Augenblick wahr, genauso den Wind, der mir meine Haare ins Gesicht blies.

Warum nur musste die Party so anders verlaufen, als ich sie mir ausgemalt hatte? Ich verfluchte ihren Verlauf, fühlte mich mit meinem Schicksal alleingelassen, während alle um mich herum zu lachen schienen. Ich drängte mich an einer Gruppe von rauchenden Jugendlichen vorbei, die gerade eine Zigarette im Kreis reichten. Stieß an ein Pärchen, das sich innig küsste, und sah mich dabei panisch nach Tristan um. Wo war er nur abgeblieben? War es falsch, ihm hinterherzulaufen? War es vielleicht sogar peinlich?

Unsicher, mich richtig verhalten zu haben, wurde ich mit meinem halbvollen Glas in der Hand langsamer und langsamer, bis ich vor einer Treppe, die zu einer kleinen Parkanlage führte, schließlich stehen blieb. Ich ließ mich auf die oberste Stufe fallen, konnte den kalten Stein durch meine Hotpants spüren und trank den letzten Rest Wein, der sich im Glas befand. Mein Blick ging in die Ferne und ich sah Tristan, diesen wunderschönen Jungen mit seinen blonden Haaren, der sich vor meinen Augen in Luft auflöste.

Ich machte mir erst gar nicht die Mühe, mich umzublicken. Ich wusste auch so, dass dieses Geschehen niemand außer mir mitbekommen hatte. Ich war allein mit meinen Sinnestäuschungen.

Die Party war für mich gelaufen und ich ging wieder hinein. Mit einem Mal erschien mir die Musik unerträglich laut, die Luft stickig und heiß. Ich machte mich auf den Weg zur Bar, um mich für den Abend zu verabschieden. Lionel erblickte mich als Erster, wechselte mit Lina ein paar Worte und kam mit schnellem Schritt auf mich zu. »Komm Emma, isch bringe disch nasch Hause.«
Lina wollte mich nicht gehen lassen, wollte wissen, was passiert war, aber das wusste ich selbst nicht so genau. Was war schon real, was war Einbildung? Ich wollte nicht reden, war verwirrt und traurig und wollte nur nach Hause. Lionel begleitete mich nach draußen und marschierte noch immer an meiner Seite, als ich schon längst auf dem Heimweg war.
Keiner sprach ein Wort, schweigend bewegten wir uns nebeneinander her. Ich konzentrierte mich auf das Klappern meiner Absätze, versuchte nicht gleich loszuheulen. Meine Hände waren tief in meinen Manteltaschen vergraben und meine Nägel bohrten sich in meine Handflächen. Was passierte nur mit mir?
Wie lange wir bereits vor meinem Zuhause standen, wusste ich nicht. Irgendwann hatten meine Absätze zu klappern aufgehört. »Danke fürs Heimbringen, Lionel.« Bevor er etwas erwidern konnte, drehte ich mich um und rannte durch den Vorgarten auf die Haustür zu. Lautlos schlich ich in mein Zimmer und schmiss mich, ohne mich auszuziehen, auf mein Bett. Meinen Tränen ließ ich freien Lauf, so lange, bis ich in einen tiefen, traumlosen Schlaf fiel.

Das Wochenende verbrachte ich größtenteils auf meinem Zimmer. Ich gab vor zu lernen und zu meiner eigenen Überraschung versuchte ich es sogar wirklich. Als ich jedoch das Buch für Volkswirtschaftslehre aufschlug, schossen mir erneut Tränen in die Augen. Denn anstelle der Entwicklungskurven sah ich einen wunderschönen Nachthimmel mit Sternschnuppen voller Wünsche. Mein Biologieversuch ließ mich über meine Halluzinationen grübeln und Französisch erinnerte mich an Lionel, an den ich auf keinen Fall erinnert werden wollte. Mein Lernversuch endete damit, dass ich sämtliche Bücher auf den Boden schmiss und ich mich aufs Bett.

Tristans Schal lag neben mir und berührte meine tränenfeuchte Wange. Nach Sonne und Meer roch er nicht mehr.

Kapitel 6

Luis betrat die Nische in der Bibliothek. »Hi, Emma, alles klar?« Er ließ sich neben mich auf den leeren Stuhl fallen. Er zog die Augenbrauen hoch und betrachtete meinen Bücherstapel. »Wie lange sitzt du denn schon hier?«

Gute Frage, denn die Antwort wusste ich selbst nicht so genau. Zwei Unterrichtsstunden waren heute entfallen und jetzt war es bereits vier Uhr nachmittags. Das machte in Summe, tja, wie viele Stunden?

Insgeheim hatte ich gehofft, Tristan würde hier auf mich warten. Aber ich wurde enttäuscht.

Luis knetete seine Finger, schien unsicher darüber zu sein, ob er mir seine Gedanken mitteilen sollte.

»Hör zu, Emma. Was auch immer da zwischen dir und Tristan abrennt. Ihr solltet das klären, meinst du nicht auch?«

Da brach sie aus mir heraus. Die gesamte Verzweiflung, die sich das ganze Wochenende über in meinem Bauch angesammelt hatte.

»Wie bitte?« Ich funkelte ihn an. »Ist das dein Ernst? Ich sollte etwas mit Tristan klären? Wenn du die Sache mit Lionel ansprichst, dann kannst du es gleich vergessen!«

»Keine Ahnung wie der Typ heißt. Aber wahrscheinlich Lionel.«

»Es gibt nichts zu klären! Ich unterhalte mich, mit wem ich will. Ob das Tristan passt oder nicht. Immerhin war er es, der abgehauen ist!«

Es machte keinen Sinn, mit Luis darüber zu sprechen. Ihn betraf es nicht. Es war ein netter Versuch gewesen, zwischen mir und Tristan zu vermitteln. Es funktionierte jedoch nicht. Es tat mir sogar leid, ihn angefahren zu haben.

»Schon gut.« Der Versuch eines Lächelns huschte über sein Gesicht.
»Weißt du, Luis, es gibt da so vieles, das ich mir nicht erklären kann.«
Luis sah mich an, wollte etwas sagen, aber verwarf es wieder. Stattdessen fischte er seine Unterlagen aus seinem Rucksack und klopfte mit der flachen Hand auf die zwei Bücher. »Wir sollten lieber anfangen. Immerhin bleiben uns nur drei Wochen, um den ganzen Scheiß hier durchzuackern.«

An diesem Nachmittag hatte ich so meine Probleme, Luis' Ausführungen zu folgen. Er erklärte mir das Prinzip der Leistungsrechnung, dabei fiel mein Blick auf die Innenseite seines Unterarms. Ich erkannte ein mit Filzstift gekritzeltes L. So verschnörkelt es war, war mir sofort klar, dass es nicht für Luis stand. Gewissensbisse machten sich in mir breit. Seit der Party hatte ich kein einziges Mal mit Lina telefoniert. Was war ich nur für eine Freundin? Ich nahm mir vor, sie noch heute Abend anzurufen. Gedankenverloren machte ich mir Notizen, als Luis plötzlich in der Mitte des Satzes abbrach, seinen Rucksack schnappte und schweißüberströmt aufsprang.
Mit einem »Ich muss …« verschwand er um die Ecke.
Vollkommen verdutzt saß ich da, starrte die Ecke an, hinter der Luis soeben verschwunden war. Sein Buch mit seinen eingebogenen Ecken und seinem Namenssticker drauf lag aufgeschlagen auf dem Tisch. Außerdem hatten wir noch mehr als zwanzig Minuten unserer Nachhilfezeit ausstehen. Ich beschloss eine Weile sitzen zu bleiben und auf ihn zu warten. Nach zehn Minuten wurde ich unruhig. Hinzu kam, dass mir Luis' panischer Ausdruck nicht aus dem Kopf gehen wollte. Was war da nur gerade passiert? Ich hatte da eine Vermutung, die ich gleich wieder verwarf. Doch nicht Luis, oder doch? Konnte es sein,

dass …? Ich hoffte nicht. Ähnliche Symptome hatte ich schon gesehen. Letztes Jahr in New York City. Einige meiner Freunde hatten mit Drogen experimentiert. Kleine Pillen, die so einfach zu bekommen waren. Gemeinsam mit einem Schluck Wasser versprachen sie Hochgefühl. In den meisten Fällen war es anders gekommen. Anstatt in unendlichen Höhen zu schweben, fielen sie in ein tiefes Loch, voller Angst und Paranoia. Ihre Haut hatte dabei vor Schweiß geglänzt.
Ob ich mit meiner Vermutung richtig lag, erfuhr ich an diesem Nachmittag nicht mehr. Luis kam nicht zurück und so packte ich sein Buch ein und machte mich auf den Weg nach Hause. Vor dem Schulgebäude blickte ich mich um, hoffte, Luis zu erspähen. Aber abgesehen von einer Schülergruppe, welche die ersten warmen Sonnenstrahlen genoss und von der ich keinen Einzigen kannte, war weit und breit nichts zu sehen. Ich fragte mich, was hier, in diesem Österreich, vor sich ging. Die einen lösten sich auf und die anderen rannten weg. Am liebsten hätte ich laut aufgelacht, aber ich schaffte es nicht.

Zwei Stunden später glühte mein Ohr vom vielen Telefonieren.
»Und du bist mir wirklich nicht böse, dass ich mich das ganze Wochenende über nicht bei dir gemeldet habe?«
»Kein Thema, Süße.« Lina klang ehrlich. »Ich kann mir gut vorstellen, wie es dir nach Tristans Auftritt auf der Party ergangen sein muss. Ich hätte mich auch erst mal verkrochen.«
Wenn sie wüsste. Sie hatte ja so was von keiner Ahnung, was dem sichtbaren Auftritt gefolgt war. Nämlich ein unsichtbarer. Ein Tristan, der sich in Luft aufgelöst hatte. Sollte ich es ihr erzählen? Oder würde sie es auf den Wein schieben?
»Aber irgendwie kann einem Tristan ja auch leidtun«, warf Lina ein. »Der ist jetzt bestimmt total fertig wegen des süßen Franzosen.«

Ja und wenn schon. Dann sollte er sich eben bei mir melden. Dass er meine Telefonnummer nicht besaß, sollte nun wirklich kein Hindernis darstellen.
»Aber jetzt erzähl mal. Was genau läuft da mit Luis?« Das war das richtige Stichwort.
Aus Lina begann es regelrecht zu sprudeln. Sie geriet ins Schwärmen, konnte gar nicht mehr damit aufhören. »Ach Emma, Luis ist der absolute Wahnsinn! Ich könnte ihm einfach stundenlang zuhören. Er weiß so viel, ohne dabei angeberisch zu sein. Verstehst du, was ich meine? Alleine am Sonntag haben wir zwei Stunden telefoniert, bis meine Mutter mir androhte, mir das Handy wegzunehmen.«
Sie hatte Recht. Sie passten tatsächlich gut zusammen.
»Ach Süße, du wirst sehen, mit Tristan wird sich alles wieder einrenken. Immerhin kann jeder Blinde sehen, wie gern er dich hat.«
»Ich kann gar nichts sehen. Ich hoffe nur, dass du Recht hast.«
»Natürlich habe ich das. Sag mal, hat mich Luis eigentlich jemals in der Nachhilfestunde erwähnt?«
Das war er, der perfekte Zeitpunkt, um Luis' eigenartiges Verhalten anzuspielen. »Weißt du …«
Doch dann bemerkte ich Olivia in der Tür stehen. Sofort ließ ich das Drogenthema fallen, noch bevor ich es überhaupt angesprochen hatte. Ich musste dringend das Thema wechseln. »Weißt du, Luis und ich plaudern nicht sehr viel. Uns fehlt irgendwie die Zeit dafür. Wir haben jede Menge Stoff durchzuackern. Aber, Lina?«
»Ja?«
»Sag mal, passieren dir auch manchmal eigenartige Dinge?«
»Darauf kannst du Gift nehmen! Ich bin sozusagen der Profi unter den Eigenartigen. Aber, was meinst du genau?«
»Naja, manchmal verschwinden Dinge. So ganz plötzlich.«

Dass ich im Grunde Personen meinte, wagte ich nicht auszusprechen.
»Das nennst du eigenartig?« Lina lachte. »Das ist nicht eigenartig, das ist ja ganz normal!«
Mein Herz begann schneller zu schlagen. Hoffnung keimte in mir auf, ihr könnte dasselbe widerfahren wie mir.
»Erst letztens habe ich meine silberne, lange Kette verlegt. Du weißt schon, die mit den Silberfedern.«
Okay, ihr passierte doch nicht dasselbe wie mir.
»Du glaubst nicht, wo ich sie wiedergefunden habe.«
Meine Aufmerksamkeit begann zu schwinden. Ich beobachtete meine Schwester, die noch immer im Türrahmen saß und mit einer Holzente spielte.
Lina musste aufgefallen sein, dass ich nur halbherzig zugehört hatte. »Emma, hörst du mir eigentlich zu?«
»Ähm, was hast du gesagt?«
»Ich habe dich gefragt, wo sie deiner Meinung nach wieder aufgetaucht ist.«
»Wer?«
»Na die Kette natürlich.«
»Ich habe echt keinen Schimmer.«
»Im Wäschekorb! Sie lag unter den Hemden meines Vaters. Du kannst dir echt sicher sein, dass ich sie da bestimmt nicht reingetan habe!«
Spätestens nach dieser Wäschekorbgeschichte war klar, dass wir nicht von derselben Art Verschwinden sprachen. Ich behielt es für mich und blieb weiterhin alleine mit meinen Wahnvorstellungen und Luis' Drogenproblem. Nachdem wir aufgelegt hatten, ließ ich mich zu Olivia auf den Boden fallen und lieh einem ihrer Holztiere meine Stimme.

Die darauffolgenden Tage zogen sich nicht nur in die Länge, sie erschienen mir wie eine Ewigkeit zu sein. Während Lina ihre Pausen schmachtend auf dem Sportplatz verbrachte und Luis beim Basketballspielen zusah, weigerte ich mich, sie zu begleiten. Ich wollte Tristan nicht sehen. Wobei »nicht wollen« nicht so ganz der Wahrheit entsprach. Vielmehr lag mir etwas daran, dass er keinesfalls glauben sollte, dass ich ihm hinterherlief. Es war an ihm, den ersten Schritt zu tun, und das bedeutete für mich, dass ich in der Klasse bleiben musste und wartete.

So kam es, dass der Junge an meiner Seite nicht Tristan, sondern Nikolas war. Auch er fühlte sich vernachlässigt. In seinem Fall war es Lina, die er vermisste. Wir spendeten uns gegenseitig Trost und Nikolas schlüpfte in die Rolle meines Beraters.

»Du hast so was von Recht, nicht den ersten Schritt zu tun, Emma. Denn, wenn du das tust, hast du verloren.« Er schob mir seine Jausenbox mit Obst zu und ich nahm dankend an. »Übrigens, Lionel hätte gerne deine Telefonnummer. Ist es okay, wenn ich sie ihm gebe?«

Ich überlegte, wobei es nicht wirklich viel nachzudenken gab. Würde Tristan mich mit Lionel sichten, wäre die letzte Chance auf ein wir, also Tristan und mich, endgültig vorbei. »Lieber nicht. Lass mich erst mal die Sache mit Tristan klären.«

Als es erneut zur Pause läutete, Lina hinausstürmte, um Luis zu treffen, und Tristan auch dieses Mal nicht in der Tür erschien, beschloss ich, dem Warten ein Ende zu setzen. Ich wollte raus aus dem Klassenraum. Ich musste einfach wieder auf andere Gedanken kommen.

Zuerst wusste ich nicht so recht wohin, dann machte ich mich auf den Weg in die Kantine, mit ihren hohen Fenstern und dem vielen Licht. Ich steuerte auf den alten, knorrigen Olivenbaum zu, vergaß meine Vorsätze, alles nur mit den Augen zu betrachten und ließ, was ich erreichen konnte, durch meine Finger gleiten. Ich musste über ein glupschäugiges Rentier lächeln

und las mich durch kurze Sprüche, die auf verblichenen, kleinen Zetteln hingen.
Dabei stach mir ein Stück Papier besonders ins Auge. Es unterschied sich in der Farbintensität deutlich von den anderen. Es musste neu angebracht worden sein.
»Für E.«, stand dort. Ich las weiter. »Lass uns wieder verreisen. Nur wir zwei.« Dann wurde der Text von einer kleinen Zeichnung unterbrochen. Sie zeigte einen Stern. »In der Zwischenzeit soll dir diese Sternschnuppe einen Wünsch erfüllen. T.«
E, T, Sternschnuppe. War es das, wonach es aussah? Auch, wenn ich diesen Zufall, gerade an dieses Stück Papier geraten zu sein, nicht glauben konnte, so zauberte mir dieser kleine Stern dennoch ein Lächeln ins Gesicht. Das erste Mal seit Tagen.
Nachdem ich mich vergewissert hatte, dass mich keiner dabei beobachtete, riss ich den Zettel vorsichtig ab und steckte ihn mir in die Hosentasche. Bei meinen anschließenden Schritten in die Bibliothek fühlte ich mich, als würde ich den Boden kaum berühren. Tristan und ich, dieses »Wir« schien nicht vorbei zu sein.
Dieses Mal war es Luis, der bereits auf mich wartete. Gut gelaunt ging ich auf ihn zu und küsste ihn, wie auch die letzten Male, zur Begrüßung auf die Wange. Doch ich wich irritiert zurück. Luis haftete ein leichter Duft nach Meeresluft an. Es war zwar nicht in der Intensität wie bei Tristan, aber die Meeresbrise gehörte definitiv nicht hierher. Hatte ich Lina gegenüber etwa erwähnt, wie gut Tristan roch? Griff Luis deshalb zum selben Shampoo?
Luis wich meinem fragenden Blick aus, nahm eine Glassichthülle voller mitgebrachter Kopien zur Hand und fragte mich, ob ich zufällig sein Buch, das er beim letzten Mal vergessen hatte, eingepackt hätte.

Während ich es ihm reichte, nahm ich ihn unauffällig unter die Lupe. Ich versuchte, mögliche Hinweise auf seinen momentanen Zustand erkennen zu können. Hatte er vielleicht wieder Schweiß auf seiner Stirn oder waren seine Pupillen irgendwie auffällig? Ich konnte nichts von alldem feststellen, stattdessen spannte sich seine Haut durch einen Sonnenbrand. Besonders seine Nase war betroffen. Sie würde sich in den nächsten Tagen bestimmt schälen. Komisch, mir war gar nicht aufgefallen, wie stark die Sonne in den letzten Tagen gewesen sein musste. Vielleicht hatte ich es nur nicht bemerkt, weil meine schlechte Laune alles in tristes Licht getaucht hatte.

»Du, wegen neulich«, begann er plötzlich. »Ich wollte dir nur sagen, …«

Er suchte nach den richtigen Worten und ich nutzte seine Sprechpause, um ihn erst gar nicht weiterreden zu lassen. Ich konnte und vor allem wollte mich in diesem Moment nicht seiner Geschichte widmen. Nicht heute, nachdem ich endlich wieder gute Laune hatte. »Schon gut«, sagte ich deswegen. »Wir haben alle mal einen schlechten Tag.« Um ehrlich zu sein, ein wenig nagte das Gewissen an mir. Ich schenkte ihm für sein Anliegen kein Gehör, obwohl es meiner Vermutung nach um seinen Drogenkonsum gehen konnte. Ich redete mir ein, dass es nicht weiter schlimm war, da Lina ihm bestimmt auch weiterhelfen konnte. Oder, ich würde ihn einfach beim nächsten Mal darauf ansprechen.

Luis pochte nicht weiter darauf und wir machten uns geradewegs ans Lernen. Für den Moment fühlten wir uns beide dort sicherer.

Luis hielt sich strikt an den Stoff. Keine Professor-Ernst-Parodien und keine ergänzenden Erläuterungen. Ab und zu konnte ich Luis nicken sehen, wenn er sich über meine Fortschritte zufrieden zeigte. Doch dann, völlig aus dem Nichts, nahm sein

Gesicht wieder diesen eigenartigen Ausdruck an. Alles an mir war alarmiert. Mein schlechtes Gewissen hielt mir vor, mich nicht mit Luis unterhalten zu haben. So fragte ich ihn, wahrscheinlich viel zu panisch, was mit ihm los sei und ob ich ihm irgendwie helfen könne. Anstatt zu antworten, sprang er wie von einer Tarantel gestochen auf und lief in Richtung Toilette. In Sekundenschnelle gingen mir meine Befürchtungen durch den Kopf. Immerhin waren Aborte für gewöhnlich jene Orte, wo man unbemerkt illegale Substanzen zu sich nehmen konnte. Ich verlor keine Zeit und rannte ihm nach.

Ich sah seinen blauen Sweater, bevor er um die Ecke bog und im Begriff war, durch die Tür zu schlüpfen. Ich sprintete so schnell ich konnte und bekam ihn tatsächlich am Arm zu fassen.

»Luis, bitte! Was ist mit dir?« Ich merkte, dass ich schrie, obwohl er direkt vor mir lief. Und dann, auf dieser Herrentoilette, passierte es mir zum allerersten Mal.

Immer, wenn mir jemand von besonderen Erlebnissen erzählt hatte, passte die Umgebung dazu, als hätte sie irgendwer dafür gemalt. So war ich immer der Meinung gewesen, sollte mir jemals etwas Außergewöhnliches zustoßen, dann würde auch das Setting ein extravagantes sein. Eine gekachelte Herrentoilette hingegen, die nach Urin und chemischen Zitronenduft roch, war nicht diese Art von ausgefallen, die ich mir vorgestellt hatte. Wahrscheinlich verhielt es sich bei Dingen, die es eigentlich gar nicht geben durfte, eben anders.

Als ich also so dastand, Luis am Arm festhielt und ihm ins Ohr brüllte, spürte ich, wie Luis in meiner Hand zerrann, als würde man Sand durch seine Finger rieseln lassen. Beinahe reflexartig umklammerte ich seinen Arm fester, versuchte dieses eigenartige Gefühl in meiner Hand zu verstehen und griff fester zu. Dann war die Empfindung des Zerrinnens verschwunden und dort, wo eben Luis gestanden hatte, sah ich nur weiße Kacheln.

Schon wieder schlugen mir meine Sinneswahrnehmungen ein Schnippchen. Doch dieses Mal gelang es mir nicht, diese Täuschung so einfach abzuschütteln. Ich schrie seinen Namen und versuchte Luis durch heftiges Augenblinzeln zurückzuholen. Aber er kam nicht zurück. Stattdessen begannen sich die weißen Kacheln schwarz zu färben. Und nicht nur das. Alles um mich herum wurde schwarz. Tiefschwarz. Weltraumschwarz. Aber warum? Für eine Sekunde fiel mir Tristans Sternschnuppe ein. Dachte daran, wie sie alles erhellen würde. Jedoch blieb alles wie es war. Kein Licht weit und breit, einzig ein leises Geräusch schlich sich in die Dunkelheit.

Anfangs war es so leise, dass ich es nicht zuordnen konnte. War es das Surren einer Lampe? Unmöglich. Dann hätte ich einen Lichtstrahl bemerken müssen. Mit der Zeit wurde das Geräusch lauter, ging in ein leises Flüstern über. Auch, wenn ich die Urheber nicht ausfindig machen konnte, so war ich ungemein beruhigt, dass es sich offenbar um menschliche Stimmen handelte.

Im Sekundentakt schwollen die Stimmen an. Ich war unsicher, aber es hörte sich an, als ob es zwei wären. Und nicht nur das. Es waren sogar mir zwei bekannte Stimmen. Eine von ihnen gehörte zweifelsohne zu Luis und die andere hatte einen tiefen, samtigen Klang.

Na großartig, da schwebte ich in einer Art Weltraum und wer befand sich ebenfalls dort? Tristan.

Ich versuchte zu blinzeln, wollte meine Augen öffnen, wollte wissen, ob es tatsächlich dieser unglaublich süße Junge war, aber es gelang mir nicht. Meine Augenlider waren wie zugeklebt. Dann war das Flüstern plötzlich kein Flüstern mehr. Laut und deutlich hörte ich Tristan meinen Namen sagen. Er bat mich, ein Lebenszeichen von mir zu geben. Ich war doch nicht tot oder etwa doch? Dann hätte ich ja diese Stimmen nicht gehört, hätte anstelle der Schwärze ein Licht gesehen. Das war es doch, was man über klinisch tote Personen nachlesen konnte. Oder war die Schwärze der besagte Tunnel, der, der vor dem erlösenden Licht kam? Nein! Tot war ich bestimmt nicht.

Unter voller Anstrengung versuchte ich, Tristan zu verstehen zu geben, dass ich ihn hören konnte, dass es mir gut ging. Wie bei meinen Augenlidern verhielt es sich auch mit meinen Lippen. Sie ließen sich einfach nicht bewegen.

Was war nur mit mir passiert? Und dann fiel es wie Schuppen von meinen Augen. Na klar! Ich hatte mir an der Tür der Toilette den Kopf gestoßen, war ohnmächtig geworden und während ich auf dem kalten Fliesenboden lag, hatte ich mir eingebildet, dass Luis in meiner Hand zerronnen war. Jetzt fehlte nur noch der Puzzlestein Tristan. Mit hoher Wahrscheinlichkeit war er uns auf die Herrentoilette gefolgt und alles schien mit einem Mal Sinn zu ergeben.

Während ich so dalag, fast ohnmächtig wohlgemerkt und nicht tot, hätte ich am liebsten über Tristans Erscheinen gelächelt. Blöd nur, dass ich nichts an mir bewegen konnte.

Dann war sie wieder da, diese tiefe Stimme. »F***! Wie hast du das bloß gemacht, Luis? Wie konntest du sie nur hierherbringen?«

Was sollte die Frage? Ich war es schließlich selbst gewesen, die Luis auf die Herrentoilette gefolgt war. Ich brauchte niemanden dazu.

Dann hörte ich Luis antworten. »Ich hab's dir gesagt, Mann. Keine Ahnung, wie das passieren konnte.«

»Du behauptest also, sie hätte dich berührt, als du gesprungen bist.«

»Ja, an meinem Arm.«

Für kurze Zeit sagte keiner der beiden etwas und in meinem Kopf begann es zu rattern.

Was in aller Welt lief hier, bitteschön? Und warum behauptet Tristan, Luis sei gesprungen? Er war vollkommen normal gelaufen. Und das nicht einmal schnell genug, um mir zu entwischen.
Luis begann wieder zu sprechen. »Aber eine Berührung alleine sollte nicht ausreichen, um springen zu können. Das würde ja bedeuten, dass wir jeden mitnehmen könnten.«
»Du hast Recht. Das alleine kann es einfach nicht sein. Dann hätte es doch bei uns auch so funktionieren müssen. Damals, vor zwei Jahren.«
Plötzlich durchfuhr ein schier unerträglicher Schmerz meinen Körper. Mir entwich ein Schrei und mit ihm gelang es mir meine Augen aufzureißen. Die Umgebung begann verschwommene Konturen anzunehmen. Direkt vor meinem Auge erkannte ich Tristan, der neben mir saß und mich mit einem sorgenerfüllten Blick betrachtete. Luis kniete neben ihm, sein Blick nicht weniger sorgenvoll.
Mit der zurückgewonnenen Möglichkeit des Sehens kehrte auch mein Körpergefühl zurück. Ich spürte das sanfte Streicheln von Tristans Daumen auf meinem Handrücken. Auch das Hören wurde immer besser. Im Hintergrund vernahm ich auf einmal Meeresrauschen. Konnte das die Klospülung sein? Eigenartig. Es hörte sich einfach nicht wie eine an. Und was war das nur für ein Gewand, das Tristan da trug? War das nicht so ein Surfer-Outfit zum Wellenreiten? Irritiert blickte ich an ihm herab, sah seine Knie im Sand verschwinden.

Sichtlich erleichtert, dass ich wieder bei Bewusstsein war, lächelte Tristan mich an, ließ meine Hand los, um sie unter meinen Rücken zu schieben und hob mich vorsichtig an. Er drückte mich unsicher an sich und flüsterte, wie froh er war, dass es mir gut ginge. »Du hast mir einen riesengroßen Schreck einge-

jagt, weißt du das?« Sanft schob er mich einige Zentimeter von sich. »Wie fühlst du dich? Hast du starke Schmerzen?«
Ich nickte.
»Das war bei mir genauso, als ich das erste Mal gesprungen bin. Keine Sorge, das vergeht wieder.«
»Tristan, was ist hier los?« Das Sprechen kostete mich viel Kraft. Aber ich kämpfte, wollte ich doch wissen, was hier geschah. »Wo sind wir hier?« Die Luft wog schwer nach Salz und Sonne, in einiger Entfernung konnte ich noch immer Wellenrauschen hören.
Tristan drehte sich hilfesuchend zu Luis, der zuckte nur mit seinen Schultern.
»Ist das wieder so eine Fantasiegeschichte? Das ist es doch, nicht wahr? Das funktioniert auch ohne die Augen geschlossen zu halten.«
»Nein Emma, das ist es nicht. Wir sind am echten Strand von Palauea.«
»Palau was?«
»Das ist auf Hawaii, Emma.« Er drückte mich wieder fest an sich, wiederholte die Worte leise und langsam, ganz so, als würde es mir dadurch leichter fallen, ihnen Glauben zu schenken. Ich versuchte mich aus seinem Griff zu befreien, aber ich war zu schwach, um Tristan auch nur einen Zentimeter bewegen zu können. »Verdammt, Tristan! Das ist nicht lustig. Das macht mir Angst. Sag mir jetzt, wo wir wirklich sind!«
»Es tut mir leid, Emma«, mischte sich Luis ein. »Ich wollte dich da nicht mit reinziehen. Das musst du mir glauben.«
Tristan lockerte seinen Griff, gab mir die Sicht auf Luis frei. »Tristan hat Recht. Du bist auf Hawaii. Du bist mir nachgesprungen!«
Ich hatte genug. Ich bemühte mich auf meine Beine zu kommen, was mir ohne Tristans Hilfe nicht gelungen wäre. Ich

schielte an ihm vorbei. Was ich dann zu sehen bekam, überraschte mich dermaßen, dass ich beinahe wieder umgefallen wäre. Vor mir erstreckte sich ein Strand wie auf einem Poster. Ich befand mich tatsächlich außerhalb der Bibliothekstoilette.
»Ihr behauptet also, ich sei hierhergesprungen. Ihr glaubt jetzt nicht ernsthaft, dass ich euch das abkaufe!« Ich wollte weiter protestieren, aber wenn ich ehrlich war, fing der Gedanke an, mir zu gefallen. Konnte man tatsächlich ohne Flugzeug so weit kommen? Wie musste ich mir das vorstellen? War die Dunkelheit so eine Art Tunnel gewesen?
Plötzlich durchfuhr mich so ein starker Schmerz, dass ich aufschrie. Alarmiert riss mich Tristan an sich und versuchte, in seine Stimme Ruhe zu legen. »Ich lass dich nicht allein, Emma. Hörst du?«
Schmerzverzerrt hielt ich meinen Bauch.
Tristan sprach weiter. »Wehr dich nicht. Du musst die Schmerzen zulassen. Sie gehen vorbei.«
Er sah mir tief in die Augen. Dann legte er seine Lippen auf meine und was uns dann umgab, war erneute Weltallschwärze. Dieses Mal dauerte die Dunkelheit um mich herum nur wenige Sekunden an. Als uns diese mit einem Poltern ausließ, befanden wir uns in einer Kabine der Bibliothekstoilette. Tristans Arme waren weiter fest um mich geschlungen.
»Alles okay?«
Ich ließ meinen Körper einen kurzen Check durchlaufen: Ich konnte sehen, ich konnte meine Gliedmaßen spüren. Soweit war alles gut und trotzdem war nichts, absolut nichts, okay. Mit geballten Fäusten hämmerte ich gegen seine Brust, hämmerte fester, doch Tristan machte keine Anstalten, mich loszulassen.
»Verdammt, Tristan! Warum waren wir auf Hawaii? Warum waren wir einfach mal so auf einer Insel, die meilenweit von uns entfernt liegt?«

»Wir …«
»Scht!« Ich war noch nicht fertig. »Bist du auf dieser bescheuerten Internatsparty auch nach Hawaii gesprungen? Ich hab dich nämlich gesehen! Wusch! Einfach so und weg warst du!«
»Byron Bay.«
»Was, Byron Bay?«
»Na, du hast gefragt, wohin ich gesprungen war. Es war Australien.«
»Verdammt, Tristan!«
»Du hast mit diesem hochnäsigen Typen geflirtet.«
»Das ist doch kein Grund, nach Australien abzuhauen! Und außerdem habe ich gar nicht mit ihm geflirtet!«
Aus der Nachbartoilette war ein Poltern zu vernehmen. Eine Tür wurde geöffnet, dann klopfte es an unserer Kabine. Ich schreckte zusammen. Hatte man uns etwa bemerkt?
»Hey Mann! Bist du da drinnen? Ist Emma bei dir? Geht's ihr gut?« Es war Luis. »Macht schon diese blöde Tür auf! Sie klemmt.«
Tristan half mir wieder einmal auf die Beine. Zu meiner Überraschung gaben sie nur ein wenig nach und meine Schmerzen waren, anders als beim ersten Sprung, relativ gering. Um die Kabine öffnen zu können, mussten wir Platz machen, denn die Tür ging nach innen auf. Sobald wir sie aufgeschoben hatten, trat Luis ein. Er hielt Tristans Rucksack in der Hand und musterte mich besorgt. Ich stellte fest, dass Tristan und er keineswegs beeinträchtigt waren.
»Euch beiden tut nichts weh, oder?«, fragte ich.
»Nein«, klärte mich Luis auf, »die Schmerzen hat man nur beim ersten Mal.«
Tristan klopfte seinem Freund auf die Schulter, dann begann er sich aus dem kurzen Neopren zu schälen und ihn gegen Jeans und ein Shirt zu wechseln. Seinen Pullover reichte er

mir. »Zieh ihn bitte an, Emma. Du wirst sehen, es wird dir gleich fürchterlich kalt werden.«
Ich sah Luis zustimmend nicken. Als ich nach einigen Sekunden noch immer dastand und ihm das Kleidungsstück nicht aus der Hand genommen hatte, begann Tristan mich kurzerhand anzuziehen. Genau so, wie ich es üblicherweise bei meiner kleinen Schwester tat. Anschließend strich er mir zärtlich über die Wangen.
»Hör zu, Emma. Wir müssen dich so schnell wie möglich von hier wegbringen. Wir brauchen Decken, und zwar möglichst viele davon.«
»Was passiert mit mir, Tristan?«
»Emma, wo ist dein Handy?«
»Mein Handy?«
»Wir müssen erst mal deinen Eltern Bescheid geben, dass du später nach Hause kommst. Wo ist dein Handy?«
Ich vermutete es in der Bibliothek.
Als Tristan losgehen wollte, um es zu holen, wurde er von Luis festgehalten. »Und wenn es so wird, wie es bei mir war? Wenn sie in einen langen Schlaf fällt? Sollten wir sie nicht lieber gleich nach Hause bringen?«
Tristan schien die beiden Möglichkeiten abzuwägen und stimmte Luis schließlich zu. Zu dritt verließen wir die Herrentoilette, räumten unsere Sachen aus der Bibliotheksnische und machten uns auf den Weg in meine Straße. Mein Kopf war voller Fragen, doch die einsetzende Kälte machte es mir unmöglich, diese zu stellen.

»Guten Abend, Frau Mattis.«
Mom stand im Türrahmen und blickte in die Gesichter zweier fremder Jungs, die mir links und rechts zur Seite standen, damit ich nicht in mich zusammenfiel. Seine freie Hand hielt

Tristan ihr entgegengestreckt. Mom beachtete sie gar nicht.
»Um Gottes willen! Emma! Was ist passiert?« Vorwurfsvoll blickte sie von Tristan zu Luis und wieder zurück. Sie kam auf mich zugestürzt. Was für ein Bild musste ich wohl abgeben? Meine Jacke spannte über Tristans weitem Pullover. Luis' Sweater hatte ich mir um den Hals gebunden. Gerade mal mein langer Haarschopf lugte aus der Masse an Kleidungsstücken. In mir herrschte tiefster Winter.
»Machen Sie sich bitte keine Sorgen, Frau Mattis.« Tristan zuckte nicht einmal mit der Wimper, als er begann irgendwelche Märchen zu erzählen. »Emma hat wahrscheinlich die Grippe. Kursiert zurzeit an unserer Schule.«
»So plötzlich?« Aber sie schien dankbar zu sein, eine so harmlose Erklärung für meinen Zustand geliefert zu bekommen. »Danke, dass ihr mir mein Schätzchen nachhause gebracht habt.«
Sanft bugsierte sie mich durch die Eingangstür ins Vorzimmer. »Du siehst ja furchtbar aus. Du legst dich jetzt gleich ins Bett und ich bringe dir erst mal einen Thermophor und einen heißen Tee.«
Ich bekam noch mit, dass sich Tristan kurz mit Mom unterhielt. Worüber, konnte ich vor lauter Zähneknirschen nicht mehr hören. Das Letzte, an das ich mich erinnere, ist, dass Mom mich zudeckte und mir einen Kuss auf die Stirn drückte.

Als ich wieder aufwachte, hatte ich jegliches Raum-Zeitgefühl verloren. Auf der digitalen Anzeige meines Weckers erblickte ich die Zahl drei, doch dank der neu angebrachten Jalousie ließ sich nicht erkennen, ob es mitten in der Nacht oder bereits drei Uhr am Nachmittag war. Ich stieg aus dem Bett und ging ins Bad. Auf dem Flur empfing mich Tageslicht, von der Treppe her ließ sich Stimmengewirr vernehmen. Somit war klar, es war wohl drei Uhr nachmittags. Kein Wunder, dass ich mich nach so vielen Stunden Schlaf wie neugeboren fühlte. Aber ich fühlte etwas anderes, nämlich Hunger. Ich duschte, bemerkte, dass ich vergessen hatte frische Kleidung mit ins Bad zu nehmen und entschloss mich, des Zeitgewinns wegen, nochmals in mein Snoopy-Shirt zu schlupfen. Alles weitere musste warten.

Kapitel 7

Ich hatte die Küche noch nicht betreten, da kam Olivia bereits zur Tür gelaufen und wollte von mir hochgenommen werden.

Mom kam ebenfalls auf mich zu und befühlte sogleich meine Stirn. Sie lächelte, was so viel bedeutete, dass ich fieberfrei war. Hinter ihr sah ich Dad beim Tisch sitzen, dann kreuzte Jacob das Blickfeld, laufend, mit einem Kuchenstück in der Hand. Er kam auf mich zugerannt, zog eine Straße voller Brösel hinter sich her und bot mir schließlich großzügig das Überbleibsel in seiner Faust zum Kosten an. Was für ein Aufgebot. Da schlief man einmal in den Nachmittag hinein und die ganze Familie war gleich aus dem Häuschen.

Dann betrat ich die Küche und sah in all dem Durcheinander Tristan bei Tisch sitzen.

Von dem ganzen Chaos unbeeindruckt, saß er da und lächelte mich an. Ich erstarrte zu einer Salzsäule. Was hatte er hier zu suchen? Er war doch nicht meinetwegen gekommen? Aber, falls nicht, warum dann?

Wie immer sah er umwerfend aus. Seine Ärmel trug er aufgekrempelt, gaben den Blick auf seine gebräunten Arme frei. Und dann, ganz plötzlich, fiel mir ein, was ich so anhatte und ich wünschte, ich hätte mein lila Snoopy-Nachtshirt gegen Jeans und Shirt gewechselt. Zu spät, Tristans Blick wanderte zu Snoopy und seine Mundwinkel gingen dabei nach oben.

Suchend blickte ich mich nach einem freien Stuhl um und stellte fest, dass der einzig freie Platz am Tisch der neben Tristan war. Als ich mich setzte, hauchte er mir ein »Hallo Emma« zu. Schmunzelnd schenkte mir Mom eine Tasse Tee ein, schob mir Brotkorb, Wurst, Käse, Butter, Marmelade und einen Tel-

ler mit Frau Wielands Apfelstrudel vor meinen Platz und begann zu erzählen.
»Tristan hat es sich nicht nehmen lassen vorbeizukommen, um zu sehen, wie es dir geht. Gleich nach der Schule ist er gekommen und sitzt nun schon seit einer ganzen Stunde in unserer Küche und wartet darauf, dass du aufwachst.«
War ja nicht meine Schuld, dass ich so lange geschlafen hatte.
»Und als Frau Wieland ihn gesehen hat, ist sie sogleich nach Hause gelaufen, um ihren frischen Apfelstrudel zu holen.«
Ich warf ihm einen fragenden Blick zu und sah ihn schmunzeln.
Mom war noch nicht fertig. »Tristan hat als Kind diesen Strudel immer so gerne gegessen. Genauso wie du. Nicht wahr?«
Suchte Mom tatsächlich gerade nach Gemeinsamkeiten? Ich hatte nicht schlecht Lust, mit einer richtigen Gemeinsamkeit aufzuwarten. Wie wäre es zum Beispiel mit der Fähigkeit, sich von einer Toilette nach Hawaii zu begeben? Das wäre doch weitaus beeindruckender als irgendwelche gemeinsamen Geschmacksvorlieben. Aber ich beließ es beim Nicken.
»Geht's dir gut?«, fragte er und in seinem Ausdruck spiegelte sich Sorge.
Ich zuckte mit den Schultern, denn ein »Ja« hätte nicht der Wahrheit entsprochen. Wie auch, wenn auf meinen Lippen tausend Fragen brannten.
Ich aß, als hätte ich seit Tagen nichts mehr zu essen bekommen. Währenddessen beantwortete Tristan vorbildhaft alle Fragen meiner Eltern zum Thema Schule und seinen Hobbys. Die Neugierde meiner Eltern schien ihn nicht weiter zu stören, im Gegenteil, es sah sogar danach aus, als würde er sich gerne mit ihnen unterhalten. Mir hingegen war trotz der Essensmenge flau im Magen. Vielleicht lag es gerade an dieser. Oder lag es an Tristans Nähe?

Drei Stunden später standen er und ich an der Tür. Ich hatte mich zwischenzeitlich umgezogen, Frau Wieland war schon vor Längerem nach Hause gegangen und meine Eltern ließen uns nun Gelegenheit für ein wenig Zeit zu zweit.
Es hatte geregnet und auf den hellen Steinfliesen im Vorgarten schimmerten kleine Wasserlachen. Die Luft roch frisch und feucht. Ein Windstoß packte eine meiner Haarsträhnen, wehte sie mir unbändig ins Gesicht. Tristan strich sie mir zärtlich hinters Ohr.
»War sehr nett da drinnen.«
Mit einem »Mmh« stimmte ich ihm zu. Der heutige Nachmittag war nicht das Thema, das mich beschäftigte.
»Was war das gestern?«
Er wich mir aus, stellte mir eine Gegenfrage.
»Wie fühlst du dich, Emma?«
»Seltsam, aber das ist ja auch wohl klar, oder? Also, was war das?«
»Eine nette Familie, die du da hast.«
»Tristan!«
»Ich hatte mit Erwachsenen schon lange nicht mehr so viel Spaß wie mit deinen Eltern. Sie sind irgendwie anders.«
Dabei strich er mir erneut eine gelöste Haarsträhne hinters Ohr. Bildete ich mir es nur ein oder war er mir tatsächlich nähergerückt?
»Tristan, hör mal. Ich kenn mich nicht aus. Du und ich.« Shit, die Formulierung hörte sich gar nicht gut an. Bestimmt glaubte er jetzt, ich würde in uns etwas hineininterpretieren, was es gar nicht gab. Für wie kindisch musste er mich nur halten.
Er nahm mein Gesicht in seine Hände. »Seit wir in der Bibliothek unterbrochen wurden, möchte ich nichts lieber tun, als dort weiterzumachen, wo wir aufgehört haben.«
Seine Worte ließen meine Knie weich werden und als sein Ge-

sicht nun dem meinen ganz nahe war, verlor ich beinahme den Boden unter den Füßen.

»Tristan, ich weiß nicht ganz, was das jetzt soll. Ich meine, du hast dich tagelang nicht bei mir blicken lassen, dann diese Sache auf der Party. Und von gestern rede ich gar nicht!«

Musste er jetzt lächeln? Verdammt, konnte er mich jetzt bitte ernst nehmen? Ich boxte ihm leicht gegen die Brust. »Jetzt schau nicht so! Du bringst mich vom Thema ab!«

Er dachte gar nicht daran, mit dem Lächeln aufzuhören. Dann legte er seine Lippen auf meine und mit einem Mal waren all die Fragen, die mir seit Hawaii auf den Lippen brannten, in den Hintergrund gerückt. Aber dann fingen sie zu pochen an. Zuerst ganz leicht, dann immer stärker. So schwer es mir auch fiel, ich musste auf einer Erklärung bestehen. Langsam öffnete ich meine Augen, brachte unseren Kuss widerwillig zu einem Ende. Er verstand.

»Ich hoffe, die eine Frage konnte ich dir schon mal beantworten. Und was die andere Frage betrifft.«

Wieder blies der Wind in meine Haare, nur dieses Mal fühlte er sich kalt an.

»Es ist ein wenig kompliziert.«

Und genau dann, als ich glaubte, er würde nun mit der Erklärung beginnen, öffnete sich hinter mir die Eingangstür.

Ein Räuspern. Dad. »Ich störe wirklich nur ungern, aber Emma, du solltest nicht mehr länger in der Kälte stehen. Immerhin bist du nicht ganz gesund.«

Das Timing hätte nicht schlechter sein können. Tristan lenkte ein. »Sie haben Recht, Herr Mattis.« Er schenkte ihm sein gewinnbringendes Lächeln. »Ist es in Ordnung, wenn ich Emma in zwei Minuten zu Ihnen reinschicke?«

Dad nickte, verabschiedete sich von Tristan und erinnerte mich mit zwei ausgestreckten Fingern, dass er tatsächlich nur zwei weitere Minuten dulden würde. Er lehnte die Tür an und wir warteten einige Sekunden, bis Dad sich auch wirklich von der Tür entfernt hatte.

»Hör zu, Emma, ich werde dir alles erzählen über Luis, Finn, Mats und mich. Wir springen alle. Versprochen. Aber nicht jetzt, nicht in zwei Minuten.«

Er zog mich an sich und ich konnte seinen Atem spüren.

»Sehen wir uns morgen?« Hatte ich das wirklich gefragt?

»Leider nicht.«

Eindeutig zu anhänglich gewesen. Enttäuscht wandte ich mich ab.

»Hey, nicht so schnell!« Er hob mein Kinn an. »Ich täte nichts lieber als das. Aber morgen fliege ich mit meinen Eltern nach Venedig. Wie werde ich es nur ohne dich aushalten? Was machst du bloß mit mir?«

Dieselbe Frage hätte ich ihm auch stellen können.

Zögerlich ließ er mich los und begann kleine Schritte rückwärts zu machen. »Ich muss, du weißt schon, die zwei Minuten.«

Ich wollte nicht, dass er ging, und während er rückwärtslief, machte ich Schritte nach vorne.

Und dann – leise, ganz leise gestand er mir, dass er dabei war, sich in mich zu verlieben.

Ehe ich etwas erwidern konnte, drehte er sich um und verschwand in der Dunkelheit. Ich flüsterte ein »ich auch«, doch meine Worte wurden ungehört vom Wind davongetragen. Mit dem Schließen der Eingangstür öffnete ich mein Herz für die Momente, die noch kommen sollten.

Aus der Küche hörte ich Dad rufen. »Emma, bist du es?«

Wer außer mir hätte es sonst sein sollen?

»Geht's dir gut?« Er unterzog mich einem prüfenden Blick. »Ich möchte mich kurz mit dir unterhalten.«

Ich nahm ihm gegenüber Platz, beobachtete, wie er an der Teekanne hantierte.

»Magst du eine Tasse Tee?«

Erst jetzt spürte ich die Kälte, die der Wind unter meinen Pulli geblasen hatte.

»Ja gerne, Dad.« Ein Glas Honig schob er ebenfalls über den Tisch.

»Scheint ja ein netter Junge zu sein, dieser Tristan.«

War er etwa im Begriff, so ein Vater-Tochter-Gespräch zu beginnen? Hoffentlich nicht.

»Deine Mutter und ich hatten uns gestern große Sorgen um dich gemacht. Ihr macht doch keine Dummheiten, oder?«

»Nein Dad, das weißt du.«

In Wahrheit konnte ich ihm seine Fürsorge nicht verdenken. Mir blieb jetzt nur zu hoffen übrig, dass er nicht weiter nachbohren würde. Was hätte ich ihm auch sagen sollen? Dass es mir gestern so eisig kalt geworden war, weil ich meinen allerersten Sprung zwischen zwei Kontinenten vollbracht hatte? Und wenn schon, er würde es mir ohnehin nicht glauben. Er würde es für eine schlechte Ausrede halten.

»Ich weiß, mein Schatz. Aber ich hoffe du weißt, dass du mit allem zu mir kommen kannst. Ganz egal, wie verrückt es auch sein mag.«

Ich nickte, bezweifelte jedoch, dass ich tatsächlich mit so einer verrückten Geschichte antanzen könnte.

»Dann ist es ja gut. Und bitte nimm das auch in Anspruch, wenn es einmal etwas geben sollte.«

Wieder ein Nicken, wieder ein Schluck Tee.

»Aber da gibt es noch etwas, das ich mit dir besprechen möchte.«

Nervös begann ich auf meinem Sessel hin und her zu rutschen.

»Ich hatte in den letzten zwei Wochen einige Bewerbungsgespräche.« Mit diesem Themenwechsel hatte ich nicht gerechnet, doch er kam mir mehr als gelegen. »Ich war bei allen möglichen Unternehmen, aber mein Herz schlägt einzig für das Unterrichten.« Dabei legte er seine Hand aufs Herz. Mit der anderen griff er nach seiner Tasse, nahm einen Schluck Tee und fuhr fort: »Es war Frau Wieland, die diese Idee hatte.«

Ich war leicht verwirrt. Mir war nicht klar gewesen, welche Qualifikationen Frau Wieland zusätzlich erfüllte. Offensichtlich erteilte sie neuerdings auch Ratschläge zum Thema Jobsuche.

»Du beginnst jetzt aber nicht in dieser Konditorei in der Eichengasse, oder?«

Dad begann zu lachen und ich konnte nicht anders, als einzustimmen. Er lachte noch mehr. »Du meinst mit so einer schicken Konditormütze auf dem Kopf? Wen sollte ich denn damit, bitteschön, unterrichten? Etwa die Krapfen? Nein, dort fange ich nicht zu arbeiten an. Aber der neue Arbeitsplatz wird auch in dieser Stadt sein.«

Ich wusste nicht so recht, worauf er hinauswollte.

»An deiner Schule ist ein Englischlehrer abgegangen.«

Hieß das etwa, dass er Lehrer an meiner Schule wurde?

»Anfang dieser Woche war ich mich vorstellen und heute Morgen kam die Zusage.«

»Wow, find ich cool, Dad! Ehrlich.«

»Uff. Ich hatte nämlich Angst, du würdest es ganz und gar nicht gutheißen und mir auf dem Flur der Schule missmutige Blicke zuwerfen.«

Er erzählte mir, dass er Bedenken hätte, so junge Leute zu unterrichten. Immerhin sei er es gewohnt gewesen, ein Professor für Studenten zu sein.

»Zum Einstieg bekomme ich erst mal die höheren Klassen. Ich vermute, Tristan wird unter ihnen sein.«

»Heißt das, du wirst irgendwann auch meine Klasse unterrichten? Ich bin zwar von Englisch befreit, aber cool wäre es schon.«

»Kann sein. Derzeit ist es nicht vorgesehen.«

Wir tranken unseren Tee zu Ende, bevor wir uns beide auf den Weg nach oben machten. Als ich die Tür zu meinem Zimmer öffnen wollte, schickte mir Dad die Frage hinterher, ob ich mich am nächsten Tag einem Familienausflug anschließen wolle. Ich winkte ab, denn ich hatte mich bereits vor Tagen mit Lina und den anderen verabredet. Wir wollten auf die naheliegende Ruine raufgehen.

»Weiß deine Mom darüber Bescheid?«

»Ja, Dad. Für sie ist es in Ordnung.«

»Wenn ihr wollt, können wir uns ja später zusammenrufen und uns bei einem dieser Heurigen treffen.«

Ich versprach Dad, die anderen zu fragen und huschte anschließend in mein Zimmer.

Einen besseren Tag hätten wir uns für unseren Ausflug nicht aussuchen können. Statt Wolken und Wind herrschte Sonnenschein. Ich saß auf meinem neu erstandenen Fahrrad, das aus einem dieser alten Filme hätte stammen können. Dad hatte es von einem unserer Nachbarn zu einem Spottpreis ergattert. Es eierte leicht, aber ich kam voran. Leider nicht ganz so leicht wie Luis. Er saß auf Finns ultra-leichtem super Mountainbike. Es wirkte fast so, als ob er überhaupt nicht treten musste. Er hielt die Lenkstange mit nur einer Hand, die andere ruhte auf Linas Rücken, um ihr etwas von seinem Schwung mitzugeben. Nikolas' Rad war zwar nicht ganz so toll, aber mit den paar Gängen mehr als meines, lag es im Mittelfeld.

»Komm schon, Emma«, versuchte Luis mich anzutreiben. »Nur bis zu dem kleinen Parkplatz da vorne. Ab dort geht's zu Fuß weiter.«

Auf dem Parkplatz angekommen, sperrten wir erst mal unsere Räder ab. Lina, die den ganzen Weg von Luis angeschoben worden war, strotzte nur so vor Energie. Sie klatschte Nikolas auf den Rücken, forderte ihn zu einem kleinen Wettrennen auf. Kaum waren wir zu zweit, verlor Luis keine Zeit.

»Ich habe mir gestern um dich richtig Sorgen gemacht. Wie fühlst du dich?«

Ich freute mich, dass er sich nach meinem Befinden erkundigte. Weit mehr freute es mich, dass ich Entwarnung geben konnte.

»Du hast uns vorgestern ganz schön überrascht. Noch nie ist jemand einfach so gesprungen.«

Was sollte ich erst sagen? Überrascht beschreibt nur annähernd das, was ich empfunden hatte. Aber warum war es für ihn so ungewöhnlich?

»Wie meinst du das? Ihr springt doch auch.«

»Alles klar. Tristan hat es dir also nicht erzählt.«

»Was erzählt?«

»Verdammt, Emma, für dich sollte es unmöglich sein zu springen. Du warst damals nicht dabei.«

Jetzt verstand ich überhaupt nichts mehr. »Wo war ich nicht dabei, Luis?«

»Hey ihr zwei!« Nikolas kam auf uns zu gelaufen. »Habt ihr vor, hier Wurzeln zu schlagen?«

»Luis, bitte.« Nur noch wenige Meter, dann würde Nikolas bei uns sein. »Wo hätte ich dabei sein sollen?«

Aber es war bereits zu spät. Nikolas hatte uns erreicht und klopfte Luis auf die Schulter. »Deine Freundin hat mich tatsächlich geschlagen. Das nächste Mal solltest du sie lieber selbst den Berg raufradeln lassen.«

Lina kam angetrabt. In ihrem Gesicht stand ein Siegerlächeln.

»Etwas Wichtiges verpasst?« Sie sah zuerst zu Luis, dann zu mir.

Luis' Antwort kam wie aus der Pistole geschossen. »Nicht wirklich. Emma hat versucht, mich über unseren Sonnyboy Tristan auszufragen.« Er zwinkerte mir unauffällig zu, dann setzte er noch eines drauf. »Warum wollt ihr Mädels nur immer so ausgefallene Dinge über uns Jungs wissen?«

Lina fing zu jubeln an. »Das heißt, es gibt etwas, dass du nicht weißt?« Sie wandte sich mir zu. »Süße, hast du es tatsächlich geschafft, Luis sprachlos zu machen?«

Ich überlegte fieberhaft, was ich sagen sollte. Luis tat sich mit dem Schwindeln sichtlich leichter, denn er antwortete statt meiner.

»Da gibt es so einiges, das ich nicht weiß. Zum Beispiel hast du mir bis jetzt nicht verraten, wie du ganze neun Monate lang von mir unbemerkt an dieser Schule sein konntest.« Wie schwer musste es Luis fallen, Lina nur die halbe Wahrheit zu verraten.

»Sucht euch lieber eine Wohnung.« Nikolas gab sich gespielt angeekelt. »Das ganze Gesäusel ist ja nicht auszuhalten! Komm, Emma, lass uns gehen, bevor die beiden noch übereinander herfallen!«

Der Ausblick auf der Spitze des Berges war traumhaft. Weit unter uns zog die Donau ihre Bahn, schlängelte sich durch sattes Grün und Schäfchenwolken malten weiße Pünktchen auf hellblauen Hintergrund. Wir lagen auf einer ausgebreiteten Picknickdecke und hingen unseren Gedanken nach. Jeder von uns hatte ein Glas von dem mitgebrachten Rosé-Prosecco gekostet, welches nun jegliches Gefühl für Zeit verschwinden ließ. Wir fühlten uns leicht und frei, da brach Nikolas die Stille.

»Sag mal, Luis, warum sind Finn und Mats eigentlich nicht mitgekommen?«

Ich glaubte die Antwort zu kennen, befanden sich die Zwillinge aller Wahrscheinlich doch gar nicht in Österreich, sondern an irgendeinem Strand.

Luis bewies abermals, dass er es schaffte zu antworten, ohne es dabei wirklich zu tun. »Ach, die Zwillinge. Die sind gerne auch mal unter sich. Außerdem findet Finn Knutschen genauso ekelig wie du, Nikolas. Apropos Knutschen.« Luis drehte seinen Kopf in meine Richtung. »Tristan hat mich nach deiner Handynummer gefragt, Emma. Ich war total überrascht, dass er sie nicht schon längst hatte. Ich hoffe, es ist okay, dass ich sie ihm gegeben habe?«

Wie kopflos waren wir gestern nur gewesen, nicht daran zu denken? Sanft fuhr ich mir mit dem Zeigefinger über meine Lippen. Nein, kopflos waren wir bestimmt nicht gewesen.

Nikolas, der zu meiner Linken lag, boxte mich grinsend in die Seite. »Das heißt dann wohl so viel wie, dass Lionel weiterhin auf deine Nummer warten muss, oder?«

Wir trafen meine Eltern dann tatsächlich bei einem Heurigen in der Nähe. Alle tranken Früchtebowle, die Lina und mir ein wenig zu Kopf stieg. Kichernd radelten wir auf unseren Rädern nachhause. Meine Eltern fuhren mit Jacob und Olivia mit dem Auto weiter zu Gudrun, was für gewöhnlich länger dauerte. Ich bog in unsere Straße und stellte mein klappriges Damenrad in die Garage. Dann piepte mein Handy, die Nummer war mir unbekannt.

»Ich stehe gerade auf der Rialtobrücke und blicke direkt auf den Canal Grande. Dabei kann ich nicht aufhören, an dich zu denken. Ich wünschte, du wärst bei mir. xxx T.«

In diesem Moment, in dieser Garage, fand ich heraus, dass Früchtebowle mutig machte.

»Wenn du mir verrätst, wie ich alleine springen kann, dann komme ich zu dir. E.«

Ich klickte auf senden, starrte auf mein Display, als könnte ich Tristans Antwort dadurch beschleunigen. Eine graue Sprechblase erschien, verriet mir, dass Tristan dabei war, mir eine zu schreiben. Doch plötzlich verschwand die Blase und Nachricht kam keine. Ich wartete einige Minuten, beschwörte mein Handy, dann verließ ich enttäuscht den Raum. Tristan schrieb mir nicht mehr zurück.

Ich hatte bereits geduscht, als mein Handy endlich ein Lebenszeichen von sich gab.

»Dir ist schon klar, dass das Ganze eine Schnapsidee ist, oder? xxx T.«

War es das wirklich? Wieso meine neuen Möglichkeiten nicht ausnützen? Mein Beschluss war gefasst. Keiner würde bemerken, wenn ich mal eben auf einen Sprung in Venedig vorbeischauen würde. Bis meine Eltern daheim waren, wollte ich es auch sein.

Nur wie sollte ich es anstellen? Wie konnte man springen, wenn man nicht mitgezogen wurde? Vielleicht würde es helfen, die Wunschdestination laut auszusprechen. So setzte ich mich auf mein Bett und sagte »Venedig«. Nichts geschah. Ich stand auf. Möglicherweise würde es im Stehen besser klappen. »Venedig«. Wieder nichts. Ich überlegte, ob Luis auf der Toilette etwas anders gemacht hatte. Ich erinnerte mich, dass er kein Land genannt hatte. Er war einfach so in meiner Hand zerronnen. Das Ziel musste also im Kopf definiert worden sein. Ich schloss meine Augen und versuchte an Venedig zu denken, was mir nicht leichtfiel, da ich nie dort gewesen war. Also ging ich zum Schreibtisch, klappte meinen Laptop auf und googelte »Rialtobrücke Venedig«. Sofort wurden mir massenhaft Bilder angezeigt. Ich klickte mich durch, wieder geschah nichts. Wie sehr ich auch versuchte mich in die Bilder hineinzudenken, es wollte sich keine Schwärze um mich herum auftun. Mein Handy piepte erneut.

»Bleib, wo du bist. Ich komme zu dir. xxx.«

Es gelang mir die Nachricht bis zum Ende zu lesen, dann verschluckte mich das dunkle Nichts und ich fiel.
Bevor ich etwas sehen konnte, hörte ich Geschirr klappern, hörte das laute Surren eines Dunstabzuges und das unverkennbare Klopfen von Kochlöffeln, wenn sie Topfränder berührten. Der Duft von Meeresfisch und gebratenem Gemüse stieg mir in die Nase. Und dann setzte der Sehsinn ein. Ich lag völlig unbemerkt in der hintersten Ecke einer Restaurantküche. Ich rappelte mich auf und schlich mich unbemerkt ins Freie, mischte mich unter die Menge und fühlte in meiner rechten Hand den Umriss meines Handys. Es war also mitgekommen. Erleichtert stellte ich fest, dass ich keine Schmerzen hatte. Nur das Sehen war beeinträchtigt, wurde jedoch von Sekunde zu Sekunde besser.
Aufgeregt schrieb ich Tristan eine SMS, teilte ihm mit, dass ich in Venedig angekommen war. Ein Kind zeigte verstört auf meine Füße, ich hatte keine straßenfähige Kleidung an. Denn ich trug keine Schuhe, und das mitten in den schmutzigen Gassen Venedigs. Das Klingeln meines Handys brachte mich auf andere Gedanken. Die Handynummer war mir in der Zwischenzeit bekannt.
»Verdammt, Emma. Hörst du denn nie auf das, was man dir sagt?« Hätte er dieselbe Frage Mom gestellt, sie hätte wahrscheinlich mit »nein« geantwortet.
»Wo bist du genau?«
Ich blickte mich um. »Irgendwo auf der Rialtobrücke?«
»Okay, das ist nicht wirklich genau. Ich gehe die Brücke jetzt einmal rauf und runter. Und, Emma?«
»Ja?«
»Tu bitte einmal das, was man dir sagt und bleib dort, wo du bist. Wo auch immer dort sein mag.«
Er sah mich zuerst. Sein Blick fiel lächelnd auf meine nack-

ten Füße, der klassische Anfängerfehler, wie er mir später erklärte. Schnurstracks zog er mich in eine Seitengasse und kaufte mir im nächsten kleinen Schuhladen Flip-Flops. Touristen-Flip-Flops mit einem kitschigen »I love Venedig«-Aufdruck.

»Die kannst du dir dann gleich als Souvenir behalten«, lachte er. Er schmunzelte noch immer, als er mich an der Hand nahm und mich weiterzog. »Komm, ich zeig dir, wo man das beste Eis von ganz Venedig bekommt.«

Der Eissalon lag einige Gassen weiter, abseits jeglichen Tourisstentrubels. Wir setzten uns an einen kleinen runden Tisch und Tristan übernahm das Bestellen. Zu meiner Überraschung beherrschte er Italienisch akzentfrei. Auf meine Frage nach seinen perfekten Sprachkenntnissen, meinte er, er käme öfters hierher.

Die Abendluft war mild und roch nach Urlaub. Glücklich lehnte ich mich in den bequemen Korbsessel und freute mich, dass das Springen auch ohne die Jungs geklappt hatte. Tristan saß mir gegenüber, seine Sonnenbrille hatte er in die Haare geschoben.

»Jetzt erzähl. Wie hast du das mit dem Springen angestellt? Was du nämlich nicht weißt, ist, dass es dir eigentlich gar nicht möglich sein sollte.«

»Doch, weiß ich. Und zwar von Luis. Er meinte, dass ich damals nicht dabei gewesen war. Aber was hat er damit gemeint?«

Tristan warf einen Blick auf seine Uhr.

»Wie lange hast du Zeit?«

»Mehr als zwei Minuten.«

»Und deine Eltern? Die glauben, was?«

»Die wissen gar nicht, dass ich weg bin. Sind bei Freunden und sollten dort eine Weile bleiben. Du kannst also losschießen.«

Er beugte sich ein wenig vor, wollte sichergehen, dass der Nebentisch uns auch bestimmt nicht hören konnte. »Bei uns hat das nicht wie bei dir begonnen, Emma. Ich meine, nicht einfach so, verstehst du? Ich und die Jungs haben für die Fähigkeit zu springen ein Mantra gesungen. Es sollte uns die Tore zur Welt öffnen.«

Ich konnte nicht anders, musste kichern. Das Bild von vier Jungen, die singend im Kreis standen, erschien mir zu albern zu sein.

»Magst du die Geschichte nun hören oder nicht?«

Mit bebenden Lippen versuchte ich wieder ernst zu werden, gab Tristan mit einem Nicken zu verstehen, dass er nun fortfahren konnte.

»Es begann vor zwei Jahren. Wir waren auf einer langweiligen Party. Zumindest war sie anfänglich sehr langweilig. Mats erprobte peinliche Moves mit Stella und wir anderen standen nur so rum. Plötzlich war Mats verschwunden, ließ Stella allein zurück. Als er wieder auftauchte, war er in Begleitung eines Typen. Keiner von uns kannte ihn und ich kann nicht gerade behaupten, dass er sonderlich sympathisch war. Die beiden waren schon ziemlich hinüber und der Typ wollte uns weismachen, dass er sich von einem Ort zum anderen teleportieren konnte. Du kannst dir vorstellen, dass wir ihm kein Wort abgekauft haben. Und dann, als wäre es das Normalste auf der Welt, hat er uns gefragt, ob wir auch Lust darauf hätten. Er könnte es uns ermöglichen.«

»Du meinst, er hat euch das einfach so angeboten?«

»Eigenartig, nicht wahr? Ich meine, das passiert einem ja nicht ständig, dass einem angetragen wird, schnell mal in der Welt herumzuspringen. Wir nahmen ihn nicht ernst, hatten ihn ziemlich auf der Schaufel. Wir haben uns wieder etwas zu trinken bestellt und ihn vorerst nicht weiter beachtet.«

Neben uns erschien der Kellner, sodass Tristan seine Erzählung unterbrach. Auf einem kleinen, silbernen Tablett balancierte der kleine Mann zwei Eisbecher, stellte sie uns schwungvoll auf den Tisch. Tristan hatte nicht zu viel versprochen. Es war das beste Eis, dass ich je gegessen hatte. Eine Weile sprach keiner von uns, dann nahm er den Gesprächsfaden wieder auf.

»Jedenfalls wurde dieser Typ mit der Zeit wütend, ärgerte sich, dass wir ihm keinen Glauben schenken wollten. Aber Mats, der war total reingekippt in diese Teleportier-Geschichte und hat uns schließlich überredet, dem Typen nach draußen zu folgen. Und dann, irgendwo am Straßenrand, weit weg von der Partygesellschaft, hat der Typ plötzlich mit einem monotonen Singsang angefangen.«

Ich konnte mir das Kichern nicht verkneifen. »Das muss ja total lustig ausgesehen haben.«

»Naja, Luis konnte sich vor Lachen nicht mehr halten, prustete los und wollte wissen, ob wir mit einstimmen sollten. Schlussendlich haben wir es gemacht, wobei es kein wirkliches Singen war, so betrunken wie wir waren.« Er biss in eine Hohlhippe und grinste mich an.

Ich kicherte noch immer. »Ihr könnt ja nur von Glück reden, dass euch niemand bemerkt hat. Fünf Jungs machen einen auf Straßenmusikanten. Und das mitten in der Nacht.«

»Wir waren nicht lange zu fünft. Dieser Typ ist ziemlich schnell wieder verschwunden.«

»Und ihr?«

»Wir haben ein wenig gewartet, ob irgendetwas passieren würde, aber nachdem es nicht so war, sind wir nachhause gegangen, haben unseren Rausch ausgeschlafen und die Sache als Party-Gag abgetan.«

Wir wussten, dass es nicht bei einem Scherz geblieben war. Tristan erzählte mir, dass es zwei Tage dauerte, bis etwas passierte. Finn war damals der Erste gewesen. Einfach so aus heiterem

Himmel. Sie befanden sich zu diesem Zeitpunkt in ihrer WG, keiner hatte zum Glück etwas von dem Sprung mitbekommen.

»Es war wie bei dir, kurz und schmerzvoll. Wo er hingesprungen war, wusste er ebenfalls nicht. In den darauffolgenden Tagen passierte es dann bei jedem von uns. Das Muster war immer das gleiche. Mit der Zeit haben wir dann herausgefunden, wie man sich Destinationen wünschen kann.«

»Und seid schließlich unter die Surfer gegangen«, schloss ich seine Ausführungen.

»Unter anderem. Letzte Woche, ziemlich genau zwei Jahre später, bist du uns gefolgt. Einfach so.«

Er brauchte es nicht anzusprechen. Wir wussten, dass ich dieses Mantra nicht gesungen hatte und trotzdem sprang.

»Vielleicht ist es ja von Luis auf mich irgendwie übertragen worden?«

Tristan hatte so seine Zweifel. Wenn die Gabe so einfach weiterzugeben wäre, dann könnten mittlerweile schon viel mehr Leute springen. Irgendwie passte das alles nicht zusammen und ich gestand mir ein, dass ich ihm Recht geben musste.

»Emma, das mit dir und dem Springen …« Seine Stimme klang besorgt. »Wir wissen nicht, wie es sich bei dir verhält. Solange wir nicht herausgefunden haben, warum du springen kannst, solltest du mir jedes Mal Bescheid geben, wohin du springst. Ich meine …«

»Du meinst, falls diese plötzliche Gabe wieder verschwindet und es mir nicht mehr möglich sein sollte zurückzukommen?«

Auf keinen Fall. Wieso sollte es so sein? Dennoch rührte mich seine Besorgnis.

Dann schob Tristan seinen Eisbecher zur Seite und begann, über den Tisch hinweg, meine Hand zu streicheln. Sämtliche Sorge war dabei aus seinem Gesicht gewichen. An dessen Stelle trat nun ein schelmischer Ausdruck.

»Ich brauch dir wohl nicht zu sagen, wie genial das alles ist. Immerhin sitzt du ja jetzt selbst in Venedig.«

Ich fand das hier sogar noch genialer als genial und konnte es nicht richtig fassen.

»Du musst wissen«, fuhr Tristan fort, »Luis kann seine Sprünge nicht immer kontrollieren. Bei ihm kommen sie oft völlig unerwartet. Das ist auch der Grund, warum er damals in der Bibliothek auf die Toilette gerannt ist.«

Eine Welle schlechten Gewissens überrollte mich. Und ich hatte ihm ein Drogenproblem zugeschrieben. Nicht auszumachen, was passiert wäre, hätte ich Lina damals von meinen Befürchtungen erzählt. Betreten sah ich auf meinen leeren Eisbecher.

»Wer weiß denn eigentlich über das alles hier Bescheid?«

Ob Luis es in der Zwischenzeit Lina erzählt haben könnte? Anzunehmen war es jedenfalls.

Tristan winkte ab. »Bestimmt niemand. Wir haben uns damals hoch und heilig geschworen, es keiner Seele zu verraten. Bis heute hat keiner von uns seinen Schwur gebrochen.«

Ich senkte meine Stimme, beugte mich über den Tisch. »Und weißt du, was aus diesem unbekannten Typen geworden ist?«

Tristan zuckte mit den Schultern, gab mir zu verstehen, dass er keine Ahnung hatte, wohin der mysteriöse Junge verschwunden war. Nie wieder war er bei einem der Jungs aufgetaucht.

Mir lief eine Gänsehaut über den Rücken. Irgendetwas an dieser Geschichte gefiel mir nicht.

Nach dem Eis gingen wir eine Weile in Venedig spazieren. Die ganze Zeit über hielten wir uns an den Händen, blieben immer wieder stehen, um uns zu küssen. Ich erzählte von meinem Tag, erzählte vom Picknick, meinem klapprigen Damenrad und von Dads Neuigkeiten als künftiger Professor an unserer Schule.

Tristan berichtete von seinem Besuch in der Galerie dell'Accademia, in der er seinen Tag verbracht hatte. Es war eines seiner bevorzugten Kunstmuseen und bei keinem seiner Venedig-Aufenthalte hatte er es jemals ausgelassen. Ich verstand nicht viel von Kunst, umso mehr beeindruckten mich seine Schilderungen und ich träumte schon jetzt von den vielen Orten, die wir gemeinsam besuchen werden würden.

Plötzlich erklang der Ton meines Handys, der einer eingehenden Nachricht. Ein Piepen, das nicht in diese Welt passte. Ich versuchte die Nachricht zu ignorieren, dann fiel mein Blick auf die Uhrzeit. Es war an der Zeit war, nach Hause zu springen. Andernfalls würde mein Verschwinden auffallen.

So begannen wir mit der Suche nach einem geeigneten Platz für meine Heimreise. Eine winzige, verlassene Gasse erschien Tristan der richtige Ort zu sein. Wir blickten uns um, gingen auf Nummer sicher, dass wir auch bestimmt alleine waren. Und obwohl weit und breit keiner zu sehen war, hatte ich das Gefühl, dass wir beobachtet wurden. Als Tristan mein Gesicht in seine Hände nahm, dachte ich nicht länger darüber nach. Bei ihm fühlte ich mich sicher. »Es war wieder einmal wunderschön mit dir, Emma.«

Ich lächelte.

»Und jetzt stell dir dein Zimmer vor. Versuche dabei an viele Details zu denken, das hilft meistens.«

Ich beschwor mir das Bild meines Zimmers herauf. Ich sah mein Bett, sah sogar das winzig kleine Loch, das Dad beim Aufbau meines Kastens in die Wand geschlagen hatte. Meine Augen hielt ich die ganze Zeit über geöffnet, bemerkte, dass sich Tristans Blick auf meinen Mund senkte. »Jetzt wird er mich zum Abschied noch einmal küssen«, ging es mir durch den Kopf. Beinahe konnte ich das wunderbare Kribbeln auf meinen Lippen spüren, doch ehe es tatsächlich passierte, wurde ich von der unsagbaren Schwärze ergriffen und ich fiel. Nur einen Wimpernschlag später stand ich in meinem Zimmer.

Die Schnelligkeit meines Sprunges beeindruckte mich. Wieder kein Schmerz, sogar das Sehen war ohne Beeinträchtigung. Ich drehte mich einmal im Kreis, glücklich darüber, wie einfach alles gegangen war, als Tristan plötzlich neben mir stand. Während ich vor Schreck einen Satz nach hinten machte, verlor er keine Zeit. Er vergrub seine Hände in meinen Haaren und küsste mich.

»Du hast mich um meinen Abschiedskuss gebracht, Emma Mattis. Du bist wohl ein Naturtalent, so schnell, wie das bei dir geklappt hat.«

»Wie gut, dass du gekommen bist«, hauchte ich lächelnd auf seine Lippen. »Denn wärst du es nicht, dann hätte ich wohl nochmal nach Venedig kommen müssen.«

Eine letzte Umarmung, dann sprang er zurück und ich war allein in meinem Zimmer. Auf dem Weg ins Bad hörte ich meine Eltern in der Küche plaudern. Mir blieb nur zu hoffen, dass sie davor nicht in mein Zimmer geschaut hatten. Nachdem alles ruhig gewesen war, hatten sie hoffentlich angenommen, dass ich bereits schlafen würde.

Kapitel 8

Obwohl es Morgen und Dad für gewöhnlich kein Frühaufsteher war, lief er pfeifend durchs Haus. Er freute sich wohl über seinen Wiedereinstieg ins Berufsleben.

Frau Wieland hingegen hatte bereits seit Tagen Sorge darüber, die neue Morgenroutine würde uns ins Straucheln bringen. So hatte sie es sich nicht nehmen lassen, weitaus früher als üblich anzutanzen, um uns allen hilfreich unter die Arme zu greifen. Sogar ein neues Himbeerkuchen-Rezept hatte sie noch am Vortag ausprobiert, um uns zum Frühstück damit zu überraschen. Doch eine zusätzliche Person in diesen frühen Morgenstunden hatte nicht die erwartete Hilfe, sondern komplettes Chaos in unseren frühmorgendlichen Ablauf hineingebracht. Wie ein in die Jahre gekommener Wirbelsturm schaffte sie es immer genau dort zu sein, wo sie am wenigsten gebraucht wurde. Zweimal stieg ihr Dad sogar auf die Zehen. Dabei hatte er entschuldigend sein Pfeifen unterbrochen, um gleich darauf wieder damit zu beginnen.

Ich war im Bad und zog mich an, als mich eine SMS von Lina erreichte. Sie schrieb mir, dass sie sich krankmelden würde, und das, obwohl sie sich bester Gesundheit erfreute. Sie schrieb außerdem, dass Luis sich ebenfalls in der Schule entschuldigen lassen würde, um den Vormittag gemeinsam mit ihr zu verbringen. »Love my life :-)«, stand am Ende.

Dann klopfte es an der Tür. Es war Dad, der ins Bad wollte, um nicht bereits an seinem ersten Arbeitstag zu spät zu kommen.

Ich band meine Haare zu einem schlampigen Knoten, warf einen letzten Blick in den Spiegel und riss die Tür mit einem solchen Schwung auf, dass Dad einen Satz nach hinten machte. Dabei stolperte er über Olivias kleines Spielzeugpferd. Grinsend huschte ich mit einem langgezogenen »Bitteesschöön« an ihm vorbei, drehte mich nochmals um und wäre beinahe gestolpert. Letztendlich verließ ich aber vor allen anderen das Haus.

»Emma? Hey, Emma. Jetzt bleib doch stehen!« Es war Mats, der mir bereits den ganzen Treppenaufgang hinterhergerannt und dabei unaufhörlich meinen Namen gerufen hatte. Mit seiner Baseballkappe stach er unverkennbar aus der Schülermenge heraus.
Auf der obersten Treppe blieb ich schließlich stehen, drehte mich um und sah ihn grinsend auf mich zusteuern. Dabei wich er den entgegenkommenden Schülern dermaßen geschickt aus, als würde er einer eigenen Bahn folgen. Ich schickte einen fragenden Blick in seine Richtung, den er umgehend mit dem Wedeln eines Kuverts beantwortete.
»Alles klar? Wie war's in Venedig?«
Seine Frage traf mich richtig unerwartet, mitten in die Magengrube. Es war mehr als überraschend, dass er Bescheid wusste. Mit Mühe schaffte ich es, seinem herausfordernden Blick Stand zu halten, eine Antwort blieb ich ihm dennoch schuldig. Mein Schweigen schien ihn zu amüsieren. Er brabbelte drauflos, dass sich die Jungs alles erzählen würden, fügte das eine und andere Beispiel hinzu, bis ich ihm schließlich das Wort abschnitt und ihn aufforderte, endlich zum Punkt zu kommen.
»Unser blonder Engel hat sicher darauf vergessen, dir ein Willkommensgeschenk zu überreichen. Stimmt's?« Mit blondem Engel meinte er zweifelsohne Tristan. So, wie er es sagte, hörte es sich vielmehr wie roter Teufel an. Ich fühlte mich unbehaglich, kannte mich nicht aus.
»Willkommensgeschenk? Wofür genau?«
»Na für die Mitgliedschaft in unserem Klub der Weltreisenden

natürlich. Ich jedenfalls habe nicht darauf vergessen. Ich finde es nämlich nice, ein Mädchen dabeizuhaben. Noch dazu eines, das so gut aussieht.« Sein Blick wanderte lüstern meinen Hals entlang bis zum Ausschnitt meines Shirts.
Demonstrativ verschränkte ich meine Arme davor, was ihn veranlasste, noch breiter zu grinsen. Was sollte das? Immerhin war er mit Stella zusammen. Was auch immer das hier werden sollte, ich hatte definitiv keine Lust, länger mitzuspielen
Ich drehte mich um, doch Mats hielt mich am Arm fest. »Willst du denn gar nicht wissen, was ich da für dich habe?« Ohne meine Antwort abzuwarten, reichte er mir das verschlossene A4-Kuvert, das er die ganze Zeit über in seiner Hand gehalten hatte. Er machte einen Schritt auf mich zu und kam mir dabei so nahe, dass ich seinen Atem riechen konnte. »Nimm das und du wirst mir auf immer und ewig dankbar dafür sein! Kannst dich auch gerne revanchieren. Am besten dann, wenn Tristan nicht mehr auf Nummer eins steht.« Er drehte sich um und schlenderte davon, ließ mich verdutzt zurück. Erst jetzt bemerkte ich, dass ich buchstäblich allein war. Die Unterrichtsstunde hatte schon begonnen.
Ich rannte zum Klassenzimmer und konnte erkennen, wie Professor Ernst die Klasse betrat. Bereits als er die Tür polternd hinter sich zuzog, wusste ich, wer zur heutigen Stundenwiederholung drankommen würde.
»Ah, Frau Mattis hat sich also dazu entschlossen, am Unterricht teilzunehmen.«
Genervt ging ich zu meinem Platz.
Nikolas' Blick bohrte sich in meinen. Fragend und mitfühlend zugleich.
Schuldig, mich ihm nicht anvertrauen zu können, wandte ich mich ab und verstaute das Kuvert in meiner Tasche. Dann zog ich meinen Haarknoten enger und machte mich, Ernsts Hand-

zeichen folgend, auf den Weg zur Tafel. Dabei ließ er es sich nicht nehmen, mich an die bevorstehende Semesterprüfung zu erinnern. »Sie haben sich hoffentlich für Ihre Semesterprüfung am Freitag gebührend vorbereitet?
»Natürlich, Herr Professor Ernst.«
Tristan sah ich den ganzen Vormittag nicht. Ich vermutete, dass er genauso im Schulstress steckte wie ich.

Zuhause genoss ich erst mal die Ruhe. Ich setzte mich an den Küchentisch und aß ein Sandwich. Jacob und Olivia würden erst in einer Stunde mit Frau Wieland heimkehren. Ich stieg die Treppe hinauf und legte mich auf mein Bett, starrte zur Decke und drehte mich zur Seite. Da sah ich es liegen. Mein Handy, vernachlässigt und vergessen. Und das seit heute Morgen. Sein Display war schwarz, der Akku leer. Ich würde es wohl aufladen müssen, bevor ich es verwenden konnte. Die Nachricht an Tristan musste warten.
Ich holte meine Schulsachen zu mir ins Bett und machte mich daran, Luis' eigens kreierten Probetest zu beantworten. Es fiel mir fürchterlich schwer, mich zu konzentrieren. Ständig wanderten meine Gedanken zu Mats' Kuvert, das sich weiterhin in meiner Tasche befand. *Nimm das und du wirst mir auf immer und ewig dankbar dafür sein.* Ich legte den Test zur Seite und zog das Kuvert heraus, das mich magisch anzuziehen schien. In der Hoffnung, vielleicht etwas erkennen zu können, hielt ich es gegen das Licht. Doch das Papier ließ nichts erahnen. Ich beschloss, das Kuvert ungeöffnet an Mats zurückzugeben und steckte es wieder in die Tasche. Denn wenn es etwas gab, das ich nicht sein wollte, dann war es Mats gegenüber auf immer und ewig dankbar zu sein.
Mein Blick fiel auf mein Handy. Noch immer nicht genügend Saft. Ich griff erneut zum Probetest und machte mich daran,

die ersten Fragen zu beantworten. Wirklich bei der Sache war ich jedoch nicht. Ich würde die Antworten später nochmals schreiben müssen.

Nach der vierten Frage gab ich es schließlich auf, schnappte mein Handy und tippte den Code ein. Sofort erklang der Signalton einer eingegangenen Nachricht.

»Hi. Hatte Vormittag Stress. Aber jetzt alles easy. Lust ein wenig abzuhängen? Miss you. xxx. T«

Und ob ich Lust hatte. Wir trafen uns im Park. Es war ungewöhnlich warm, ich hatte sogar daran gedacht eine Decke mitzubringen, auf der wir uns nun ausbreiteten. Wir lagen einfach nur da, blickten in den strahlend blauen Himmel. Unsere Jacken lagen ausgebreitet auf uns, darunter hielten wir uns an den Händen. Ich drehte meinen Kopf zur Seite, betrachtete sein schönes Profil. Dann fing ich zu erzählen an, davon, was mir bereits seit Stunden auf der Seele lag.

»Mats hat mir heute ein Willkommensgeschenk überreicht. Er wollte mich damit in eurer Clique willkommen heißen.«

»Er hat was?« Tristan drehte sich zur Seite, blickte mich überrascht an.

»Er hat mir ein Geschenk gegeben.«

Tristan ließ meine Hand los, um sich auf seine Ellbogen zu stützen.

»Was ist es denn?«

»Ich weiß es nicht.«

»Du weißt es nicht?«

»Es steckt in einem Kuvert und ich habe es nicht geöffnet. Ich will es nicht, Tristan. Seine Art, es mir zu überreichen, war richtig widerlich.« Der Moment der Romantik war vorbei und auch ich setzte mich auf.

Tristan blickte in die Ferne. »Er hat es also getan.«

»Was hat er getan? Was meinst du damit?«

»Letztens haben wir alle in der WG mitbekommen, wie Luis deinen Probetest vorbereitet hat. Dann hatte Mats die Idee, den richtigen Test einfach zu stehlen und zu kopieren. Mir war nicht bewusst, dass er es durchgezogen hat.«
»Ihr habt was getan?« Die Ungläubigkeit, die in meiner Stimme mitschwang, machte sie eine Nuance lauter.
»So wie es aussieht, hat dir Mats die Angabe für deine Semesterprüfung geklaut. Keine Ahnung, wo die war. Vielleicht im Lehrerzimmer, vielleicht aber auch in Ernsts Wohnung.«
Ich traute meinen Ohren nicht. Hatte ich mich etwa verhört?
»Moment mal. Willst du mir etwa damit sagen, dass ihr in fremde Wohnungen springt und Sachen mitgehen lasst?«
Tristan schwieg. Mir war als würde er abwägen, wie viel er mir verraten sollte.
Es kam plötzlich, dieses Gefühl, dass es in Tristans Leben eine Seite gab, die ich nicht erwartet hatte. Wie hatte ich nur so naiv sein können, zu glauben, dass die Jungs nur zum Surfen oder Sightseeing sprangen? Binnen Sekunden schaffte ich es mir einzureden, dass es viele unzählige Geheimnisse geben musste. Solche, von denen man gar nichts wissen wollte. Als Tristan weiterhin nichts sagte, zerplatzte der Zauber der letzten Stunde wie eine Seifenblase. Warum blieb er stumm? Mit einem Kloß im Bauch sprang ich auf und zerrte an der Decke. Das brachte Tristan dazu, aus seiner Starre zu erwachen.
»Emma?« Er klang alarmiert. »Was soll denn das? Bitte, setz dich wieder hin. Es ist nicht so wie es scheint.«
»Ach ja, wie scheint es denn?« Unsagbare Wut stieg in mir auf. Ich begann wie verrückt an der Decke zu ziehen. Schließlich stand Tristan auf und gab mir dadurch das letzte Stück Stoff frei. Zu allem Überfluss half er mir sogar beim Zusammenlegen. Dann stand er da mit den Händen in der Hosentasche, betrachtete mich hilflos.

»Jetzt scheiß drauf, was Mats gemacht hat. Komm schon, ich wusste ja nichts davon!« Er machte einen Schritt auf mich zu, doch ich stieß ihn von mir.

»Du wusstest also nichts davon. Und warum beantwortest du dann meine Frage nicht? Springt ihr nun in fremde Wohnungen oder nicht? Dringt ihr in die Privatsphäre anderer ein? Oder weißt du davon auch nichts?«

»F***, jetzt dreh mir nicht die Worte im Mund um!«

»Ja oder nein?« Ich hatte keine andere Antwort erwartet, aber als er schließlich doch gestand, war es ein Schlag in die Magengrube. »Oh mein Gott!« Meine Stimmlage grenzte an Hysterie. »Wart ihr auch in unserem Haus?« Voller Entsetzen dachte ich an all die kleinen Geheimnisse, die ich zwischen meiner Unterwäsche verborgen hielt. Kleine Erinnerungsstücke, mein Tagebuch, Liebesbriefe, die ich nie abgeschickt hatte.

»Emma, jetzt beruhige dich erst mal und hör mir bitte zu. Ich habe noch nie etwas gestohlen, ehrlich. Ich habe einzig …«

Wumm.

Plötzlich, aus dem Nichts, erschien Mats, drängte sich grinsend zwischen uns. Ehe wir reagieren konnten, ergriff er unsere Hände und zog uns mit sich. Nur wenige Sekunden lang befanden wir uns in der Schwärze, drangen durch sie hindurch, um sogleich in einem lichtdurchfluteten Raum wieder ausgeworfen zu werden.

Erschrocken blickte ich mich um, erkannte ein Loft, das die gelernte Handschrift eines Innenarchitekten trug. Ein Wort drängte sich in mein Bewusstsein, und das war das Wort teuer. Überall standen kostspielige Blumenarrangements, die einen betörenden, fast schon unangenehmen Duft verströmten. Die Wände zierten hervorragende Portraits und alles war voll exquisiter Möbel. Das wirklich Einzige, das nicht hierherpasste, waren wir.

»Na, ihr zwei Turteltäubchen. Überrascht?« Mats hatte sein überzeichnetes Grinsen aufgesetzt.
Als stünde ihm nicht sein Freund, sondern sein Feind gegenüber, fuhr ihn Tristan an.
»Verdammt, Mats. Bist du verrückt geworden? Was soll der Scheiß?«
»Welcher Scheiß denn? Ich dachte mir nur, ihr habt vielleicht Lust auf ein kleines Spiel.« Mats' Tonfall glich dem eines kleinen Jungen, der soeben von seinem Vater getadelt worden war. »Auf der Wiese sah es einfach todlangweilig aus!«
»Hör auf damit, Mats!«, zischte Tristan.
»Aber nicht jetzt! Nicht, wenn Abigail Swan beim Shopping ist.«
Ich blickte von einem zum anderen, verstand wieder einmal gar nichts. »Wieso Abigail Swan?«
Mats' Antwort klang, als wäre es das Normalste auf der Welt. »Weil die hier wohnt, Emmalein.« Dann schüttelte er theatralisch den Kopf und warf dabei Tristan einen vorwurfsvollen Blick zu. »Du hast es ihr nicht gesagt, nicht wahr Tristan? Du hast unserem Emmalein nicht erzählt, was wir so treiben, wenn uns langweilig ist.«
»Ich weiß, dass ihr klaut!«
»Na, na, na!« Mats' Grinsen nahm beinahe unnatürliche Formen an. »Wer wird denn gleich vom Klauen reden? Alles, was wir tun, ist ein bisschen die Möbel verrücken.«
Er breitete die Arme aus. »Nur für dich habe ich eine Wohnung in New York City ausgesucht.«
Ich verengte meine Augen, warf ihm einen giftigen Blick zu. In Mats' Ausdruck zeigte sich erneut das kleine Kind. Dieses Mal wirkte es enttäuscht. »Und ich dachte mir, du würdest dich darüber freuen.«
Als ich nichts sagte, fuhr er fort. »Und weißt du, wer gleich da-

neben wohnt? Elijah Blair. Wenn dir der besser gefällt, können wir auch dort anfangen!«

Ich fing zu rennen an, lief so schnell ich konnte. Wohin genau, wusste ich nicht. Hauptsache weg von Mats und seinem verdammten Spiel. Das Appartement war groß, bot ausreichend Platz zum Rennen. Jetzt musste ich nur den Ausgang finden. Dann bekam mich plötzlich eine Hand zu fassen, begleitete mich. Der Duft nach Sonne und Meer verriet mir, wem die Hand gehörte und mein Puls fing an sich zu beruhigen. Wollte ich das? War ich nicht eigentlich unglaublich wütend auf Tristan? Auf ihn, seine Freunde, ihre gemeinsamen Geheimnisse? Dann hörte ich dieses Flüstern, das mir versicherte, dass alles gut werden würde und mich bat ihm zu folgen. Dann fielen wir. Tristan brachte mich nach Paris. Genau genommen ins Marais. In dieses Viertel würde er öfter kommen, wenn es mal schneller gehen musste. Warum das so war, konnte er mir nicht erklären. Vielleicht lag es an diesem angenehm bunten Treiben, das hier herrschte.

Wir saßen in einem Café, vor jedem von uns stand eine Tasse Kaffee. Er schmeckte bitter, es fehlte an Milch, aber ich trank ihn trotzdem. Tristans gebräunte Hände spielten mit der kleinen Schale Kekse, die uns der Kellner zum Kaffee serviert hatte.

»Okay, du hast Recht. Es war nicht in Ordnung, dass ich dir nichts davon erzählt habe. Aber ich fand es nicht wichtig. Es ist schon ziemlich lange her, dass ich da mitgemacht habe.« Er schmunzelte. »Eine Zeit lang fanden wir es einfach nur unglaublich lustig in Häuser reicher Leute einzudringen. Wir haben alles umgestellt. Sofas, Tische, einfach alles. Finn liebte es Pflanzen zu verrücken. Aber wie gesagt, das ist schon lange her.«

»Und du? Was hast du daran geliebt?«

Tristans Schmunzeln verschwand, sein Ausdruck wurde ernst. »Was mir daran gefallen hat? Keine Ahnung. Ich weiß nur, dass ich dich liebe.«

Wow. Ich war sprachlos.

»Ich möchte dir die Welt zeigen, Emma. Ich möchte dir meine Welt zeigen. Kein überteuertes Sofa ist es wert, dich zu verlieren.«

Er schob den Sessel neben meinen und küsste mich. In diesem Augenblick vergaß ich, dass ich auf ihn böse sein wollte. Stattdessen wünschte ich mir, dieser Moment in diesem Café würde nie zu Ende gehen.

Kapitel 9

Aber er ging zu Ende, nämlich als Tristan mich nach Hause brachte. Besser gesagt, als er mit mir nach Hause sprang. Er fragte, ob er mich am nächsten Morgen abholen dürfe. Er wollte mich auf dem Schulweg begleiten. Es klang wie ein ganz normales Date. Ich denke, genau deshalb fühlte es sich in diesem Augenblick so gut an.

Ich wies Tristan an zu warten, dann lief ich ins Haus. Ich holte Mats' Kuvert, bat ihn es noch heute ungeöffnet zu retournieren. Ich gestand ihm, dass Mats mir unheimlich war, dass er es schaffte, mir Angst zu machen.

Tristans Versuche, dessen Verhalten abzutun und mich zu besänftigen, schlugen fehl.

Als ich das Haus zum zweiten Mal betrat, lief ich Frau Wieland in die Arme. Sie lächelte. Vermutlich hatte sie aus dem Fenster gesehen und uns dabei beobachtet, wie wir uns unterhalten hatten. Ihr ehemaliger und ihr aktueller Schützling. Eine alte Dame wie sie fand das bestimmt romantisch. Sie bot mir etwas zu essen an, doch nach dem bitteren Kaffee und einer halben Schale Kekse war mir keineswegs danach. Ich winkte höflich ab und verschwand aufs Zimmer.

Der Endspurt für mein Volkswirtschaft-Examen hatte begonnen und ich machte mich gleich daran, meinen Laptop aufzuklappen. Mehr aus Gewohnheit als tatsächlich eine Nachricht zu erwarten, checkte ich meine E-Mails und bemerkte, dass eine auf mich wartete. Beim Absender handelte es sich um eine mir unbekannte Buchstaben-Zahlen-Kombination. Allen Gefahren über eine Spyware zum Trotz, klickte ich auf »Öffnen« und begann zu lesen.

Liebe Emma!
Gleich zu Beginn möchte ich mich dafür entschuldigen, dass ich anonym bleiben möchte. Ich habe meine Gründe dafür und glaube, dass es so besser ist. Außerdem ist es nicht wichtig, wer ich bin.
Ich möchte gleich zum Punkt kommen: Emma, ich weiß, was du kannst, und du bist nicht die Einzige. Bereits Generationen vor dir haben sich dieselbe Gabe zu Nutze gemacht und tun es immer noch.
Mit den neu eröffneten Möglichkeiten, die das Springen so mit sich brachte, wurde jedoch auch das Schlechte geweckt. Das soll heißen, dass sich leider viel zu viele in die falsche Richtung treiben ließen.
Warum ich dir das schreibe? Emma, bitte pass auf dich auf und lass dich nicht dazu verleiten, Dinge zu tun, die du später bereuen könntest.
Ich glaube an dich.
Anonymus

Ich las es zweimal. Dann noch einmal. Ich versuchte zwischen den Zeilen zu lesen, versuchte herauszufinden, wer dahinterstecken könnte. Warum ging das Mail ausgerechnet an mich? Oder hatten Tristan und die anderen es ebenfalls erhalten? Aber er hatte es nie erwähnt. Gehörte das zu so einer Art Willkommens-Prozess?
Ich beschloss, Anonymus zu schreiben.

Liebe(r) Anonymus,
ich frage dich nicht wer du bist und warum du mir schreibst. Ich vermute, du würdest es mir nicht verraten.
Vielleicht schreibst du ja auch jedem(r) Neuen. Aber, was ich viel lieber von dir wissen möchte: Was weißt du über meine

Gabe? Warum kann ich springen, obwohl ich nie ein Mantra gesungen habe?
Emma

Ich schickte es ab und versuchte mich wieder aufs Lernen zu konzentrieren. Denn eines stand fest. Bei meiner Prüfung würde mir das ganze Springen nicht helfen.
Als es Zeit zum Abendessen war, betrat ich die Küche. Mom hatte nach mir gerufen und ich war froh darüber, das Lernen erst mal sein zu lassen. Sie stand an der Kochinsel, in ihrer Hand ein riesiger Schöpfer, mit dem sie unterschiedliche Mengen an Pasta portionierte. Ich konnte bereits erahnen, welche Portion wem gehören würde. Eine große für Dad, eine mittlere für Jacob und zwei kleine für mich und sie selbst. Olivia lag schon im Bett. Sie würde ihre Portion erst am nächsten Tag zu Mittag bekommen. Ohne sich dabei umzudrehen, bat sie mich die bunte Schale mit geriebenem Parmesan in der Mitte des Tisches zu platzieren. Dann brachte sie die ersten Teller zu Tisch. Dad saß schon dort, füllte die leeren Gläser mit Wasser. Auf der Unterseite der Karaffe blieben Wassertropfen hängen, hinterließen auf dem Tisch ein Muster.
»Emma, Jacob.« Während Dad sprach, wischte er mit einer Serviette über den Tisch. »Eure Mutter und ich haben beschlossen, dass wir uns in den Sommerferien ein wenig Europa ansehen werden. Wenn wir schon einmal auf diesem Kontinent gelandet sind, dann sollten wir auch einiges davon kennenlernen.«
»Oh ja«, meldete sich Jacob zu Wort. »Ich will nach Madrid. Ich will Ronaldo Fußball spielen sehen!« Seit Wochen drehte sich bei Jacob alles nur um Fußball.
Dad verneinte Jacobs Reisevorschlag. »Nein, nein, Jacob. Ronaldo spielt ja nicht für Spanien. Ronaldo ist Portugiese.«

Für mich stellte sich eine ganz andere Frage. Wer war dieser Ronaldo?
Mom hatte offensichtlich keine Lust, sich mit Fußball zu befassen. »Jungs, dass eines klar ist. Unsere Destinationen werden bestimmt nicht irgendwelche unbekannten Fußballspieler bestimmen.« Sie ging zurück zur Kochinsel, holte die anderen beiden Teller. »Euer Dad und ich haben dabei eher an Venedig gedacht.« Sie lächelte mich an.
War da sogar ein Zwinkern in ihren Augen? Zitternd griff ich nach meinem Wasserglas. Sie wusste doch nicht etwa Bescheid, oder doch?
»Emma?« Wo ich kurz zuvor ein Zwinkern zu erkennen geglaubt hatte, machte sich nun Sorge breit. »Alles okay mit dir? Du zitterst ja.«
Nichts war okay. Redete mir ein, dass sie es nicht wissen konnte. »Alles gut, Mom. Ich habe heute nur zu wenig gegessen.« Um meiner Aussage kräftig Ausdruck zu verleihen, wickelte ich so viele Spaghetti auf meine Gabel, dass ich mir schwertat, sie überhaupt in den Mund zu bekommen. Ich sah zu Dad, der mich mit seinem Blick ermahnte, auf meine Manieren zu achten.
»Ihr wisst doch, euer Dad hat immer wieder davon gesprochen, nach Italien reisen zu wollen. Wie in seiner Jugend.« Sie zwinkerte Dad liebevoll zu.
»Oder wir fahren nach Paris. Diese Stadt würde euch bestimmt auch gut gefallen.«
Mir blieben die Spaghetti im Hals stecken. Ich fing zu husten an und Dad klopfte mir auf den Rücken. Ich nickte ihm dankbar zu.
In Moms Ausdruck hingegen war nun noch mehr Sorge zu erkennen. »Emma-Schätzchen, ist bestimmt auch alles in Ordnung mit dir?«

War sie so eine gute Schauspielerin oder irrte ich mich in dem Glauben, sie könnte Anonymus sein? An diesem Abend brachte ich es nicht mehr in Erfahrung und legte mich mit Kopfschmerzen zu Bett.
Zu viele Orte rauschten durch meinen Kopf, zu viele Fragen, auf die ich keine Antworten finden konnte. Alles begann ineinanderzufließen, wurde noch verwirrender.
Plötzlich leuchtete das Display meines Handys in die Dunkelheit meines Zimmers und lockte mich zum Schreibtisch. Es war eine Nachricht von Tristan.

T: Bist du wach?
E: Ja.
T: Ich muss ständig an dich denken. Besonders an deine Sommersprossen auf deinem linken Ohrläppchen.

Ich hatte Sommersprossen auf meinen Ohrläppchen? Ich drehte das Licht auf, lief zum Wandspiegel. Tatsächlich, alles voller Sommersprossen. Die waren dann wohl neu in meinem Repertoire an Pünktchen.

T: Kann es nicht erwarten, weit mehr Sommersprossen an dir zu entdecken.
E: Nur zu.
T: Lust, das Schlafen zu verschieben?
E: Immer. Was hast du vor?
T: Eine Runde mit dir schwimmen gehen.

In meinem Bauch fing es zu ziehen an, breitete sich aus, bis hundert Schmetterlinge daraus wurden. Sogar in meinen Fingerspitzen konnte ich sie flattern spüren.

E: Wo bist du?
T: Ich sehe mir gerade den Sternenhimmel am Takamaka Beach an.
E: Wenn du mir verrätst, wo das ist, dann bin ich gleich bei dir.

Um keine Zeit zu verlieren, beschloss ich, mich gleich in Schlaf-T-Shirt und Shorts auf die Seychellen zu begeben. Snoopy würde es bestimmt gefallen, mal auf eine Insel zu kommen. Vor diesem Sprung machte sich jedoch ein wenig Bammel breit. So viele Kilometer war ich bis jetzt nie gesprungen. Zumindest nicht alleine. Aber meine Ängste stellten sich als unbegründet heraus. Die Schwärze entließ mich auf einem angenehm warmen Sandboden. Nicht unweit von meinem Landepunkt konnte ich eine einzelne Fackel leuchten sehen. Ihr Licht flackerte leicht im Wind, ließ die Silhouette Tristans erkennen. Ich selbst befand mich in vollkommener Dunkelheit, war für Tristan nahezu unsichtbar.
Ich ging auf ihn zu, sah, wie das seichte Wasser seine Füße umspielte. Seine Hände hatte er in die Taschen seiner Shorts gesteckt, sein Blick war in die Ferne gerichtet. Und obwohl meine Begrüßung nicht lauter als ein Flüstern war, wirkte es in dieser Stille dennoch laut. Dann lächelte Tristan dieses Lächeln, das im Schein der Fackel noch unwiderstehlicher wirkte. Er schloss mich in die Arme, warmes Meerwasser umspülte meine Füße. Der Geruch von Meeresbrise, den ich so sehr an Tristan liebte, umfing mich nun von allen Seiten.
Dann, völlig unerwartet, hob er mich hoch und trug mich samt T-Shirt und Shorts ins Wasser.
Dabei lachte er, sackte ein im nassen, weichen Sand, was ihn nur noch mehr zum Lachen brachte. Und während er mich hinaus ins Meer trug und wir den Schein der Fackel hinter uns

ließen, stimmte ich in sein Lachen mit ein. Als ihm das Wasser schließlich bis zu den Oberschenkeln reichte, ließen wir uns gemeinsam ins warme Nass fallen. Auf meine Lippen legte sich der Geschmack von Meeressalz und all die Gedanken vom Tag verschwanden im Dunst der Gleichgültigkeit. Ich legte meinen Kopf in den Nacken und blickte in den Nachthimmel. So strahlend wie in dieser Nacht waren mir die Sterne noch nie vorgekommen.

»Hast du schlecht geschlafen, Emma-Schätzchen?« Es war erst sieben Uhr am Morgen, was Mom nicht davon abhielt, fertig angezogen und voller Elan durch die Küche zu wirbeln.
»Du siehst müde aus.« Das war kein Wunder, denn in Wahrheit hatte ich so gut wie nicht geschlafen. Als Tristan und ich endlich voneinander ablassen konnten, war der Morgen bereits angebrochen. Wir waren gemeinsam nachhause gesprungen, Tristan hatte es sich nicht nehmen lassen, mich gut und sicher daheim zu wissen. So hatten wir in meinem Zimmer gestanden und meine Kleidung hatte nass an meiner Haut geklebt. Von seinem Handtuch, das er um mich gewickelt hatte, rieselte weißer Sand. Müde und voller Endorphine hatten wir uns festgehalten, mit dem freudigen Wissen, dass wir uns bereits eine Stunde später wiedersehen sollten. Eine Umarmung, ein Kuss, dann war er verschwunden.
An diesem Morgen hatte ich mir besonders viel Mühe mit meinem Outfit gegeben. Ich hatte mich durch meine ausgefallenen New-York-Klamotten gewühlt und mir Zeit für ein perfektes Make-up genommen. Meine frischgewaschenen Haare trug ich, wie an den meisten anderen Tagen auch, offen.
Ich schob mir gerade das letzte Stück Toast in den Mund, als es klingelte. Während ich aufsprang und den Teller in die Spüle räumte, ging Dad zur Tür.

»Guten Morgen, Herr Professor Mattis.« Tristans Stimme klang rauer als sonst.
Dad grüßte, hörbar überrascht, zurück.
»Ich bin hier, um Emma abzuholen.«
»Das hab ich mir fast gedacht«, hörte ich Dad sagen, bevor ich zur Tür lief, um bei Tristans Anblick ins Stocken zu geraten. Auch er hatte sich in Schale geworfen. Seine Haare waren noch feucht von der Dusche.
»Morgen, Emma.« Sein Lächeln reichte über das ganze Gesicht.
Am liebsten wäre ich ihm um den Hals gefallen, doch Dads Blick, der von einem zum anderen ging, ließ mich stocksteif im Türrahmen stehen.
»Ich muss los, ihr beiden«, meinte er schließlich. »Tristan, wir sehen uns in der dritten Stunde.«
»Ja, Herr Professor Mattis. Bis dann.«
Er ging nochmal ins Haus, wo wir ihn mit Mom reden hören konnten. Anschließend drängte er sich grinsend an uns vorbei und verschwand um die Ecke.
Dann waren wir alleine. Tristan machte einen Schritt auf mich zu und vergrub sein Gesicht in meinen Haaren. Ich hörte ihn tief einatmen, bevor er zu sprechen begann. »Die Stunde ohne dich kam mir wie eine Ewigkeit vor.«
Ich schlang meine Arme um seine Taille, als ich plötzlich weitere Arme spürte. Kleine Arme, Kinderarme. Es waren die von Jacob und Olivia.
»Hi, Großer!« Tristan ließ mich los, um Jacob über den Kopf zu streichen.
Jacob sah bewundernd zu ihm auf. »Kommst du uns wieder einmal besuchen?«
»Klar komm ich wieder einmal vorbei.« Jacob war begeistert.
»Spielst du dann mit uns Monopoly?«

»Hört sich gut an.« Mit Händeabklatschen wurde der Deal besiegelt.
Dann kehrte ich mit meinen Geschwistern zurück ins Haus, holte meine gepackten Schulsachen und verließ mit Tristan händchenhaltend den Vorgarten.
Den Weg zur Schule hätte ich am liebsten hüpfend zurückgelegt, so leicht fühlten sich meine Beine an. Selbst als wir den gekiesten Pfad zum Schultor hinter uns ließen. Es war alleine Tristans fester Griff und die Blicke der anderen, die mich auf dem Boden hielten.

Ich schwebte selbst dann noch, als ich zuhause meinen Laptop öffnete und meine E-Mails checkte.

Liebe Emma,
du möchtest mehr über deine Gabe erfahren? Du möchtest wissen, warum du diese besitzt? Dann lass mich es dir erklären. Der Grund, warum in deinem Fall kein Mantra vonnöten war, ist der, dass dir deine Gabe in die Wiege gelegt wurde. Du fragst dich bestimmt, warum jetzt und nicht schon früher? Du musst wissen, dass diese Gabe unterschiedlich lange in einem schlummern kann, bis sie durch einen geeigneten Auslöser zum Leben erwacht. Bei manchen schlummert sie ein Leben lang, bei dir wurde sie mit Hilfe eines anderen Springers ausgelöst.
Wie ich dir schon im letzten E-Mail verraten habe, bist du nicht die Einzige mit dieser Fähigkeit, die es schon gibt, solange man denken kann. In Zeiten des Friedens wurde die Gabe dafür benutzt, um die Welt zu erkunden. Die Springer konnten dadurch an Plätze gelangen, an die es keiner vor ihnen geschafft hatte. Viele davon waren Entdecker, die du mit hoher Wahrscheinlichkeit aus deinen Geschichtsbüchern kennst.

In Kriegszeiten sah die Geschichte jedoch anders aus. Diese Fähigkeit war für viele die einzige Möglichkeit, um entkommen zu können.
Doch mit der Zeit wurde so manchem Springer langweilig. Sie wollten nicht mehr allein entdecken. Sie wollten mehr, und zwar Reichtum. So erkannten sie, dass sich das Springen nur allzu gut dafür einsetzen ließ. Sie fingen an, des Stehlens wegen zu springen und sie entführten, um zu erpressen. Leider stellte sich das Geschäft nur als allzu gewinnbringend heraus. Und viele, denen jegliche Form von Skrupel fremd war, stiegen darauf ein.
Um schließlich an unendlichen Reichtum gelangen zu können, begannen sie, nach Mitteln und Wegen zu suchen, um ihr Gefolge zu vergrößern. Den Durchbruch schaffte schließlich eine Gruppe indischer Gelehrter. Ihr gelang es eine Wortkombination zu kreieren, die auch Menschen ohne Gabe zum Springen verhalf.
Der einzige Unterschied, jedoch sehr entscheidend, ist der, dass die Möglichkeit des Springens irgendwann aufgebraucht ist. Irgendwann bringen schmerzhafte Nebenwirkungen einen dazu, damit aufzuhören.
Das ist der Unterschied zwischen Wahren und Unwahren.
Du ahnst bestimmt, warum ich das alles weiß. Ich bin wie du. Auch mir wurde diese Gabe in die Wiege gelegt. Ich bin ein sogenannter Wahrer und werde da sein, wenn du mich brauchst.
Anonymus

Wow. Dieses Mail musste ich erst einmal verdauen. Ich las es ein zweites Mal, um keine Details unbemerkt auf der Strecke zu lassen. Dann schrieb ich Tristan eine SMS, dass ich ihn unbedingt treffen musste.

T: Wenn's nach mir geht, am besten gleich. Lass dir die Koordinaten einfach durch den Kopf gehen! 46° 35′ 2″ N, 14° 41′ 22″ O
E: Was bedeuten die Kreise und Striche?

Hoffentlich war das jetzt nicht allzu peinlich. Aber wer, außer ein Pfadfinder, kannte sich bitteschön mit solchen Zeichen aus?

T: Kreis ist Stunde, ein Strich bedeutet Minute und die zwei sind die Sekunden. Bis gleich. PS ich hoffe, du leidest nicht an Höhenangst.

Alles klar, das war leichter als gedacht. Ich lief ins Vorzimmer, um mir meine Sportschuhe zu holen. Noch einmal passierte es mir nicht, dass ich darauf vergaß. Dann sprach ich mir im Zimmer die Koordinaten laut vor, erwähnte sogar den Beistrich und hoffte inbrünstig, dass diese Zahlen mich auch tatsächlich zu Tristan bringen würden. Als es zu meiner Überraschung wirklich klappte und mich die Schwärze wie gewohnt umfing, atmete ich erleichtert auf. Jedoch wich das Gefühl der Erleichterung in dem Augenblick, als ich an den Koordinaten landete. Ein Schrei entfuhr meiner Kehle.
Tristan befand sich in schwindelerregender Höhe und ich mich neben ihm. Die Sache mit der Höhenangst war also ernst gemeint.
»Traust du dich?«
Ich musste bestimmt ängstlich ausgesehen haben, als mein Blick an Tristan vorbei zu einer Brücke wanderte und an einer kleinen Gruppe Menschen hängen blieb. Das Hantieren mit Gummiseilen ließ keinen Zweifel offen. Wir befanden uns an einer Bungy-Base. Voller Ungläubigkeit starrte ich Tristan an.
»Sag mir jetzt bitte, dass das nicht dein Ernst ist.«
Doch der grinste nur. »Oh, und ob das mein Ernst ist, Emma.«

Er deutete in die Tiefe. »Außerdem sind es bis nach unten lächerliche 96 Meter.«
Ich hatte mich hoffentlich verhört. »Das nennst du lächerlich?«
»Komm schon. Finn hat sich auch getraut, bevor er wieder zu seinem Training abgehauen ist.«
Hallo? Was kümmerte mich in so einem Augenblick, was Finn so trieb?
»Sei kein Feigling! Für dich als Springerin sollte so ein bisschen Bungy kein Problem sein.«
Sie standen neben uns, die Guides, die uns Details über die Jauntalbrücke erzählten. Dann mussten wir unser Gewicht und unsere Größe bekannt geben, wurden zusammengebunden und machten Minischritte bis zum Absprungbrett.
Ein drahtiger Typ mit Rasterlocken schrie den Countdown und entließ uns schließlich mit einem lauten »Bungy!« in die Tiefe.
Der eine Schritt nach vorne passierte, ohne dass ich ihn bewusst gesetzt hatte. Ich spürte mich einfach nur fallen, hörte Tristans Jubelschrei und fast war es, als könnte ich all das Adrenalin, das in großen Mengen durch meinen ganzen Körper gepumpt wurde, in mir brennen spüren. Dieses Gefühl der Freiheit war grenzenlos und einen Moment lang erwartet ich, von einer Schwärze umfangen zu werden. Doch alles um uns herum blieb in rauschenden, bunten Farben, die in rasendem Tempo an uns vorüberzogen.

Kapitel 10

Ich mochte ihn, den Saal der Bildenden Künste. Er lag im Obergeschoss unserer Schule und wirkte komplett anders als die Räumlichkeiten im Untergeschoss. Seine Fenster waren klein, das Licht um einiges diffuser. In der Luft hing der Staub von Kreiden, auf den Tischplatten tummelten sich Farbkleckse, die sich für immer in das Holz gefressen hatten. Die Schulbänke waren die einzigen freien Flächen, die man in diesem Raum ausmachen konnte. Überall sonst standen Skulpturen aus Ton und anderen Materialien, daneben fand man Zeichenblätter, die zum Trocknen hingelegt worden waren. An den Wänden hingen Stillleben und andere Entwürfe. Allesamt einzigartige Kunstwerke, die teils fertig gestellt und dazu verdammt waren, für die Ewigkeit in diesem Raum zu verweilen, teils waren es Werke, die geduldig auf ihren Erschaffer warteten. Kein anderer Raum an dieser Schule wäre für meine Semesterprüfung in Volkswirtschaft geeigneter gewesen. Ich wusste nicht warum, aber all die Kunst wirkte auf ihre eigene Weise beruhigend auf mich.

An diesem Morgen war ich so nervös gewesen, dass ich ganze dreißig Minuten früher als gewöhnlich das Haus verlassen hatte. Ich war sogar schon weg gewesen, als der übliche Morgentrubel überhaupt erst so richtig begonnen hatte. Tristan, Luis und Lina waren ebenfalls früher angetanzt. Linas Augen waren dabei so klein gewesen, dass ich Angst hatte, sie könnte über ein Hindernis fallen. Aber sie hatte ja Luis, der sie im Arm hielt. Er war der Erste, der mir anmerkte, wie nervös ich war.

»Das wird ein Klacks für dich, wirst schon sehen. Ich wollte es dir ja eigentlich nicht verraten, aber in Wahrheit habe ich dich nicht nur für eines, sondern schon für die nächsten zwei

Semester vorbereitet.« Diese Aussage, gemeinsam mit seinem Augenzwinkern, zeigte Wirkung. Lina umarmte mich so fest, dass mich der einsetzende Sauerstoffmangel beinahe umgehauen hätte.

»Zeig dem Idioten, was in dir steckt!«

Dann hatte sie mir versichert, dass sie dieses Mal auch bestimmt pünktlich sein und nach der zweiten Stunde an exakt dieser Stelle auf mich warten würde. Dafür hätte ich ihr ebenfalls am liebsten die Luft mit einer festen Umarmung rausgedrückt, denn ich wusste, wie schwierig Pünktlichkeit für sie war. Tristan war die ganze Zeit über danebengestanden und hatte mich angesehen. Dann gab er mir einen Kuss, der nach ich-glaub-an-dich schmeckte. Dann waren sie mit einem letzten Winken verschwunden und ließen mich zwischen all der Kunst allein zurück.

Ich versuchte mich abzulenken, wanderte von Bild zu Bild, von Skulptur zu Skulptur. Dad kam hereingestürmt, hatte einen Stapel Englischhefte unterm Arm, sprach von Ernst in Unterhosen und schaffte es damit, mich eines weiteren Stücks Nervosität zu berauben. Er wünschte mir Glück und verließ den Saal so schwungvoll, wie er ihn kurz davor betreten hatte.

Der Nächste, der kam, war keiner, der mir Glück wünschen wollte. Es war so weit. »Guten Morgen, Frau Mattis. Lassen Sie uns keine Zeit verlieren und uns gleich mit Ihrem Examen beginnen. Kommen Sie bitte weiter nach vorn und nehmen Sie in der ersten Reihe Platz.«

Dann lag er vor mir. Der besagte Test, dessen Kopie sich, verschlossen in einem undurchsichtigen Kuvert, schon einmal in meiner Hand befunden hatte. Mein Puls schlug mir bis zum Hals. Gleich würde ich sehen, ob es eine gute Idee gewesen war, ihn ungelesen an Mats retourniert zu haben. *Du wirst mir auf immer und ewig dankbar sein* ging es durch meinen Kopf

und als stünde er vor mir, streckte ich meine Zunge heraus. Ich dachte gar nicht daran, ob mich Professor Ernst dabei beobachten könnte. Solange er nicht glaubte, dass ich ihm die Zunge zeigte, war mir das egal.
Beim Überfliegen der Angabe wurden meine Handflächen feucht. Sie war kompliziert und in langen Schachtelsätzen verfasst. Vor allem schien sie kein Ende zu nehmen. Ich begann zu schreiben und brachte zu Papier, was das Zeug hielt. Schon nach den ersten zwei Fragen stellte sich heraus, dass mich Luis nicht besser auf die Prüfung hätte vorbereiten können. Somit entpuppte sich meine Entscheidung, Mats' Angebot ausgeschlagen zu haben, als richtig. Nicht Mats, sondern Luis würde ich dankbar sein. Auf immer und ewig erschien mir dann aber doch ein wenig zu theatralisch zu sein. Für diesen Moment war ich es jedoch auf jeden Fall.
Nach zwei Unterrichtsstunden voller Konzentration und dem dringenden Gefühl, auf die Toilette gehen zu müssen, gab ich den Test ab. Ich war so erleichtert, dass ich mich kaum schwerer als eine Feder fühlte.
Ich öffnete die Tür, sah meine Freunde auf mich warten und die letzten zwei Stunden waren vergessen. Was zählte, war der Augenblick. Zu dritt hatten sie vor der Tür gewartet und nun rührte sich keiner von der Stelle. Ihre Augen waren um einiges größer, als sie es am Morgen gewesen waren. Sie waren groß genug, um in ihnen Fragezeichen erkennen zu können. Sie rührten sich nicht, bis ich meine Hände in die Luft warf und laut »Yes!« schrie. Dann umschlossen mich alle sechs Arme gleichzeitig, rissen mich mit in einen Taumel voller Freude. Sie riefen alle durcheinander und ich konnte keines ihrer Worte verstehen. Aber was sie sagten, was sie fragten, war nicht wichtig. Ich genoss einfach den Moment der vollkommenen Erleichterung und ließ mich feiern.

In Filmen dauern solche Momente ewig an, im wahren Leben brauchte ich eine Unterbrechung. Eine dringende. »Sorry, Leute, ich muss mal ganz dringend. Lina? Kommst du mit?« Auf ihr Nicken hin nahm ich sie bei der Hand und zwinkerte den beiden Jungen zu.
»Wir sind gleich wieder da, rührt euch nicht vom Fleck!«
Im Augenwinkel sah ich Professor Ernst, wie er mit strengem Blick meine beiden Freunde aufforderte, ihn durchzulassen, um anschließend mit erhobenem Haupt durchzuschreiten. Was war das nur für eine lächerliche Machtdemonstration, zwei Personen Platz machen zu lassen, wo er einfach an ihnen hätte vorbeigehen können.
Den restlichen Vormittag schwebte ich auf einer einzigen Gefühlswolke aus Stärke und Vorfreude. Mom hatte mir nämlich versprochen, sich für mich Zeit zu nehmen, und das einen ganzen Nachmittag lang. »Egal, ob du es schaffst oder nicht mein Schatz.« Hatte sie beim Frühstück verkündet. »Heute machen wir uns einen schönen Nachmittag. Nur wir zwei.«

Ich saß im Garten, die Sonne schien und durch die offene Schiebetür konnte ich Mom sehen, wie sie Frau Wieland Anweisungen gab. Mom wollte unsere »Zweierzeit« bereits mit dem Mittagessen beginnen. Dann winkte sie mir zu und untergehakt verließen wir das Haus.
»Ich habe mir gedacht, wir gehen zu Marios in die Stadt und essen eine extragroße Portion Spaghetti all'arabbiata. Die besten von da bis …«
»… New York«, ergänzte ich. Mir fiel auf, dass ich diesen Namen schon mit weniger Wehmut aussprechen konnte.
»Und anschließend«, fuhr Mom fort, »suchst du dir bei Christie's etwas Nettes zum Anziehen aus. Immerhin brauchst du irgendetwas, dem kein Geruch von Volkswirtschaftslehre

anhaftet.« Sie lächelte und ich tat es auch. Mit Mom essen gehen und shoppen, wie lange hatten wir das schon nicht mehr gemacht. Damals in New York, als Mom nicht so viel arbeiten musste, waren wir öfters auf einen Cappuccino um die Ecke gegangen. Meistens spontan und nur zu zweit. Wie oft hatte ich mich damals nur bei ihr über den ganzen Mist dieser Welt beklagt, über eine Freundin, mit der es Krach gegeben hatte oder einen Jungen, der mir nicht aus dem Kopf gehen wollte. Aus welchem Grund auch immer. Mom war eine hervorragende Zuhörerin gewesen. Mit ihrer Lebenserfahrung hatte sie mir dabei geholfen, die Dinge mit einer Portion Humor zu nehmen. Hier in Österreich verhielt es sich jedoch anders. Mom hatte weniger Zeit und ihr Einblick in die Themen, die mich wirklich beschäftigten, gingen gleich gegen null. Es sei denn, sie war Frau Anonymus. Vielleicht würde ich an diesem Tag der Sache etwas näherkommen.

Wir saßen im Freien und hatten einen schönen Blick auf die Fußgängerzone. Der Kellner hatte uns auf einen kleinen Tisch in der Ecke verwiesen, der letzte, den Mom hatte reservieren können. Neben dem Restauranteingang lehnten zwei Tafeln, auf denen in Handschrift die Tagesspezialitäten angeschrieben waren. Für Mom und mich waren sie ohne Nutzen, denn keine Speise konnte köstlicher schmecken als Marios Spaghetti all'arabbiata. In der Mitte unseres Tisches stand eine kleine Pflanze, irgendetwas Exotisches. Ich nahm eines der Blätter zwischen meine Finger und rieb daran. Umgehend brachte mich der Duft zurück an den Strand von Takamaka. Die Erinnerungen an die Fackel, an das warme Nass, das mich umspielt hatte, als Tristan mich ins Wasser getragen hatte, all das ließ meine Mundwinkel nach oben wandern. Ich bemerkte, wie Mom mich beobachtete, aber es mir überließ, darüber zu

sprechen oder nicht. Ich hätte es gerne getan, aber ich konnte es nicht.
»Jetzt erzähl einmal. Wie läuft es zwischen Tristan und dir?«
»Gut. Ziemlich gut sogar.«
»Ich weiß so wenig über ihn. Hat er mehr Hobbys als die, von denen er uns erzählt hat? Was macht er gerne?«
Ich musste nicht lange überlegen, um diese Frage beantworten zu können. »Was er gerne macht? Definitiv Wellenreiten. Du müsstest ihn mal sehen.«
»Hast du ihn denn schon mal dabei gesehen? Wo kann man das hier in der Nähe machen?«
Verdammt. Schnell ein Schluck Wasser und Zeit gewinnen. Ich blickte über den Glasrand, musterte sie, versuchte herauszufinden, ob ihre Frage rhetorischer Natur oder echter Unwissenheit entsprang.
Eines stand fest. Ein besserer Moment, das Thema Anonymus anzusprechen, würde nicht so schnell wiederkommen. Ich setzte an, ein bisschen holprig zwar, aber die ersten beiden Worte waren raus.
Plötzlich riss Mom die Augen auf und für einen Augenblick überlegte ich, was an den Worten »Du Mom« so erschreckend gewesen war. Immerhin handelte es sich dabei gerade mal um die Einleitung. Dann wurde mir klar, dass sie gar nicht mich ansah, sondern an mir vorbeiblickte. Danach starrte sie auf ihren Teller, als wäre ihr eine Kontaktlinse ins Essen gefallen, die sie gar nicht besaß.
»Dreh dich jetzt ja nicht um!«
Okay, nicht umdrehen. Aber warum eigentlich nicht?
»Hinter dir steht ein Verehrer aus meiner Jugendzeit. Der ist mir damals schon zuwider gewesen. Den brauch ich jetzt wirklich nicht.«
»Echt, ein Verehrer?« Jeder hätte sich umgedreht. Ich meine,

wann bekam man schon die Chance, jemanden aus der Jugendzeit seiner Mom zu Gesicht zu bekommen? Als ich also reflexhaft hinter mich sah, wünschte ich mir, ich hätte es lieber bleiben lassen. Gleichzeitig begann ich zu beten, hoffte, dass es sich um den Mann neben ihm handelte. Das Problem war nur, dass sich neben ihm gar keiner befand.

»Hallo, Marlena. Ich habe mich schon die ganze Zeit über gefragt, wann ich dich endlich mal zu Gesicht bekomme.« Dann wanderte sein Blick zu mir. »Mit deiner Tochter habe ich ja schon länger das Vergnügen.«

Als Mom ihn mit »Hallo, Reinhard« begrüßte, wusste ich, dass meine Gebete nicht erhört worden waren. Mir blieb nichts anderes übrig, als ebenfalls zu grüßen. »Guten Tag, Herr Professor Ernst.«

»Hallo, Frau Mattis. Wie ich sehe, habe ich mich nicht darin getäuscht, dass Sie die Tochter von Marlena sein müssen.«

Mit einem Schlag war alles klar. Sein gesamtes widerliches Verhalten rührte also nur daher, dass Mom ihn nie erhört hatte.

»Du bist also wieder nach Österreich zurückgekehrt.«

»Wie du siehst.« Und dann fing es an bei Mom zu sickern, denn plötzlich lachte sie laut auf.

»Nein! Ich glaub's einfach nicht! Professor Ernst, dein Lehrer in Volkswirtschaftskunde, ist gleichzeitig Reinhard?«

Ich nickte und weil ich nicht wusste, was ich sonst tun sollte, nahm ich einen Schluck Wasser.

Professor Ernst hingegen starrte Mom entzückt an. »Du hast dir dein schönes Lachen also behalten, Marlena.«

Mom hörte sofort zu lachen auf. »Wenn du wüsstest, was ich mir so alles behalten habe. Mein bezaubernder Ehemann, meine drei hinreißenden Kinder und noch so einige Dinge sind neu hinzugekommen.«

Überraschung sah anders aus. »Ich weiß, man hat von dir gehört. So groß kann der Ozean gar nicht sein, dass es dein Strahlen nicht bis hierhergeschafft hätte.«

Pah, gleich würde mir schlecht werden. Professor Ernst war nicht nur ein ehemaliger Verehrer, sondern zusätzlich ein gewaltiger Schleimer.

»Tatsächlich, hat man das? Dann ist es deiner Aufmerksamkeit sicher auch nicht entgangen, dass mein Mann, Peter Mattis, neuerdings dein Kollege ist? Von dir hat er jedoch nichts erwähnt.«

Später, als wir uns auf den Weg zu Christie's machten, gestand mir Mom, dass sie froh war, nicht gewusst zu haben, dass es sich bei Reinhard und Professor Ernst um ein und dieselbe Person handelte. »Sonst hätte ich wegen deiner Prüfung seit Wochen kein Auge mehr zugetan. Lässt er dich eigentlich spüren, dass ich ihn damals abblitzen ließ?«

»Mach dir keine Sorgen, Mom. Ich weiß mich zu wehren.«

»Das habe ich mir gedacht.« Sie hakte sich unter und gemeinsam betraten wir Christie's.

Abends traf ich meine Freunde in einem der zwei Jugendlokale der Stadt und wir feierten mein gutes Gefühl. Sogar Finn hatte sich zu uns gesellt, der es ebenso wenig glauben konnte wie Lina.

»Und der ist tatsächlich voll auf deine Mutter abgefahren? Ich meine, wie kann er auch nur annähernd geglaubt haben, dass eine Frau wie deine Mutter auf einen widerlichen Typ wie ihn stehen könnte? Das ist ja so, als würde Cinderella auf Frankenstein stehen!«

Luis war überrascht. »Tat sie das denn nicht?«

»Sehr lustig«, gab sich Lina entsetzt. »Hat dir deine Mutter denn nie Märchen vorgelesen? Das werde ich wohl für sie nachholen müssen.«

»Bitte, verschon mich! Glaub mir, ich habe genug Magie in meinem Leben.« Und während Lina glaubte, er würde allein auf ihre Beziehung anspielen, wussten wir, dass es anders war.

Es war schon ziemlich spät, als wir uns schließlich verabschiedeten und unseren Heimweg antraten.
»Ich hab etwas für dich. Es sei denn, du bist schon zu müde dafür.«
Niemals.
»Weißt du noch die Sternschnuppe, die ich dir geschenkt habe?«
Ich hielt die Luft an.
»Der Strand, der Nachthimmel, damals in der Bibliothek. Den gibt es in echt.«
Echt jetzt?
»Sternschnuppen werden wir zu dieser Zeit zwar keine sehen, aber die Morgenstimmung ist genauso krass. Wenn nicht sogar mehr.«
Er nahm mich bei der Hand und wir ließen uns fallen. Kurz darauf wurden wir von klarer Luft und Farben voller Intensität empfangen.
»Wo sind wir?«
»In der Nähe von Perth.«
In Momenten wie diesen wurde mir die Tatsache, Amerikanerin zu sein, so richtig bewusst. Während Tristan die ganze Welt zu kennen schien, hatten wir New Yorker uns hauptsächlich mit der eigenen Landeskunde beschäftigt. Wo, zur Hölle, lag Perth? Jedenfalls irgendwo am Meer, denn wir standen an einem verlassenen Naturstrand, ungestüme Wellen rauschten uns entgegen.
»Ich liebe diese Wildheit.«
Er hatte Recht, dieser Ort hatte etwas Magisches und vor allem

sah es hier genauso aus wie damals in meinem Kopf. Er zog sich Schuhe und Socken aus, krempelte sich seine Hose bis unters Knie auf und machte einen Schritt ins Wasser. Dort, wo sich das Nass im Sand verlief.
»Ich würde dich gerne einmal Wellenreiten sehen.«
Er drehte sich um, schmiss sich in die klassische Surferhaltung. »Wenn du willst, nehme ich dich beim nächsten Mal einfach mit. Aber jetzt bringe ich dich erst mal nach Hause.«
Während er sich Socken und Schuhe über seine nassen Füße zog, atmete ich nochmals die Meeresluft ein, die hier so anders roch.

Am nächsten Tag brachen meine Eltern nach Wien auf. Einer von Moms Kunden hatte sie zu einer Ausstellung geladen und Dad kam nicht drum rum, sie dahin zu begleiten.
»Es wird sicher spät werden. Mein Kunde hat in irgendeinem dieser In-Lokale einen Tisch reserviert. Aber ich denke, um spätestens zehn Uhr sind wir wieder da.« Sie stieg ins Auto, setzte sich auf den Beifahrersitz und ich nickte nun schon zum zwölften Mal. Dabei kam ich mir wie diese Wackel-Figuren, die es in Souvenirläden zu kaufen gab, vor.
»Danke Emma-Schätzchen, dass du dich um alles kümmerst und bitte bring deine Geschwister nicht allzu spät ins Bett. Ich verlasse mich auf dich.«
»Ja, Mom, ist ja nicht das erste Mal. Wir machen das schon. Viel Spaß in Wien.«
Auch, wenn meine Geschwister so richtig nervig ein konnten, ab und zu verbrachte ich gerne Zeit mit ihnen. Gemeinsame Albernheiten waren in den letzten Wochen ohnehin zu kurz gekommen. Wir holten uns die Räder aus der Garage. Jacob sein altes BMX-Rad, das wir ebenfalls unserem Nachbarn abgekauft hatten, und ich lieh mir das von Mom mit einem be-

festigten Kindersitz. Ich hievte meine Schwester hinein, gab mir alle Mühe, dass mir das Rad nicht umfiel. Nach den ersten Metern hielt Olivia voller Freude ihren Kopf in den Fahrtwind. Ansonsten war es windstill. Beste Voraussetzungen also für so ungeübte Radfahrer wie uns. In New York hatten wir nicht einmal ein Fahrrad besessen.

Dieser Radweg, am Fuße der Weinberge, war flach und asphaltiert. Umso mehr überraschte es mich, als ich ein Hightech-Mountainbike entgegenkommen sah. Auch ohne mich damit wirklich auszukennen, war mir klar, dass der Weg den Ansprüchen eines Mountainbikers nicht entsprechen konnte. Noch überraschter war ich, als ich das Gesicht des Fahrers erkennen konnte. Freudestrahlend winkte er mir zu und stieg fester in die Pedale.

»Hi, Emma! Was mascht du denn da?«

»Ich würde sagen, das nennt man Radfahren.«

»Sind das deine Geschwister?« Er lächelte zuerst Jacob zu, bevor er seinen Kopf schief hielt, um Olivia besser sehen zu können.

Ihre Kulleraugen waren größer als sonst. »Emma, wer ist dieser Mann?«

»Na, dann stell ich mal vor: Dieser Mann«, ich grinste dabei, »ist Lionel, ein Bekannter von mir.« Mit einer Handbewegung zeigte ich auf meine Geschwister. »Und das sind Olivia und Jacob. Meine Geschwister.«

Olivia fand den Namen Lionel befremdlich und erkundigte sich, ob sie ihn bestimmt auch richtig verstanden hatte. Sie tat es auf diese kindliche Art: »Das ist aber ein komischer Name. Liowas?« Ich fand das lustig.

»Bist du ein Freund von Tristan?«, warf Jacob ein.

»Nein, einen Tristan kenne ich nischt.«

»Und warum redest du so lustig?«

»Lionel kommt aus Frankreich«, klärte ich die beiden auf.
»Wohnst du neben dem Eiffelturm?«, wollte Jacob wissen. Ich war beeindruckt, wie viel er bereits über Europa wusste. Vielleicht sollte ich ihn später wegen Perth fragen. Konnte leicht sein, dass er wusste, wo es lag. Ich brauchte Zeit, bis mir auffiel, dass Lionel noch immer nicht auf Jacobs Frage geantwortet hatte. Er musste überlegen, wo er in Paris wohnte? Das fand ich jetzt eigenartig. Aber dann fiel es ihm doch ein.
»No. Isch komme aus Grenoble. Das liegt in den Bergen.«
Grenoble? Nie davon gehört. Wieder einmal.
»Wo fahrt ihr eigentlisch hin? Darf isch eusch ein Stück begleiten?«
»Wir haben kein wirkliches Ziel. Fahren nur so in der Gegend herum. Wollen uns irgendwo ein Eis holen.«
»Eis? Hört sisch gut an. Isch bin dabei.«
So radelten wir zu viert weiter. Wie waren umgeben von Weinreben, die noch keine Früchte trugen, und über uns strahlte der Himmel in hellem Blau.
Die bunten Eiskugeln, die auf den Tüten thronten, wirkten wie angemalt, aber Olivia ließ ihre gleich mal auf den Boden fallen. Als Lionel ihr daraufhin eine neue kaufte und Olivia darüber überglücklich mit Jacob zwischen den Weinreben Fangen spielte, setzten Lionel und ich uns auf eine Bank.
»Du hast nischts mehr von dir hören lassen und Nikolas wollte mir deine Telefonnummer nischt geben.«
Weil ich nicht wusste, was ich darauf antworten sollte, sagte ich einfach gar nichts. Zuckte nur mit den Schultern. Nikolas hatte jedenfalls etwas gut bei mir.
»Wer ist eigentlisch dieser Tristan? Ist das der Typ von der Party? Der Blonde, der dir davongelaufen ischt?« Er bemühte sich nicht einmal nett zu klingen.
Hieß das etwa, er war eifersüchtig? Was war denn nur in ihn

gefahren? Von ein wenig Tanzen konnte er sich wirklich nichts versprochen haben. Und meine Nummer hatte ich ihm ja nie gegeben.

»Seid ihr zusammen?«

»Ja.« Und in Gedanken fügte ich hinzu, dass wir zusammen die verrücktesten Sachen unternahmen. Das konnte ich ihm natürlich nicht verraten.

Mit seiner Schuhspitze kickte er einen kleinen Stein weg und ich spürte, wie die Situation in Schieflage geriet. Die frühlingshafte Leichtigkeit, die eben noch in der Luft gehangen hatte, hatte sich aus dem Staub gemacht.

»Du, wir müssen dann los.« Ich rief nach Jacob und Olivia. »Ich hab den beiden versprochen, dass sie spielen dürfen, bevor wir zu Abend essen.« Ich stand, ohne zu zögern, auf. Dann schnappten wir uns die Räder und wieder fiel mein Blick auf Lionels Mountainbike. Es sah sehr teuer aus. Auf dem Weg zurück sprach Lionel kein Wort. Er begleitete uns bis zum Haus.

»War schön, Emma. Isch hoffe, wir sehen uns trotzdem bald wieder.«

Er beugte sich über die Lenkstange und gab mir einen Kuss auf jede Wange, dabei konnte ich hören, wie er meinen Duft einatmete. Von Jacob und Olivia verabschiedete er sich nicht.

Meine Eltern kamen kurz nach zehn. Wir plauderten noch eine Weile, dann ging ich in mein Zimmer und schmiss mich aufs Bett. Ich schlief sofort ein und bemerkte daher nicht mehr, wie das Display meines Handys aufleuchtete. Mir entging ebenfalls, dass den unzähligen verpassten Anrufen eine Nachricht folgte. Sie bestand nur aus zwei Sätzen: »Ich weiß es. Heb verdammt noch mal ab.«

Kapitel 11

Ich musste mit ihr reden. Aber ich wollte es nicht über das Handy tun, sondern persönlich. Face-to-face. Ich schrieb ihr eine Nachricht, ließ sie wissen, dass ich früher in der Schule sein und auf sie warten würde. Aber sie kam nicht. Sie tauchte erst kurz vor dem Läuten, knapp bevor der Unterricht begann, auf. Sie setzte sich in die erste Reihe, gleich auf den freien Platz neben der Tür. Sie würdigte mich keines Blickes.

Gleich zu Beginn der Stunde, ehe ich mit ihr reden konnte, erfuhr ich, dass ich meine Prüfung in Volkswirtschaft bestanden hatte. Ich wollte mich freuen, jetzt, wo ich Gewissheit hatte, aber alles, was ich zustande brachte, war, meinen Blick auf Lina zu richten und zuzusehen, wie sie stur nach vorne starrte.

Nikolas saß neben mir und bekam von all dem nichts mit.

»Lionel war vollkommen durch den Wind, als er gestern vom Mountainbiken ins Internat zurückgekommen ist.«

»Mountainbiken?« Ich hörte gar nicht wirklich hin.

»Der hatte offensichtlich nicht mitbekommen, dass du jetzt mit Tristan zusammen bist.«

»Offensichtlich.« Ich antwortete ihm, ohne wirklich zu wissen, was er genau gesagt hatte.

Er wollte wissen, was passiert war mit Lionel und mir, aber ich gab vor, dem Unterricht folgen zu wollen. Denn, wenn mir eines im Moment nicht wichtig war, dann war es Lionel. Endlich läutete es zur Pause. Ich klopfte Nikolas auf die Schulter.

»Weißt du was? Ehrlich gesagt ist es mir ziemlich egal, was Lionel über mich denkt oder nicht denkt. Ich muss jetzt dringend mit Lina reden. Allein.« Ich sprang auf und ließ den armen Nikolas im Ungewissen zurück. Kurz machte ich mir Gedanken darüber, ob ich zu unfreundlich gewesen war, aber dann sah ich Linas blassen Ausdruck und Nikolas war aus meinem Kopf verschwunden.

Ich ging neben ihr in die Hocke, berührte sie am Arm. »Von wem weißt du es?«

Ihre Antwort schoss aus ihrem Mund wie ein Giftpfeil aus einem Blasrohr der Cherokees.

»Die Frage lautet wohl eher: Wann hattest du vor mir davon zu erzählen?«

»Psst. Nicht so laut.« Nervös blickte ich mich um.

»Echt jetzt, Emma?«

Dass sie mich nicht Süße nannte, sondern Emma, versetzte mir einen kurzen Stich. Sie hatte Recht. Wann hatte ich eigentlich vorgehabt, ihr von meiner Gabe zu erzählen? Meine Position in der Hocke war unangenehm. Aber vielleicht war es auch gar nicht meine Haltung, die mich so unbehaglich fühlen ließ. Ich stand auf und setzte mich auf den leer gewordenen Sessel neben ihr. »Ich weiß nicht, Lina. Wahrscheinlich bald.«

»Wahrscheinlich bald? Wann genau wäre denn bald gewesen? Mmmhh?«

»Weiß nicht genau.«

»Genau! Ihr hattet gar nicht vor, mir davon zu erzählen! Ist doch so, oder? Hätte Luis diesen schrecklichen Anfall nicht bekommen, ich wüsste es bis jetzt nicht.«

»Anfall, welchen schrecklichen Anfall denn?«

Zwei Mädchen unserer Klasse blieben plötzlich stehen und starrten uns an. Sie mussten uns gehört haben.

»Was glotzt ihr denn so? Könnt ihr bitte weitergehen und Emma und mich in Ruhe weiterreden lassen? Und zwar jetzt?«

Sie herrschte ihnen ein »Dankeschön« hinterher, bevor sie weitersprach.

»Emma, sein ganzer Arm war weg. Verstehst du, was ich sage? Sein ganzer Arm war auf einmal verschwunden!«

Sie tat mir so leid, wir hätten sie einweihen müssen. Was für einen Schrecken musste ihr das nur eingejagt haben?
»Ich habe wie wild zu schreien begonnen. Wollte wissen, was das Ganze zu bedeuten hätte. Vollkommen hysterisch, außer Kontrolle, verstehst du? Und weißt du, was Luis darauf geantwortet hat?«
Ich schüttelte den Kopf.
»Er hat gemeint, dass er sich normalerweise im Ganzen auflösen würde! So wie ihr alle. Du und Tristan. Finn und Mats. Als wäre ein Auflösen im Ganzen das Normalste auf der Welt!« Ihre Stimme begann zu zittern. »Ich dachte wir gehören zusammen, Emma. Du und ich. Ich und Luis. Aber da habe ich mich wohl geirrt. Ich bin weggelaufen und habe Luis alleine gelassen. Und du hast dein Scheiß-Handy nicht abgehoben!«
»Ich habe schon geschlafen, Lina. Ehrlich.«
Erst dann begann es zu sickern. Stellte fest, dass an der Geschichte etwas nicht stimmte. »Du sagst, sein Arm hat sich aufgelöst und der Rest nicht?«
Aber ihre Antwort ging in Tränen unter, wurde zu einem lauten Schluchzen. Von allen Seiten hagelte es mitleidsvolle Blicke, die ich gekonnt ignorierte. Dann betrat unsere Biologielehrerin das Klassenzimmer und wir waren das Erste, das sie sah. Ich stand auf und ging auf sie zu, während sie erstaunt in Linas verzweifeltes Gesicht blickte. Ich flehte sie an, ob wir ihre Stunde schwänzen dürften, da es sich um einen absoluten Notfall handeln würde. 22 Augenpaare waren auf uns gerichtet, als sie verständnisvoll ihr Okay erteilte. Ich half der schluchzenden Lina vom Stuhl und zog sie aus der Klasse. Ich zog sie weiter, den Flur entlang in die verlassene Kantine, und schob sie zu einem Tisch weit weg vom Eingang. Dann besorgte ich uns beiden erst mal einen Chai Latte und ließ mich anschließend neben ihr auf den Sessel fallen.

Ich fühlte mich schrecklich. Ich griff nach ihrer Hand und fing an zu erzählen. Ich begann bei meinem anfänglichen Verdacht, Luis würde Drogen nehmen. Ich erzählte von meinem allerersten Besuch auf Hawaii, von der Tatsache, dass mir das Springen angeblich angeboren war, und ich erzählte von Mats und dem geklauten Test, den ich ihm ungeöffnet zurückgegeben hatte. Ich schilderte ihr auch von den schönen Momenten und den einsamen Plätzen, an die mich Tristan geführt hatte.
Lina ließ mich einfach reden, wahrscheinlich, weil sie zu mehr nicht in der Lage war. Hin und wieder griff sie zu ihrem Chai Latte und manchmal schüttelte sie nur ungläubig den Kopf. Dann war ich fertig mit meinen Ausführungen und Linas Augen füllten sich erneut mit Tränen.
»Lina, hör zu. Luis hatte keine Wahl, das musst du mir glauben! Er hatte geschworen, es niemandem zu verraten.«
In der Zwischenzeit begann die Sonne ihre Strahlen durch die großen Fenster zu schicken und ihr Leuchten passte so gar nicht zu unserer Düsternis, die in uns herrschte. Lina sah mich mit rot geweinten Augen an. »Aber du hättest es mir sagen können, Emma. Du bist damals nicht dabei gewesen bei diesem blöden Schwur. Du bist meine beste Freundin.«
Nun begannen auch mir die Tränen in die Augen zu steigen. Ich legte meine Hand auf ihre. Ihre Finger fühlten sich eiskalt an. »Lina, ich glaube ich weiß, was das gestern bei Luis war. Ich vermute es zumindest.«
»Was meinst du?«
»Ich meine, dass es nicht normal ist, dass sich nur Teile auflösen. So wie Luis gesagt hat. Normalerweise löst man sich im Ganzen auf.« Ich redete immer schneller. »Ich habe E-Mails bekommen, Lina. Anonyme E-Mails. Darin steht, dass es Nebenwirkungen gibt, die schmerzhaft sind. Solche, die das Ende des Springens ankündigen, verstehst du?«

»Das Ende, welches Ende denn?« In Linas Ton schwang Panik mit.
»Ich weiß es nicht genau. Ich weiß nur, dieses Mantra, das sie gesungen haben. Es hat ein Ende. Die Wirkung hat ein Ende, verstehst du?«
»Ganz ehrlich, Emma, langsam versteh ich gar nichts mehr.«
»Es tut mir so leid, Lina, dass ich all das vor dir geheim gehalten habe. Ich fühlte mich nur selbst so überrumpelt und dann irgendwie … ich weiß auch nicht … irgendwie frei. Und jetzt erfahre ich die Sache mit Luis und auf einmal habe ich Angst.«
»Was soll ich erst sagen?«
»Wir müssen mit Luis reden. Er weiß nichts von den Nebenwirkungen.«
»Er weiß es nicht?«
Meine innerliche Düsternis braute sich zu einem wütenden Tornado zusammen. »Ich dachte doch nicht, dass es jemanden von uns betreffen könnte. Scheiße, Lina, ich konnte nicht wissen, dass tatsächlich jemand erkranken würde.«
Jetzt war es an Lina, die richtigen Worte zu finden. Am besten beruhigende. Sie stellte ihren leeren Becher ab und schloss mich in die Arme. »Wo bist du da nur reingeraten, Süße?«
Es fühlte sich gut an, dass sie mich wieder Süße nannte. Es half mir, Hoffnung zu schöpfen.
»Heute Nachmittag«, sanft schob sie mich von sich, sah mich eindringlich an, »heute Nachmittag fahren wir zu den Jungs und erzählen ihnen von den E-Mails.«
Auf einmal hatte ich es unglaublich eilig, ihnen davon zu berichten. Ich wollte nicht noch mehr unnötige Zeit verlieren.
»Wir könnten es ihnen jetzt gleich sagen!«
»Ja, das könnten wir, wenn sie nicht in Wien auf dieser Sportveranstaltung wären.« Das hatte ich in meiner Aufregung ganz vergessen.

Wir fuhren direkt nach der Schule zur WG der Jungs. Unseren Eltern schickten wir eine SMS, erfanden irgendeine Lernsession. Ich bin mir nicht einmal sicher, ob wir unseren Eltern das Gleiche erzählten. War ja egal, da sie sich ohnehin nicht kannten. Als wir in die Straße der Jungs bogen, wusste ich nicht, welches Haus das ihre war. Ich war noch nie bei ihnen gewesen, hatte nicht einmal Tristans Zimmer gesehen. Aber bis ans andere Ende der Welt hatten wir es geschafft.
Das Erste, das einem beim Betreten des großen Zinshauses in die Augen fiel, waren die blau-beige gemusterten Bodenfliesen im Stiegenhaus. Wir konnten sie bis ins Dachgeschoss bewundern, denn Lift gab es keinen.
Lina läutete ein einziges Mal. Luis riss die Tür auf und stürmte auf sie zu. Er zog sie an sich, umarmte sie so fest, als hätte er Angst, sie könnte erneut das Weite suchen. Er begann ihr etwas ins Ohr zu flüstern. Etwas, das ich nicht verstehen konnte und mit hoher Wahrscheinlichkeit auch nicht für mich gedacht war. Sonst hätte Luis wohl kaum geflüstert. Ich schlich mich an den beiden vorbei und sah mich im Vorraum erst mal neugierig um. Ich staunte, wie viele Surfboards an den hohen weißen Wänden lehnten. Viele hielten sie sicherlich für dekorative Sammlerstücke, die Bretter in ihren unterschiedlichen Formen, ich jedoch wusste, dass ihr Zweck ein anderer war. Zwischen den Boards gingen drei Türen ab, von denen die gläserne offenstand. Ich zog mir meine Schuhe aus und schlüpfte hindurch.
Tristan saß auf einer durchgesessenen Ledercouch und telefonierte. Er bemerkte mich nicht, denn sein Blick ging durch das deckenhohe Fenster ins Freie. Seine Jeans saßen locker, gaben einen Streifen seines gebräunten Bauches frei. Sein Handy hielt er an sein Ohr gedrückt, mit der anderen Hand fuhr er sich durch die Haare. Dann erblickte er mich und lächelte.

»Mama, lass uns das bitte ein anderes Mal besprechen, okay? Emma ist gerade gekommen. Ich muss jetzt aufhören.« Er lauschte, verabschiedete sich und schmiss mit Schwung sein Handy auf die Couch. Bei seinem Anblick vergaß ich den Grund, warum ich eigentlich gekommen war. Später. Ich würde ihm später von den Nebenwirkungen erzählen.

»Willkommen in meinem Reich, Emma Mattis. Komm mit, ich zeig dir mein Zimmer.« Er hielt mich fest und hatte offensichtlich nicht vor mich auf dem Weg dorthin wieder loszulassen, denn er bewegte sich rückwärts. Meinen Hals bedeckte er dabei mit Küssen. Es war nicht leicht an ihm vorbeizusehen, geschweige denn auf die Umgebung zu achten, aber die Neugierde auf sein Zimmer, auf Tristans *normales* Leben, siegte schließlich doch.

Mein erster Gedanke war, dass dieser Raum genauso außergewöhnlich war wie er selbst. Die Zimmerdecke verlief nicht gerade, sondern schräg. Zur Hälfte war sie aus Glas. Das große Bett war ungemacht, sah aus, als hätte Tristan eben erst drinnen gelegen. Es schrie förmlich nach Anlauf nehmen und reinspringen.

Zwischen all den Möbeln, dem Bett, dem Kleiderschrank, dem Schreibtisch, überall lagen Unmengen an Büchern und noch etwas anderes, etwas, das mich richtig überraschte. Es waren Zeichnungen. Ich befreite mich aus seiner Umarmung. »Du malst? Das wusste ich ja gar nicht.«

Im Augenwinkel sah ich, dass er mir mit seinen Augen zu dem Stapel, auf den ich mich soeben zubewegte, folgte. »Nur manchmal.«

»Nach manchmal sieht es aber nicht aus.«

Ich hob die erste Zeichnung an, blätterte weiter und erkannte, ohne ein Experte zu sein, dass seine Kunst etwas Besonderes war. »Kannst du eine von mir anfertigen?« Seine Hand legte sich auf meinen Bauch und ich zuckte ein wenig zusammen, da ich nicht bemerkt hatte, dass er hinter mich getreten war. Sie fühlte sich warm an, diese Hand.

»Wenn du mich lieb darum bittest, dann lässt sich da bestimmt etwas machen.« Er begann mich vorwärts zu schieben, bugsierte mich auf sein Bett zu. Sein Kopf war in meinen Haaren vergraben und sein unverkennbarer Geruch hüllte mich ein.

Plötzlich durchfuhr ein gellender Schrei die Luft. Er ging mir durch Mark und Bein. Die Hand, die eben auf mir gelegen hatte, war nun die, die meine panisch ergriff, mich vom Bett hochriss und mich mit ins Wohnzimmer zog. Laufend.

Auf dem Wohnzimmerboden lag Luis, er wimmerte und krümmte sich vor Schmerzen. Diese Szene passte nicht hierher. Ich blinzelte, nichts veränderte sich. Luis lag weiterhin schmerzverzerrt auf dem Parkett. Es dauerte einen Moment bis ich realisierte, was hier eigentlich vor sich ging. Mir schoss plötzlich wieder ein, weshalb Lina und ich gekommen waren. Das weiche Bett, Tristans Hände, alles war mit einem Schlag wie weggeblasen. Ich sah nur Luis, besser gesagt sah ich dort, wo sich Luis' Beine hätten befinden sollen, ein Flimmern. Es war, als hätte man einen Weichzeichner über sie gelegt. Sie hatten sich teilweise aufgelöst. Panik stieg in mir hoch. Wo waren Luis' Beine hingekommen? Ich sah Lina, die mit angstgeweiteten Augen neben Luis kniete und sich an einen seiner Arme klammerte. Sie blieb stumm. Ihre Kehle war wie zugeschnürt. Während ich voller Angst auf Luis starrte, war Tristan zu seinem Freund gestürzt und versuchte ihn mit sanfter Stimme zu beruhigen. In meinen Ohren rauschte das Blut. Das hatte ich schon einmal erlebt, damals, als ich einen Hitzeschlag erlitten hatte. Dieses Ohrenrauschen war aufgetreten, kurz bevor ich das Bewusstsein verloren hatte. Es hinderte mich nun daran, Tristans Worte zu verstehen. Ich hatte Angst, wieder mein Bewusstsein zu verlieren und ließ mich auf den Boden sinken. Währenddessen sprach Tristan unaufhörlich auf Luis ein, seine Worte schienen ihre Wirkung nicht zu verfehlen. Es machte den Eindruck, als ob Luis' Krämpfe ein wenig nachließen und seine Beine begannen sich nach und nach zu materialisieren. Mehr einem Reflex als einer Logik folgend, erwischte ich mich dabei, dass ich die Position meiner Beine ebenfalls überprüfte. Verdammt, was machte ich da? Ich riss mich zusammen, setzte meine Beine in Bewegung und stellte mich neben die anderen. Luis klammerte sich an Tristan, sein Blick war hilfesuchend auf ihn gerichtet. »Scheiße, Mann! Was passiert mit mir? Gestern war es nicht so schlimm.«

»Was redest du da?« Tristans Ton klang mehr als nur überrascht. »Du hattest das bereits gestern?«

Ich sah Lina stumm nicken.

Ich kniete neben Tristan, konnte Linas Angst und Luis' Schmerzen erkennen. Ich weiß nicht, wie ich den Mut fand, in dieses stetige schwache Flimmern hineinzugreifen. Es passierte ohne mein bewusstes Zutun. Ich spürte Luis' Beine, jedoch ganz leicht, nicht so fest, wie sich ein menschlicher Körper normalerweise anfühlen sollte. Ich begann über sie zu streichen, sah Luis fest in die Augen. Ich spürte wie seine Beine immer stärker wurden und als ich an ihnen hinabblickte, war das Flimmern verschwunden. »Das sind Nebenwirkungen, Luis.«

Ich fühlte Tristans Blick, wie er sich fest in mich bohrte. »Was, Emma?«

Betreten hielt ich meinen Blick auf Luis gerichtet, wagte es nicht, Tristan anzusehen. »Das verdammte Springen hat Nebenwirkungen. Das stand zumindest in diesem E-Mail.«

»Welches E-Mail?«

Es brach ganz plötzlich aus mir heraus, dieses Gefühl der Verzweiflung, dass ich es sein musste, die diese beschissene Nachricht zu überbringen hatte. Dass ich es war, die, wenn man Anonymus glauben schenken konnte, niemals von solchen Schmerzen heimgesucht werden würde. Und das alles nur, weil mir die Gabe des Springens angeboren war. Das alles nur, weil Luis sie in mir erweckt hatte.

»So ein E-Mail halt.« Ich herrschte Tristan an, ohne es zu wollen. Es war mein schlechtes Gewissen, das hier sprach. Meine inneren Vorwürfe, es niemals erwähnt zu haben.

»Es waren mehrere E-Mails.« Ich kämpfte um einen ruhigen Tonfall. »Ich weiß nicht, wer sie schreibt. Aber er oder sie kennt sich total aus. Ist ebenfalls ein Springer. Scheiße, Scheiße, Scheiße!! Es stand da drinnen und ich habe es ignoriert.«

Tränen stiegen mir in die Augen und Tristan legte seinen Arm um mich. Da war er, mein Beschützer an meiner Seite, mit dem ich glaubte, alles schaffen zu können.

»Da stand drinnen, dass man an Nebenwirkungen erkrankt?«

Was für ein Glück, dass er nicht böse darüber war, dass ich es verschwiegen hatte. Gemeinsam würden wir eine Lösung finden. Ganz sicher.

»Wer schickt dir denn so einen Schwachsinn?«

Bäämm, mit dieser Frage hatte ich jetzt nicht gerechnet. »Das ist kein Schwachsinn! Sieh dir Luis an. Er ist ein Unwahrer und deswegen hat er Nebenwirkungen.«

»Soso. Er ist also ein Unwahrer. Und wer bist du? Etwa eine Wahre?«

Ich wollte meine Hand auf Tristans legen, doch er zog sie weg.

»Ja.« Ich flüsterte. »Deswegen kann ich auch ohne dieses Mantra springen, Tristan. Es ist mir angeboren.«

»Und das alles behauptet Dr. G-Mail oder was?«

»Hör auf damit, Tristan!« Lina hatte wieder ihre Stimme gefunden. »So wie Emma mir das Ganze erzählt hat, sind das keine Scherz-E-Mails. Das sind Warnungen. Schau dir Luis an.« Dabei strich sie ihm zärtlich über die Wange. »Er oder sie hat Nebenwirkungen in diesen bescheuerten E-Mails prophezeit und wie du sehen kannst, ist eine eingetreten.«

Einen Moment lang herrschte Stille. Lina hatte sich auf den Boden neben Luis gelegt, ihr Kopf ruhte auf seiner Brust. Ich hörte sie summen, so wie es oft Mütter tun, wenn sie ihre Kinder beruhigten. Luis schien normalisiert zu sein, jedoch erschöpft und müde. Dieser ganze Akt musste ihm unglaublich viel Energie gekostet haben. Über Lina wollte ich gar nicht nachdenken. Sie war erst gestern in das Ganze hineingeraten und im Gegensatz zu mir verband sie mit dem Springen nur Angst und Schrecken.

Tristan war der Erste, der die Stille brach, bemühte sich in seinem gewohnt samtigen Tonfall, uns von seiner Theorie zu überzeugen. »Okay, ich gebe euch Recht. Aber was hier mit Luis passiert, heißt nicht, dass deine Geschichte stimmen muss, Emma.«

Im Gegensatz zu Tristan hatte ich meine Ruhe nicht wiedergefunden. »Natürlich stimmt sie!«

»Bei mir zeigt sich aber überhaupt nichts.« Dabei zeigte Tristan auf sich. Und als würde es seine Theorie nun beweisen, fuhr er fort. »Und bei Mats und Finn auch nicht.« Dann senkte er seine Stimme. »Luis hatte von Anfang an seine Probleme mit dem Springen. Er konnte es nie kontrollieren.«

Falls er geglaubt hatte, dass ihn Luis, der lächerliche zwanzig Zentimeter vor uns lag, nicht hören konnte, hatte er sich geirrt. Er mischte sich ein, meinte, dass das eine mit dem anderen nichts zu tun habe.

Zweifelsohne benahm sich Tristan wie ein kleines Kind, dem man sein Lieblingsspielzeug weggenommen hatte.

Ich beugte mich zu Luis, in dessen Ausdruck man nun das ganze Ausmaß an Erschöpfung sehen konnte. »Hör zu, Luis. Aus irgendeinem Grund hat man mir dieses Mail geschrieben. Ich vermute, dass es mit der Behauptung zu tun hat, dass ich eine Wahre bin. Ich werde dir helfen, versprochen.«

»Und wie willst du das tun?« Lina hatte sich erhoben, sah mich erwartungsvoll an.

In Wahrheit hatte ich mir bis jetzt keinen richtigen Plan zusammengelegt, aber für den Anfang würde es reichen. »Ich werde in Erfahrung bringen, wie wir dieses unkontrollierte Dematerialisieren der Gliedmaßen stoppen können.« Ich hörte mich an wie so eine dämliche Jungärztin aus einer Ärztesoap. »Bis dahin musst du aber durchhalten, okay Luis?«

Es war nicht viel, trotzdem sah Luis mich dankbar an. Dann stand ich auf, strich mir über meine Beine, die vom Sitzen ganz kribbelig geworden waren, und betrachtete Tristan, der sich ebenfalls erhob.

»Magst du noch einen Kaffee, bevor du gehst?« Es hörte sich nach Versöhnungsversuch an und ich wollte ihn auf keinen Fall abschlagen. Denn das, was im Moment zwischen uns lag, fühlte sich nicht gut an. Ich setzte mich auf einen der Barhocker und beobachtete Tristan beim Hantieren mit der Kaffeemaschine. Um ihn herum war alles verstellt, lauter Dinge, die mal abgelegt worden waren und ihren ursprünglichen Platz nie wiedergefunden hatten. Da lag eine Kamera, die ziemlich teuer aussah, eine blaue Taucherbrille, deren Silikon sich bereits gelblich verfärbt hatte, und ein kleiner Plüschlöwe, der auf seinem Bauch einen Aufdruck mit »Dein Knuddelbär« trug. Wem der wohl gehörte?

»Magst du Milch und Zucker?« Tristan stellte mir eine schwarze Tasse hin und griff gleichzeitig nach der Zuckerdose.

»Nur Milch, bitte.«

Die Zuckerdose stellte er wieder weg, auf die schwarze Untertasse legte er einen kleinen Keks. Offensichtlich gehörte für ihn Zucker dazu. In welcher Form auch immer.

»Hör zu, Emma. Ich habe keine Lust, mich von diesem Irrsinn wahnsinnig machen zu lassen. Zumindest nicht, solange wir nicht wissen, ob es wirklich solche Nebenwirkungen gibt. Das verstehst du, oder?« Ich zuckte nur mit den Schultern. Ich war mir nicht sicher, ob ich es verstand.
»Ich meine, wir wissen rein gar nichts. Und außerdem, wer sagt, dass es uns alle treffen wird? Schau mich an, ich stehe immer im Ganzen vor dir und habe zum gleichen Zeitpunkt mit dem Springen begonnen wie Luis.«
Mein Blick musterte seinen Körper und gleichzeitig hoffte ich, dieser Zustand würde sich nie ändern.
»Ich verspreche dir hiermit hoch und heilig«, er hob seine Hand und streckte Zeige- und Mittelfinger ab, »sollte es passieren, dass sich meine Beine oder was auch immer unkontrolliert auflösen, dann hör ich mit dem ganzen Scheiß auf.«
Ich wusste, warum ihm dieses Versprechen so leicht von den Lippen ging. Er glaubte nicht an diese Nebenwirkungen.
»Aber.« Er lehnte sich über die Arbeitsfläche und sah mich dabei neckisch an. »Noch ist es nicht so weit und deswegen, Frau Emma Mattis, werden Sie morgen das unglaubliche Vergnügen haben, mich beim Surfen bewundern zu können. Wir springen an die Algarve. Dieser Surfspot ist der absolute Wahnsinn.«
Am liebsten hätte ich ihn am Shirt gepackt und zu mir hergezogen. Aber ich war mir unsicher, wusste nicht, ob ich so weit war, ob alles wieder im Lot war. Also steckte ich mir stattdessen den Keks in den Mund. Tristan richtete sich auf, griff nach seinem Wasserglas und nahm einen Schluck. Über den Gläserrand hinweg grinste er mir zu. »Lust, mitzukommen?«
Genau das war der Moment, in dem ich die vernünftige Emma hätte sein sollen. Vorausdenkend, sich der Gefahr bewusst und ablehnend. Ich drehte mich kurz um, wissend, dass mir Luis' Anblick die Vernunft in die Adern schießen lassen würde. Aber

dort waren kein Luis mehr und auch keine Lina. Sie waren wohl in der Zwischenzeit in Luis' Zimmer gegangen. Dennoch sagte ich das einzig Richtige. Ich sagte »Ja«. Zu Tristans Lächeln gesellte sich Triumph.

Als es am nächsten Tag an der Tür läutete, war es wieder Dad, der mir zuvorkam. Ich blieb im Stiegenhaus stehen und wartete erst mal ab. Ich wollte auf keinen Fall zu begeistert wirken.
»Hallo, Herr Professor Mattis!« Aus Tristans und Finns Mund kam der Gruß so synchron, als wären sie einem Jungenchor entsprungen. Ich konnte Dads Kopf sehen, der sich zuerst nach links, dann nach rechts drehte. Offensichtlich musterte er seine beiden Schüler.
»Seid so gut und lasst in meinem Vorgarten das ›Professor‹ weg, okay?«
»Jawohl, Herr Mattis.« Wieder der Jungenchor.
»Ihr kommt bestimmt Emma abholen. Sie müsste jeden Moment unten sein. Was habt ihr denn vor?«
»Ein bisschen Sonne tanken.« Hatte Finn diese Worte tatsächlich gesagt? Waren sie nicht verfänglich gewesen? Ich redete mir ein, dass man generell und im Allgemeinen auf das heutige Wetter schließen konnte.
»Eurer guten Farbe nach zu schließen, macht ihr das wohl öfter, was?« Zum Glück schien Dad die Antwort keineswegs verfänglich empfunden zu haben. »Man könnte meinen, ihr verbringt eure Freizeit nicht in Österreich, sondern irgendwo im Süden.«
F***. Das Gespräch nahm eine Richtung an, die nicht gut war. Ich hörte Tristan lachen, viel zu laut für einen Witz, der keiner war.
»Das wäre schön, Herr Mattis. Aber leider hält uns die Schule davon ab.«

»Hi, Jungs!« Ich huschte an Dad vorbei und gab Tristan zur Begrüßung einen Kuss auf die Wange. Mehr schaffte ich vor Dads Augen einfach nicht.
Dad grinste und machte einen Schritt zurück ins Haus. Dann hielt er nochmals inne.
»Ich wünsche euch dreien viel Spaß beim Sonnentanken. Eure Englischhausübung habt ihr hoffentlich schon geschrieben?«
Der Knabenchor versagte. Weder aus Finns noch aus Tristans Mund war eine Antwort zu hören.
»Morgen um 8.50 Uhr ist Abgabe, meine Herren.«
»Dad!« Ich stemmte meine Hände in die Hüften, um meinen Worten Ausdruck zu verleihen. »Jetzt lass bitte nicht den Professor so raushängen, geht das?« Ich hakte mich links bei Finn und rechts bei Tristan ein und schob sie durch den Vorgarten hinaus auf die Straße. Erst jetzt bemerkte ich ihre prall gefüllten Rücksäcke. Vermutlich Surfequipment. Trotzdem fehlte etwas. »Wo sind eigentlich eure Boards?«
Tristan grinste. »Die warten bereits auf uns.« Hinter der nächsten Hecke folgten wir ihnen.

Kapitel 12

Ihrem Verhalten nach zu schließen hätte man meinen können, die Jungs wären hier zuhause. Keine Ahnung, wie der Strand hieß, auf dem wir uns befanden. Ich war mir nicht einmal sicher, ob der Strand überhaupt einen Namen besaß. Finn klärte mich auf, wir würden uns irgendwo zwischen Sagres und Faro befinden, aber ich konnte mit dieser Information wenig anfangen.

Kaum waren wir angekommen, rissen sich die beiden das Shirt vom Leib und schlüpften aus Schuhen und Jeans. Ich konnte nicht anders, als erst mal die Luft anzuhalten, was sie zum Glück nicht zu merken schienen. Aus ihren Rucksäcken holten sie Neoprenanzüge und schälten sich mit geübten Handgriffen in die engen Teile. Die ganze Zeit über hatte ich nur untätig dagestanden und zugeschaut, naja, eher gestarrt. Weil ich das selbst ein wenig peinlich fand, machte ich mich schnell daran, auch mich meiner Kleider bis auf den Bikini zu entledigen. Meine Haut war blass und sogleich begann ich Sonnencreme aufzutragen. Tristan beobachtete mich dabei verstohlen.

»Möchtest du etwas über das Surfen wissen?« Dabei zog er an der langen Schnur, die an seinem Rücken-Zipp des Neoprens befestigt war.

Da fing Finn zu lachen an. »Haha, unser Sonnyboy! Du glaubst doch nicht wirklich, dass deine Kleine mitgekommen ist, um etwas über das Surfen zu lernen, hab ich Recht, Emma?« Als er mich so lachend ansah, war mir klar, dass er keine Antwort erwartete. Stattdessen wandte er sich wieder an Tristan. »Lass Emma lieber dabei zusehen, wie wir uns jetzt ins Line-up begeben!«

»Wobei zusehen?« Ich verstand nichts. Glücklicherweise blies

mir der Wind in dem Moment meine Haare ins Gesicht, was meinen verwirrten Gesichtsausdruck ein wenig verdeckte.
Ich hörte Finn noch mehr lachen, sah ihn sein Board schnappen und ihn zum Wasser laufen. »Na dann, bis gleich Sonnyboy! Verpass die Welle nicht!« Dann war er weg.
Tristan sah Finn nach, wie dieser auf seinem Brett hinauspaddelte. Ich machte einen Schritt auf ihn zu. »Also, was ist jetzt dieser Line-up?« Ich umfasste seine Taille, fühlte die glatte, fremde Oberfläche seines Anzugs.
»Du möchtest also wissen, was ein Line-Up ist, ja?« Er grinste und ich nickte.
»Siehst du Finn und die anderen Jungs da draußen?« Dabei deutete er mit der Hand auf die Gruppe an Surfern, die aufgereiht auf ihren Brettern im Wasser trieben und hinausblickten. »Das ist ein Line-up. Jeder hat seine Position, während er auf eine grüne Welle wartet.«
Ich lächelte, zufrieden darüber, den ersten Ausdruck des Surfer-ABCs schon mal verstanden zu haben.
»Und warum sieht dein Board ganz anders aus als das von Finn?«
Tristan wirkte fast ein wenig überrascht, dass es mir überhaupt aufgefallen war. »Okay, ich glaube, du interessierst dich wirklich für das Ganze.« Er zog mich näher an sich, was es mir nicht unbedingt erleichterte, seinen Ausführungen genau zu folgen.
»Also, das Board von Finn ist ein sogenanntes Fish-Surfboard. Breit und kurz. Meines hingegen ist ein Gunboard. Siehst du? Es ist länger und schmäler.«
Das klang ebenfalls sehr einleuchtend. Sichtlich motiviert durch mein erneutes Nicken, kam Tristan so richtig in Fahrt.
»Die beste Tageszeit zum Surfen ist der frühe Morgen. Wie du dir denken kannst, lässt sich das mit dem Unterricht jedoch

schwer vereinbaren. Zum Glück ist die Tide aber auch jetzt relativ hoch, siehst du?« Wieder deutete er hinaus und wieder folgte ich seiner ausgestreckten Hand. »Es sieht ganz so aus, als hätten wir besten Offshore. Der lässt die Wellen steiler aufbauen und idealerweise in Tubes brechen.«

Ich sah aufs Meer hinaus, ich sah Surfer und ich sah Wellen. Den Rest ließ ich einfach mal im Raum stehen, denn ich hatte so gut wie nichts von alldem verstanden. Ich wollte eine Frage stellen, deren Antwort ich hoffentlich auch verstehen würde.

»Seid ihr öfters da?«

»Surfen ist wie eine Sucht, Emma, und eigentlich müsste ich dich warnen. Denn mit einem Surfer zusammen zu sein, ist keine so gute Idee.«

»Wieso?«

»Weil uns die Welle immer ruft.« Er gab mir einen Kuss, der rau und bereits jetzt nach Meeresbrise schmeckte. Dann ließ er mich los und lief zum Wasser. Er drehte sich noch einmal um und lächelte.

Ich machte es mir erst mal auf meinem Handtuch bequem und ließ meinen von der Sonne erwärmten Körper vom Wind umspielen. Ich blickte hinaus auf die Wellen und genoss den Ausblick, dessen kräftiges Blau nahtlos in den Himmel überging. Auch wenn Tristan anderer Meinung war, die Tatsache, einen Surfer zu daten, fand ich in diesem Augenblick atemberaubend.

Wir waren rechtzeitig zum Abendessen zurückgekehrt. Meine Hausübung hatte ich nicht angerührt, aus Angst, sie hätte mein Glücksgefühl auch nur im Geringsten mindern können.

Es war nach Mitternacht, als ich von einem Geräusch geweckt wurde. Ich hatte bereits so tief geschlafen, dass es einen Moment brauchte, um das Geräusch zu benennen. Aber dann erkannte ich die Melodie, die ihre Klänge in die Finsternis

schickte. Es war mein Handy, bei dem ich offensichtlich vergessen hatte, den Schlafmodus zu aktivieren.
»Ja, du hebst ab!« Seine Stimme klang alarmierend.
»Tristan, ist etwas passiert?«
»Komm bitte sofort her! Finn geht's total beschissen. Ich befürchte, es sind diese verdammten f*** Nebenwirkungen.«
»WAS? Okay, ich bin gleich bei euch! Ich zieh mir nur schnell was an.«
Meine Hände zitterten. Machten mir das Tauschen meiner Schlafshorts gegen Jeans schwer. Plötzlich schoss es mir ein. Ein Blitz, ein Gedankenblitz. Ich öffnete meinen Laptop und tippte so schnell es meine Hände zuließen.

E: Die Nebenwirkungen haben begonnen. Was kann ich tun??? Hilf mir!!!

Ich klickte auf senden und sprang zu Tristan und Finn.
Ich landete im Wohnzimmer der WG, wo ich jedoch niemanden erblicken konnte. Aus irgendeinem Grund hatte ich erwartet, die gleiche Szenerie wie damals bei Luis vorzufinden. Aber da lag kein Finn auf dem Boden, niemand kniete dort. Stattdessen hörte ich leise Stimmen. Sie führten mich in Finns Zimmer. Dort lag er in seinem Bett. Auf seiner Stirn standen so große Schweißperlen, dass ich sie bereits von der Tür aus erkennen konnte. Seine kurzen Haare klebten auf seiner Kopfhaut, seine Gliedmaßen zuckten. Seine Augen waren nur zur Hälfte geöffnet und es hatte den Anschein, als würde er Tristan und mich nicht wirklich wahrnehmen. Der Anblick war einfach nur angsteinflößend. Ich ging zum Bett und nahm Tristans Hand. Dieses Mal wagte ich es nicht, den Betroffenen anzugreifen.
»Es hat vor ungefähr einer halben Stunde begonnen. Ich war

in meinem Zimmer und habe gezeichnet. Dann hörte ich einen Knall.«
Ich sah die umgefallene Tischlampe, deren Schirm in tausend Scherben auf dem Teppich verstreut war.
»Er lag auf dem Boden, hat nicht aufgehört zu zucken. Dann dieses Flimmern. Dieses Scheiß-Flimmern! Seine Arme! Sie haben nicht aufgehört zu flimmern! Sie haben nicht aufgehört!« Er begann zu schluchzen und ich nahm ihn in die Arme.
»Scheiße, Emma. Was machen wir denn jetzt?«
Ich weiß nicht, ob ich damals tatsächlich bereit war, das Ruder zu übernehmen. Aber irgendwie hatte ich keine andere Wahl. Ich griff in meine Hosentasche und zog mein Handy heraus. Ich war mir bewusst, dass die Chancen gering waren. Mitten in der Nacht würde er oder sie wahrscheinlich nicht auf E-Mails antworten. Aber da war sie. Die Nachricht des unbekannten Absenders.

A: Wie sehen die Symptome aus? Zuckungen?

Ich tippte ein kurzes Ja, dann starrte ich wie gebannt auf mein Display. Es piepte.

A: Ruf sofort die Rettung. Im Krankenhaus geben sie ihm oder ihr etwas gegen die Schmerzen.

Ich las weiter, dann wandte ich mich Tristan zu. »Er oder sie will, dass wir uns vor der Schule treffen.«
Tristan war über den vorgeschlagenen Treffpunkt ebenso überrascht wie ich. »Vor der Schule? Warum?«
Finns Wimmern wurde lauter und mit einem Mal war es egal, wo er oder sie uns treffen wollte. Hauptsache, es kam Hilfe. Tristan klang verzweifelt.

»Wir müssen ihn sofort ins Krankenhaus bringen. Hat der Schreiber auch erwähnt, was wir den Ärzten sagen sollen?«
Hatte er nicht.
»Wir sagen einfach, dass wir es nicht wissen. Den Rest erledigt hoffentlich der oder die Unbekannte.«
Wir weckten Luis, der nichts mitbekommen hatte und fest wie ein Murmeltier schlief, brachten ihn mit einer Kurzfassung auf den letzten Stand und baten ihn, Finn ins Krankenhaus zu begleiten. Es war klar, dass Luis die Mega-Panik hatte, da wir für ihn ja bis jetzt keine Lösung gefunden hatten. Aber vielleicht würde die oder der E-Mail-Verfasser ihm auch helfen können. Außerdem hatten wir keine andere Wahl. Irgendwer musste mit ins Krankenhaus. Die größte Angst jedoch hatte ich. Ich hatte Angst, die falsche Entscheidung zu treffen und noch mehr Angst hatte ich, Anonymus könnte sich als Reinfall entpuppen. Aber am meisten fürchte ich mich davor, dass wir zu spät kommen könnten. Daran versuchte ich erst mal gar nicht zu denken.
Wir warteten nicht ab, bis der Krankenwagen eintraf. Luis wusste, was er zu sagen hatte.
Wir landeten einige Meter abseits der Schule. Es war Tristans Idee gewesen, die Situation erst mal von der Ferne aus abzuchecken und uns ein wenig umzusehen. Wir wollten den oder die Unbekannte entdecken, bevor er oder sie es tat. Falls wir in eine Falle tappen sollten, würde uns dadurch mehr Zeit für die Flucht bleiben.
»Dort steht jemand.«
Ich bemerkte, wie Tristan die Augen zusammenkniff, um in der Dunkelheit besser sehen zu können. Meine Augen hatten sich kein bisschen an die Dunkelheit gewöhnt.
»Kannst du erkennen, wer es ist?«
»Nicht wirklich. Die Person steht mit dem Rücken zu uns. Aber irgendwie kommt mir die Statur bekannt vor.« Seine

Augen hatten in der Zwischenzeit ihre normale Größe. »Waffe hat sie jedenfalls keine. Zumindest kann ich keine entdecken.«
An das hatte ich gar nicht gedacht und es machte mir Angst.
»Du meinst, sie könnte eine Pistole oder so etwas bei sich tragen?«
»Wahrscheinlich eh nicht.«
»Ich glaube auch nicht. Ich spüre es.«
»Was kannst du spüren?«
»Dass die Person auf unserer Seite ist.«
Tristans Stimme nahm einen sarkastischen Tonfall an. »Na, wenn das so ist, fühle ich mich gleich sicherer. Aber wir haben so und so keine andere Wahl. Hin mit uns.«
Wir traten vor den stacheligen Busch. Meine Überzeugung, das Richtige zu tun, war mit einem Mal wie weggeblasen. Unsicher klammerte ich mich an Tristans Hand. Unsere Schritte waren auf dem Kies unsagbar laut, brachten die Person dazu, sich umzudrehen. Mein Herz setzte für einen Schlag lang aus. Es konnte unmöglich wahr sein.
»Dad? Was machst *du* denn hier?«
Er kam auf mich zu und nahm mich in seine Arme. »Ich hatte so gehofft, dir würde all das erspart bleiben.«
Verdutzt wand ich mich aus seinem beschützenden Griff.
»*Du* hast mir die E-Mails geschrieben? Dad, warum hast du es mir denn nicht einfach gesagt? Warum dieser Quatsch mit Anonymus?«
Er hob seine Augenbrauen. »Du meinst, ich hätte dir einfach an unserem Küchentisch davon erzählen sollen?«
»Das wäre eine Möglichkeit gewesen.«
Dann räusperte sich Tristan.
»Sorry. Aber sollten wir jetzt nicht lieber das tun, wofür wir eigentlich hergekommen sind? Finn geht es echt beschissen und wir wissen nicht, was da gerade im Krankenhaus abläuft.«

»Du hast Recht, Tristan.« Er machte auf dem Stand kehrt und stellte sich vor das Tor der Schule. Tristan und ich wechselten einen kurzen Blick.
»Was machen wir hier eigentlich, Herr Mattis?«
»Na, ganz einfach.« Dad blickte drein, als ob er den Grund der Frage nicht nachvollziehen könnte. »Wir brechen natürlich in den Chemiesaal ein und borgen uns ein wenig Silicium aus.«
Tristan sah ihn überrascht an. »Wir machen was?«
»Wir borgen uns ein wenig Silicium aus.«
»Warum das denn?«
»Das frage ich mich allerdings auch«, warf ich ein.
Dad griff in seine Tasche und holte einen großen Schlüsselbund hervor. Während er nach dem richtigen Schlüssel suchte und ihn schließlich ins Türschloss steckte, klärte er uns auf.
»Wisst ihr, Silicium-Moleküle neigen dazu, sich aneinanderzuketten. Dadurch stabilisieren und beenden sie das stellenweise Auflösen der Gliedmaßen und die damit einhergehenden Krämpfe.« Er trat in das dunkle Schulgebäude und knipste eine Taschenlampe an, die er kurz davor aus seiner Jackentasche gefischt hatte. Der Lichtstrahl beleuchtete einen Teil seines Gesichts, ließ ihn wie ein Schulgespenst aussehen. »Leider beendet Silicium jedoch auch die Fähigkeit zu springen.«
Es kehrte Stille ein, denn weder Tristan noch mir fiel dazu etwas Passendes ein. In der Dunkelheit schielte ich zu ihm hinüber und fragte mich, ob es eines Tages auch bei ihm so weit kommen würde. Ich befürchtete, er stellte sich in diesem Moment dieselbe Frage.
Wir stiegen in das Obergeschoss hinauf. Der Lichtkegel von Dads Taschenlampe war das einzige Licht, das uns dafür zur Verfügung stand. Wäre der Anlass unseres nächtlichen Einbruches ein erfreulicher gewesen, ich hätte diese Situation als aufregend empfunden.

Als wir die Treppe hinter uns ließen, wiederholte Tristan Dads letzte Aussage. »Sie meinen, für Finn ist das Springen dann vorbei?«
Dad blieb stehen. Dabei veränderte er unbewusst die Position der Taschenlampe und der Lichtstrahl erhellte erneut sein Gesicht auf eine gespenstische Art und Weise. »Ja, genau das meine ich, Tristan.« Seine Augen wanderten nun zu mir. »Gibt es sonst jemanden, bei dem sich Nebenwirkungen gezeigt haben?«
Ich wagte es nicht zu sprechen.
»Wer ist es, Emma?«
»Luis. Aber bei ihm haben die Krämpfe wieder aufgehört.«
»Wo ist er jetzt?«
»Er ist mit Finn ins Krankenhaus gefahren. Als seine Begleitung.«
»Das trifft sich ja sehr gut. Dann haben wir die beiden gleich zusammen. Sonst noch wer?«
Tristan und ich schüttelten die Köpfe. Tristan vehementer als ich, als ob er die Nebenwirkungen damit für immer fernhielte. Ich konnte regelrecht spüren, dass mit dem Kopfschütteln Angst mitschwang.
»So.« Wir waren vor dem Chemiesaal angelangt. »Ab hier springen wir. Ich habe nämlich keinen Schlüssel für den Chemiesaal.« Dad verschwand und wir folgten ihm. Wir landeten inmitten von dutzenden Reagenzgläsern. Es war ein kleiner Raum, der an den Chemiesaal grenzte und für uns Schüler normalerweise nicht zugänglich war. Ich hatte keine Ahnung, wonach ich suchen sollte. War Silicium flüssig, war es fest? Befand es sich in einer Flasche oder in einer Dose? Ich überließ das Suchen meinem Dad und beschränkte mich darauf, sämtliche Behälter wieder an ihren Ursprungsplatz zurückzustellen. Tristans Suche ging weitaus langsamer voran. Jedes

Mal, wenn er ein Fläschchen anhob, dauerte es eine Weile, bis er die Kürzeln auf den Etiketten entziffern konnte. Schließlich hielt Dad ein kleines Gefäß in seinen Händen und nickte zufrieden. Er hatte es gefunden. Dann öffnete er Lade für Lade und ließ dabei ein ungeduldiges Schnauben vermerken. Er murmelte mehr zu sich selbst, als zu uns, dass zu einem vollständigen Chemieequipment auch Injektionsnadeln dazugehören würden. Und auch diesbezüglich wurde er nicht enttäuscht. Er seufzte zufrieden, steckte sich gleich mehrere Stück davon in seine Jackentasche und verkündete beinahe feierlich: »Jetzt statten wir Finn und Luis einen Besuch ab.« Er lächelte uns an. »Folgt mir!«

Er war im Begriff zu springen, doch ich hielt ihn am Ärmel fest.

»Moment, Dad. Weißt du überhaupt, wie viel wir ihnen von dem Zeug geben müssen?«

Sein Ausdruck war mild. »Na klar. Was denkst du, wie oft ich das schon gemacht habe.«

Dad schickte uns vor. Es war nicht einfach, als Nicht-Angehöriger am Krankenhausempfang vorbeizukommen. Der Nachtportier versuchte uns weiszumachen, dass wir es am nächsten Tag zur Besucherzeit nochmals versuchen sollten. Er verriet uns nicht einmal die Zimmernummer, somit kam auch ein Springen nicht in Frage. Das Dumme war, weder Luis noch Finn hatten ihre Handys dabei, was allein der Notsituation zuzuschreiben war. Wir konnten sie nicht einmal anrufen.

Dad zeigte sich überraschend erfinderisch. Er schlupfte kurzerhand in die Rolle von Finns Vater.

»Ich will sofort zu meinem Sohn!«

»Haben sie denn einen Ausweis dabei?« Der Portier wirkte gelangweilt und nur wenig beeindruckt. Er hatte sichtlich nicht mit Dad gerechnet.

»Jetzt hören Sie mir mal zu. Mein Sohn liegt hier bei Ihnen in diesem Krankenhaus. Entweder Sie sagen mir jetzt sofort, auf welchem Zimmer er sich befindet, oder ich rufe die Polizei. Haben wir uns verstanden, Mister?«

»Zimmer 2012. Gerade vor, mit dem Lift in den zweiten Stock, dann durch die Glastür. Das Zimmer befindet sich auf der linken Seite.« Na also, ging ja. Jetzt blieb nur zu hoffen übrig, dass Finns echte Eltern bis jetzt nicht verständigt worden waren und ebenfalls hier eintreffen würden.

»Aber die zwei hier müssen dableiben.« Sein Gesicht hatte wieder einen gelangweilten Ausdruck angenommen.

»Ich komm euch gleich holen. Wartet draußen auf mich.«

Finn lag in einem riesigen Krankenbett, das Gitter war auf beiden Seiten hochgezogen. Man konnte sehen, dass sich sein Körper unter der Decke nicht bewegte, was bedeutete, dass die Krämpfe aufgehört hatten. Seine sonst so vom Surfen gebräunte Haut wirkte blass und fahl. In seiner rechten Armbeuge steckte eine Nadel, von der ein dünner Schlauch abging. Das Bett daneben war leer. In der Ecke stand ein Besuchersessel, auf dem Luis saß und schlief.

»Und, was machen wir jetzt?« Ich wandte mich wieder Dad zu und sah ihn erwartungsvoll an.

»Jetzt fangen wir an.« Sanft schüttelte er Finn an der Schulter, der sogleich aufwachte. Er wirkte benommen, musste Tonnen an Schmerzmitteln verabreicht bekommen haben. Er war so benebelt, dass er es nicht einmal befremdlich fand, dass Dad ihn geweckt hatte. Dad nickte ihm kurz zu und kommentierte jeden seiner Schritte mit ruhiger Stimme. Er stach mit der Nadel in die Verschlusskappe des kleinen Silicium-Fläschchens und zog einen Teil der Flüssigkeit langsam auf. Dann pikste er die Nadel mit einer schnellen Bewegung in Finns Oberarm und drückte die Flüssigkeit langsam hinein.

»Du wirst sehen, morgen ist alles wieder vorbei. Wahrscheinlich werden sich die Ärzte zwar ein wenig wundern, aber ihnen wird nichts anderes übrigbleiben, als dich nach Hause zu schicken.« Er zog die Nadel wieder heraus, brach sie ab und steckte beide Hälften in ein mitgebrachtes dickes Tuch.

»Finn«, Dad ergriff seine Hand, »du solltest wissen, dass dein Springen hiermit beendet ist.« Finn sah trotz der Medikamente betroffen drein.

»Versuch dir nicht allzu viel daraus zu machen. Du kannst dich glücklich schätzen, dass dir nicht mehr passiert ist.« Er tätschelte noch einmal seine Hand, dann stand er auf.

Luis, der gerade am Aufwachen war, nahm Dads Bewegung wahr und sprang erschrocken auf. »Herr Mattis? Verdammt, was machen Sie denn hier?«

Es war Tristan, der seine Hand auf Luis' Schulter legte, um ihn zu beruhigen. »Psst. Nicht so laut. Sonst fliegen wir alle auf.« Er machte einen Schritt auf Dad zu. »Keine Sorge, Luis. Herr Mattis ist auf unserer Seite, er ist hier, um uns zu helfen.«

»Hallo, Luis!« Dad trat an uns vorbei und ging neben Luis in die Hocke.

»Danke, dass du auf deinen Freund aufgepasst hast. Aber jetzt müssen wir schauen, dass wir auch dir helfen. Das willst du, nicht wahr?«

Luis musterte Dad mit Argwohn. »Wer oder was sind Sie? So eine Art Spring-Doktor?«

Dad ließ sich nicht beirren. »Wäre mit Sicherheit lukrativer als mein Lehrergehalt. Aber nein, so würde ich mich nicht bezeichnen. Sagen wir mal so. Mein jahrelanges Springen hat mich so einiges gelehrt.«

»Scheiße, Mann, das heißt, Sie springen auch?« Luis wandte sich hilfesuchend seinem Freund zu. »Springen jetzt schon alle?«

Tristan zuckte nur mit den Schultern, Dad wusste die Antwort.
»Keine Sorge, Luis. Es springen nicht alle, nur Auserwählte.«
»Dann ist es ja gut«, meinte dieser spitz. Luis bemerkte die Injektionsnadel in Dads Hand.
»Was, zur Hölle, haben Sie mit mir vor? Nehmen Sie verdammt noch mal die Injektionsnadel von mir weg!«
»Vertrau mir, Luis. Alles, was ich vorhabe, ist, dir Silicium zu verabreichen. Mehr nicht.«
»Das ist mehr, als Sie tun sollten!«
»Jetzt sei doch vernünftig, Luis«, warf Tristan ein.
»Jetzt komm du mir nicht mit Vernunft, okay?«
Tristan ließ nicht locker. »Du hast keine andere Wahl. Sonst kommt dieser ganze Mist mit dem Flimmern wieder, verstehst du? Das sind diese beschissenen Nebenwirkungen. Du musst dir dieses Silicium injizieren lassen!«
Luis zeigte sich geschlagen. »Na gut. Aber nur, wenn dieses Zeug nicht giftig ist. Es ist nicht giftig, oder?«
»Nein, ist es nicht«, beruhigte ihn Dad. »Ich muss nur schauen, dir die exakte Menge zu injizieren.«
»Was sonst, Herr Mattis?«
»Es wird die richtige Menge sein, keine Sorge.«
»Das Ganze hat doch einen Haken, nicht wahr?« Luis blickte auf, sah zu Tristan. Als der nichts sagte, wanderte sein Blick zu mir weiter. Ich wich ihm aus, hoffend, Dad würde es ihm mitteilen. Dieses winzige Detail, nämlich das des Spring-Verlustes.
»Wie gesagt, deine Nebenwirkungen sind dann Geschichte. Der einzige Haken an der Sache ist nur, dass auch das Springen damit vorbei sein wird.«
Luis stellte keine Frage mehr, blieb still und ließ seinen Kopf hängen. Ich sah ihn leicht nicken und Dad verstand es als Erlaubnis fortzufahren.

»Ich injiziere dir jetzt das Silicium, Luis. Es wird nicht wehtun, versprochen.« Trotzdem atmete Luis laut ein, als Dad ihm die Injektion verabreichte.

»Wenn wir hier fertig sind, wirst du mit mir das Zimmer durch die Tür verlassen.« Dann sah er uns an. »Nachdem ihr offiziell gar nicht da seid, müsst ihr zwei natürlich springen.«

Ich konnte erkennen, dass es Luis einen Stich versetzte, nicht mehr dazuzugehören.

Tristan streckte Dad seine Hand entgegen. »Danke, Herr Mattis!«

Dad klopfte ihm auf die Schulter und flüsterte ihm ein paar Worte zu. Wir verabschiedeten uns von Finn und Luis, dann griff Tristan nach meiner Hand und gemeinsam verließen wir das Krankenzimmer.

Kapitel 13

Es fühlte sich irgendwie selbstverständlich an, gemeinsam zu Tristan zu springen. Ich wollte nicht alleine sein und er wollte es offensichtlich auch nicht.

Wir sprachen nicht viel, hielten uns nur in den Armen. Ich vermute, in diesem Moment fühlte er dieselbe Mischung aus Angst und Erleichterung wie ich.

»Wo ist eigentlich Mats?« Ich weiß nicht, wieso ich in diesem Moment auf Mats kam. Ich schätze, weil ich mit nur einer Hand die Übriggebliebenen unter uns Springern durchzählte.

»Keine Ahnung, wieso fragst du?«

»Nur so. Habt ihr etwa gestritten?«

»Wie kommst du drauf?«

»Naja, weil du nicht weißt, wo er ist.« Es war nicht zu übersehen, dass er keine Lust hatte darüber zu reden, denn seine Antwort fiel äußerst kurz aus.

»Wird sich schon wieder einrenken.«

Wir mussten eingeschlafen sein. Ich war froh, dass Tristan daran gedacht hatte, den Wecker zu stellen. Erschrocken fuhr ich hoch, als er läutete.

»F***, wir sind eingeschlafen! Wie spät ist es?«

Tristan war alles andere als munter und murmelte ein »Morgen …« Im Gegensatz zu mir sah er die Sache relativ entspannt.

»Keine Sorge, ich habe den Wecker extra ein wenig früher gestellt. Keiner wird was merken.«

Ich warf die Decke nach hinten und machte mich hektisch ans Aufstehen. Tristan versuchte mich nochmals ins Bett zu ziehen, aber ich ließ es nicht zu. Mit Bedauern stellte ich fest, dass ich sofort nach Hause springen musste. Ich drückte ihm einen flüchtigen Kuss auf die Lippen, dann sprang ich.

Obwohl der Morgen bereits angebrochen war, war es in meinem Zimmer stockfinster. Allein ein winziger Lichtstrahl stahl sich durch die geschlossenen Rollos.

»Guten Morgen!«

Ich erschrak, doch mein Puls beruhigte sich, sobald ich begriffen hatte, wem die Stimme gehörte. »Morgen, Dad.«

Seine Miene konnte ich in der Dunkelheit nicht erkennen, trotzdem wagte ich es nicht, auf eine gute Laune zu hoffen.

»Du kommst spät.« Er brummte. Somit lag ich mit der miesen Laune wohl richtig.

Vielleicht half dumm stellen. »Ist es wirklich schon spät?«

»Du warst bei Tristan, nehme ich an?«

Das konnte nicht schlecht sein, oder? Er selbst hatte neulich gemeint, dass er ein netter Junge war.

»Ich wusste nicht, dass du auf mich warten würdest, Dad.«

Ich setzte mich neben ihn auf die Bettkante. Eine Zeit lang sprach keiner von uns.

»Du kannst nicht einfach so dir nichts mir nichts über Nacht wegbleiben. Nicht, ohne uns Bescheid zu sagen und schon gar nicht in dieser Situation.«

Ich nickte stumm. Ich vergaß, dass er mein Nicken wahrscheinlich nicht mal sehen konnte. Er war noch nicht fertig.

»Wenn du die Nacht bei deinem Freund verbringen möchtest, dann wirst du in Zukunft danach fragen und die Tür benutzen. Ich möchte, dass du dich wie ein ganz normales Mädchen verhältst. Haben wir uns verstanden?«

Das konnte er nicht ernsthaft von mir wollen! Ich war nun mal kein normales Mädchen, genauso wenig wie er ein normaler Dad war.

»Wir werden mit deiner Mom über das Springen reden

müssen.« Klar, dass er meine Gabe nicht ewig vor ihr geheimhalten konnte.

»Sie wird nicht gerade erfreut darüber sein. Immerhin stand die Chance fürs Springen bei fünfzig/fünfzig.«

Es fiel mir nicht leicht, gerade in diesem Moment Dankbarkeit zu zeigen, aber ich hatte das Gefühl, mich für seine heutige Hilfe dennoch bedanken zu müssen. »Trotzdem, danke, Dad, für heute.« Ich zögerte ein wenig, dann schlang ich meine Arme um seinen Hals. Er wirkte überrumpelt, aber erfreut.

»Schon gut, ich hab es gerne gemacht. Dafür sind ja Väter schließlich da. Übrigens …« Er machte die Nachttischlampe an und griff zu einem Kuvert, das ich nicht kannte.

»Das lag auf deinem Bett. Ich lass dich mal lieber allein, damit du es dir in Ruhe anschauen kannst.« Dann stand er auf und ging hinaus. Die Tür zog er leise hinter sich ins Schloss.

Das gelbliche Kuvert in meiner Hand leuchtete, als wäre ein Spot darauf gerichtet. Es war die gleiche Art Kuvert, in dem der gestohlene Test gesteckt hatte. Ich starrte es ungläubig an, stand auf, nahm es mit zum Schreibtisch und öffnete es mit einem Lineal. Ich drehte es um und ein ganzer Stapel Fotos fiel heraus. Sonst war nichts drinnen. Die Fotos wurden von einer Banderole zusammengehalten, auf der mit runder Handschrift eine Nachricht stand. Die schön geschwungenen Buchstaben passten nicht zum abgegriffenen Papier. Mit bebender Hand las ich die Nachricht.

Manche sehen niedlich aus, während sie schlafen. Du gehörst nicht dazu.

Meine Hände zitterten nun so stark, dass ich eine Ewigkeit brauchte, um die Banderole zu öffnen.

Das erste Bild zeigte mein Bett. Die Decke war gewölbt, auf dem Polster befand sich ein Meer aus lockigen Haaren. Es bestand kein Zweifel, der Lockenkopf auf dem Foto, der war ich.

Mein Herz begann heftig gegen meinen Brustkorb zu pochen, raste regelrecht. Die nächste Aufnahme zeigte wieder mich, wieder schlafend, jedoch in Nahaufnahme. Das Foto war mit so einem starken Zoom aufgenommen, dass meine Sommersprossen wie riesige Punkte aussahen. Was sollten diese Bilder? Wer war bitte so krank und machte Bilder von Leuten während sie schliefen? Ich blätterte weiter und weiter und entdeckte nur Bilder mit meinem schlafenden Ich. Auf einer Aufnahme sah ich mein Gesicht auf Tristans Schal liegen, den ich ihm bereits vor einer halben Ewigkeit zurückgegeben hatte. Der Fotograf musste mich schon lange im Visier gehabt haben, beziehungsweise vor der Linse.

Wer nur konnte Interesse daran haben mir Angst einzujagen, indem er mir bewies, wie grenzenlos das Springen doch war. Solange ich schlief, war ich allem und jedem schutzlos ausgeliefert. Wahrscheinlich war es das, was er mir aufzeigen wollte. Offenbar waren Schlafbilder nur der Anfang. Und es gab noch etwas, das nicht auszuschließen war. Der Fotograf sah mich als Eindringling, wollte, dass ich mich aus Angst heraus zurückzog. Für mich kam dafür nur einer in Frage.

Wut brodelte in meinem Bauch. Ich machte mich für die Schule fertig und erzählte meinen Eltern, ich müsse früher in der Schule sein. Dad ließ mir diese Lüge durchgehen, aus welchem Grund auch immer. Ich rannte los. Vor der Tür wählte ich den schnellsten Weg, um an mein Ziel zu kommen, nämlich Springen, und landete direkt vor der Eingangstür der Jungen-WG.

Es war Tristan, der mir auf mein energisches Klingeln hin die Tür öffnete. Bei seinem Anblick hätte ich den Grund meines Kommens gerne vergessen, aber diese unglaubliche Wut, die in mir kochte, ließ mich an ihm vorbeistürmen.

»Ebenfalls einen schönen guten Morgen!«, rief er mir hinterher.

»Wo ist er?«, schrie ich. »Wo ist dieser verdammte Mats?« Meine Stimme war schrill, meine Bewegungen fahrig.

Tristan stürmte mir nach. »Was genau hab ich verpasst?«

Ich fand keine Ruhe, um ihm zu antworten, lief zur einzigen Tür, die ich noch nie offen gesehen hatte, und riss sie, ohne zu klopfen, auf.

Es roch streng, als hätte hier seit Wochen keiner das Fenster mehr geöffnet. Die Vorhänge waren zugezogen, tauchten das Zimmer in düsteres Licht. Von Mats selbst war nichts zu sehen. Ich weiß nicht, was ich getan hätte, wäre er tatsächlich hier gewesen. Tristan stand im Türrahmen und beobachtete mich. Luis tauchte neben ihm auf, begrüßte uns gähnend mit einem »Morgen!«.

Müde sah er zwischen uns beiden hin und her, seine Augenbrauen wanderten dabei nach oben. »Ihr zwei schaut nicht gerade happy drein. Will ich es wissen?«

»Er war in meinem Zimmer.« Der schrille Tonfall von vorhin war aus meiner Stimme verschwunden, jetzt schwang pure Verzweiflung mit. »Dieser Arsch hat mich beim Schlafen fotografiert. Mehrmals, in unterschiedlichen Nächten.«

Während Luis es bevorzugte aus der Schusslinie zu gehen, indem er Richtung Bad schlurfte, fuhr sich Tristan nachdenklich durch die Haare. Er sagte nichts.

»Er hat Fotos von mir gemacht, Tristan. Er hat sie in ein Kuvert gesteckt und mir heute Nacht auf mein Bett gelegt. Ich frage dich, macht dein Freund denn vor gar nichts halt?« Ich fand das so etwas von krank.

»Warum glaubst du, dass es Mats war?«

»Ich glaube es nicht nur, ich weiß es.«

»Ach ja? Ich nämlich finde, dass es so gar nicht zu ihm passt. In der Nacht zu dir zu springen und zu fotografieren. Viel zu versteckt, viel zu viel Aufwand.«

Ich sah das anders, wusste einfach, dass er es war. Ich bückte mich, sah unter sein Bett, suchte nach Beweisen, aber außer Staub und gebrauchten Socken war nichts zu entdecken. Ich ging zu seinem Schreibtisch, öffnete eine Kartonbox, aber auch dort war nichts zu finden, das auf irgendeine Weise auf Fotos hinwies.

»Irgendwo müssen Hinweise zu finden sein. Ein Fotodrucker oder vielleicht noch mehr Fotos.«

»Emma, auch wenn du einen Drucker finden solltest, heißt das nicht, dass es sich bei ihm um den nächtlichen Fotografen handelt.«

Unbeirrt setzte ich meine Suche fort. »Im Schrank! Na klar! Warum bin ich nicht schon vorher darauf gekommen?«

Tristan schüttelte den Kopf, aber er hielt mich nicht auf, als ich an ihm vorbeiwollte, um die Schranktüren zu öffnen. Ich riss sie auf, dabei entfuhr Tristan ein leiser Pfiff. Vor uns, im Kleiderschrank von Mats, türmten sich massenhaft Geldscheine.

»Ach du Scheiße! Wo kommt denn das ganze Geld her?« Fragend drehte ich mich zu Tristan um.

Der sah vollkommen entgeistert in den Schrank. »Ich habe keine Ahnung.«

»Was machen wir denn jetzt?« Auf so einen Fund war ich definitiv nicht vorbereitet gewesen.

Tristan schob mich sanft zur Seite und schloss den Schrank. Dann bugsierte er mich aus dem Zimmer.

»Am besten, wir erzählen vorerst keinem davon. Wir sollten uns erst mal Mats' Version von dem Ganzen anhören, bevor wir es an die große Glocke hängen.«

»Wo ist der denn überhaupt?«

»Ich weiß es nicht. Hier ist er jedenfalls seit gestern nicht mehr aufgetaucht.«

»Denkst du, er hat das ganze Geld geklaut?«

»Scheiße, ja!« Nachdenklich fuhr er sich durch die Haare. Er ging voran und ich folgte ihm ins Vorzimmer.
»Hey, Luis!« Er bemühte sich darum, nicht aufgebracht zu klingen, was ihm nicht gelang.
»Wir müssen los!« Er war ungeduldig, wollte los, wollte in die Schule. Ich vermutete, dass er hoffte, Mats dort anzutreffen. Ehe Luis zu uns stieß, wandte er sich noch einmal mir zu.
»Bitte, versprich mir eines, Emma.«
»Okay?«
»Lass Mats erst mal reden und brich ihm nicht gleich die Nase.«
Ich schüttelte den Kopf, war um Ernsthaftigkeit bemüht.
»Das kann ich dir nicht versprechen.« Aber dann boxte ich ihm in den Bauch und grinste. Ich versprach ihm schließlich, mich von meiner besten Seite zu zeigen, sobald wir Mats gegenüberstehen würden.
»Und, Emma ...«
Ich stand bereits auf der ersten Treppe nach unten. »Was denn?«
»Ich wollte dir nur sagen, es war schön, heute Nacht mit dir einzuschlafen.«
Luis, der soeben die Tür ins Schloss zog, verdrehte die Augen. »Lasst uns lieber gehen, bevor ich auf dem ganzen Schmalz ausrutsche.«
Wir hatten die Zeit, die wir zu Fuß zur Schule benötigten, unterschätzt. Wir schafften es gerade rechtzeitig zum Unterrichtsbeginn. Zeit, die Jungs in den Seniortrakt zu begleiten, um nach Mats zu sehen, blieb mir jedoch keine. Wie ich später erfuhr, befand er sich ohnehin nicht in der Klasse.
Lina wusste über die Sache mit der Silicium-Injektion Bescheid. Sie erzählte mir, dass Luis sie in der Nacht angerufen und ihr verzweifelt berichtet hatte, dass nun alles vorbei sein

würde. Mit »alles« meinte er das Springen. Lina hingegen machte einen glücklichen Eindruck. Ich konnte es ihr nicht verdenken. Immerhin war sie in Bezug auf unser Hobby außen vor gewesen. Das war nun vorbei.
»Bist du dir sicher, dass Luis nun vollkommen gesund ist?«
Ich sah Frau Mayer, unsere Geografielehrerin, wie sie in unsere Richtung schielte. Sie war sichtlich genervt darüber, dass Lina nicht aufhörte zu tuscheln. Lina schien es nicht bemerkt zu haben. Sie quatschte ohne Unterlass.
»Ich glaub es einfach nicht, dass dein Dad dieser anonyme E-Mail-Schreiber ist. So etwas von krass.«
Frau Mayer reichte es. »Können die zwei Damen in der letzten Reihe zur Abwechslung am Unterricht teilnehmen?«
Lina konnte nicht. Unbeirrt fuhr sie mit ihren Fragen fort. »Ich frage mich, wie dein Dad von deiner Gabe überhaupt erfahren hat?«
Frau Mayer unterbrach uns abermals.
»Frau Wimmer, wenn Sie schon so viel zu sagen haben, dann erzählen Sie uns bitte etwas über die Ursachen und Auswirkungen der räumlichen und sozialen Mobilität unterschiedlicher Gesellschaften.«
Linas Ausdruck war der, als hätte Frau Mayer von der Möglichkeit einer Marsbesiedelung gesprochen.
»Entschuldigen Sie. Könnten Sie die Frage bitte wiederholen?«
Aber auch dann wusste Lina die Antwort nicht, was ihr ein großes Minus einbrachte. Mir erging es ähnlich. Keine Ahnung, ein Minus. Mal ehrlich, was interessierte mich die räumliche Mobilität irgendwelcher Gesellschaften, wenn mich die Mobilität in meiner unmittelbaren Umgebung so vereinnahmte?
Endlich läutete es zur Pause.
»Stimmt es, dass Finn im Krankenhaus liegt?« Wie hatte es

Nikolas geschafft, so schnell neben uns zu stehen? Er wirkte richtig besorgt. Ich erklärte ihm, dass es tatsächlich so war und dass mit hoher Wahrscheinlichkeit ein Muskelkrampf dafür verantwortlich war.

»Keine Sorge, er wird sicher schon bald aus dem Krankenhaus entlassen.« War das die Version, auf die wir uns geeinigt hatten? Hatten wir uns überhaupt auf irgendetwas geeinigt? Kein Zweifel, wir mussten uns in Zukunft besser absprechen.

Lina nickte, fast zu heftig, um bei Nikolas kein Misstrauen aufkommen zu lassen und tatsächlich kaufte er mir meine Geschichte ab.

»Anfangs dachte ich mir ja, es handelt sich um den anderen Zwilling. So wie der im Moment neben der Spur läuft.« Was sagte Nikolas da? Was wusste er, was ich nicht wusste?

»Meinst du etwa Mats? Hast du ihn denn gesehen?«

Lina sah mich mit großen Augen an. »Sag jetzt nicht, Mats hat's auch erwischt!«

»Was hat ihn erwischt?«, fragte Nikolas.

Ich gab die Frage an Lina weiter. »Ja, genau, Lina. Was hat ihn denn erwischt?« Dabei riss ich die Augen weit auf und gab ihr zu verstehen, dass sie sich jetzt verdammt noch mal eine gute Erklärung einfallen lassen konnte.

»Erwischen ist vielleicht nicht ganz das richtige Wort«, stammelte sie. Na großartig, was für eine tolle Erklärung.

»Ist ja jetzt egal«, schnitt ich ihr das Wort ab. »Also, was weißt du über Mats, Nikolas?«

»Heute Nacht war er im Internat.« Er flüsterte. »Ich frage mich, wie er da überhaupt reingekommen ist. Denn um diese Zeit sind alle Tore verschlossen und man braucht einen Code, um sie öffnen zu können.«

Tja, wenn er wüsste.

»Ich habe es nur bemerkt, weil er wie ein Verrückter herumge-

schrien hat. Er wolle aussteigen und nichts und niemand würde ihn davon abbringen. Dann ist der Oberpichler aufgetaucht und hat ihm mit der Polizei gedroht.«
Mit gespitzten Ohren lauschte Lina Nikolas' Ausführungen.
»Und wer ist jetzt dieser Oberpichler?«
Manno! Lina! Bitte! Das war so etwas von scheißegal. Doch Nikolas war so aufgeregt darüber, uns mit Neuigkeiten füttern zu können, dass er bereitwillig antwortete.
»Einer unserer Erzieher. Mats kann von Glück sprechen, dass er Dienst hatte. Der belässt es nämlich im Regelfall bei Drohungen.«
»Und Mats? Was hat der dann gemacht?«
»Abgehauen ist er. Ich sag's dir, der sollte echt weniger kiffen.«
»Vielleicht ist er zu Stella?«

Lina gab es auch während der Mittagspause in der Kantine, wo wir die anderen trafen, nicht auf, eine plausible Erklärung für Mats' Fernbleiben zu finden.
»Apropos Stella«, meinte Luis plötzlich und sah an unserem Kantinentisch vorbei zur Tür, »wenn man von der Sonne spricht. Wir sollten hingehen und sie fragen.«
Bevor einer von uns reagieren konnte, war Luis bereits aufgesprungen und auf dem Weg zu ihr. Nach wenigen Minuten kam er auch schon wieder zurück.
»Leute, bei ihr ist er jedenfalls nicht gewesen.«
»Weil?« Gespannt starrten wir ihn an.
»Die beiden haben Schluss gemacht. Laut Stella hat sie ihm schon letzte Woche den Laufpass gegeben.«

Kapitel 14

Hallo, Mom!« Ich ließ die Tür hinter mir ins Schloss fallen und schmiss meine Tasche in die Ecke. »Du bist schon zu Hause?«

»Hallo, Emma-Schätzchen. Dad hat mich angerufen. Sein Nachmittagsunterricht entfällt. Er möchte die Zeit nutzen, um mit mir etwas zu besprechen.«

Es war so weit. Dad wollte reinen Tisch machen. Ich verzog mich schnell aufs Zimmer. Auf Moms Rufen hin stieg ich etwas später die Treppen wieder hinab. Meine Eltern hatten im Garten Platz genommen und Mom verteilte großzügig selbstgemachten Minze-Limetten-Saft. Dad bediente sich an einer großen Schüssel Salat.

»Danke, nein.« Ich winkte ab. »Ich habe schon in der Kantine gegessen.«

Dann lächelte mir Dad aufmunternd zu. »Emma, ich denke, da gibt es etwas, das du deiner Mom erzählen möchtest.«

Ich fragte mich, wie man über etwas erzählte, das man so lange vor jemanden geheim gehalten hatte. Ich wählte den direkten Weg.

»Mom, ich tu's.«

Sie legte ihr Besteck zur Seite. »Und was genau, Schätzchen?«

War doch eh klar. »Naja, das Gleiche wie Dad.«

»Und das wäre?« War das denn so schwer zu verstehen? Ich kam nicht darum hin, es in den Mund zu nehmen.

»Ich springe, Mom.«

Ihr Glas klirrte, als es beim ruckartigen Absetzen den Tellerrand berührte. »Du springst?« In ihrem Gesicht machte sich Entsetzen breit. Es stand noch immer dort, als sie sich Dad zuwandte. »Sie springt?«

»Sie hat wohl mehr von ihrem Dad, als wir angenommen hatten.«
Sie tat mir leid. Ich konnte sehen, wie sie um Fassung rang, wie sie versuchte, nicht die Beherrschung zu verlieren. »Und seit wann?«
»Erst seit ein paar Wochen.«
Sie nahm ein Schluck von ihrem Glas, als ob sie ihren Ärger damit runterschlucken konnte. »Seit ein paar Wochen!« Dann durchbohrte ihr Blick Dad. »Und seit wann weißt du darüber Bescheid, dass unsere Tochter springt?«
Das wollte ich allerdings auch wissen.
Dad legte sein Besteck beiseite und griff nach Moms Hand. »Seit meinem Bewerbungsgespräch an Emmas Schule. Zufällig habe ich deine Freunde dabei beobachtet, wie sie aus dem Nichts aufgetaucht sind.«
Mein Herz fing schneller zu schlagen an. Wer sonst konnte sie ebenfalls dabei beobachtet haben?
»Keine Sorge, Emma. Ich denke nicht, dass es außer mir jemand mitbekommen hat.«
Ich atmete erleichtert auf.
»Jedenfalls war mir sofort klar, dass sie nur gesprungen sein konnten. Dann habe ich eins und eins zusammengezählt und mir gedacht, wenn du meine Gabe geerbt haben solltest, dann wird es einer deiner Freunde sein, der diese bei dir zum Leben erweckte.« Dad nahm sich seelenruhig eine weitere Portion Salat.
Ich fragte mich, wie er in diesem Moment auch nur einen Bissen davon runterbekam.
»Du erinnerst dich bestimmt an das Wochenende, an dem wir beim Heurigen waren.«
Ich musste überlegen. Wir waren schon so oft beim Heurigen gewesen.

»Ich helfe dir auf die Sprünge. Es war das Wochenende, an dem Tristan nach Venedig verreist war.«
Dad überraschte mich. Was hatte er nur für ein Elefantengedächtnis, wenn es um die Freizeitbeschäftigung meiner Freunde ging. Aber ich wusste jetzt, welches er meinte.
»Als wir von Gudrun heimgekommen sind, war es auffällig ruhig in deinem Zimmer.«
»Aber wir glaubten, dass Emma früh zu Bett gegangen war!« Mom bedachte Dad mit einem fragenden Blick, doch dann schüttelte sie den Kopf. Sie verstand, dass nur sie so gedacht hatte.
»Ich wollte dich nicht beunruhigen, Liebling. Bitte reg dich jetzt nicht auf.« Dann wandte er sich wieder mir zu. »Deine Mom war damit beschäftigt, die Kleinen ins Bett zu bringen. Ich habe mich in dein Zimmer geschlichen und sah deinen Laptop offenstehen. Wie ich die Bilder von Venedig sah, dachte ich mir, was soll's, und bin gesprungen. Das erste Mal seit vielen, vielen Jahren. Ich hatte ganz vergessen, wie schön das ist.« Dabei bedachte er Mom mit einem entschuldigenden Blick.
Na klar! Jetzt fiel es mir wieder ein. Die Gasse! Die kleine, verlassene Gasse, von der aus wir zurückgesprungen waren. Damals hatte mich das Gefühl beschlichen, nicht allein zu sein.
»Aber wie konntest du uns denn finden?« Wie Dad ausgerechnet in dieser einen kleinen Gasse landen konnte, in der auch wir uns befunden hatten, war mir ein Rätsel. »Ich meine, Venedig ist voller kleiner Gassen!«
»Das ist ganz einfach. Damals, als du mit Fieber im Bett lagst und Tristan in unserer Küche stundenlang auf dein Aufwachen wartete, erzählte er uns von seiner bevorstehenden Reise nach Venedig. Er erwähnte einen kleinen versteckten Eissalon, tja, und dort habe ich es dann versucht und bin tatsächlich fündig

geworden. Bis zur kleinen Gasse bin ich euch dann einfach gefolgt.«

Während ich mich fragte, ob Dad mir wohl öfters hinterhergesprungen war, platzte Mom los.

»Ist das dein Ernst, Peter? So lange weißt du es schon? Und wann hattest du, bitteschön, vor, es mir zu sagen?«

»Liebling, bitte ...«

»Scht ... findest du nicht auch, dass der heutige Tag reichlich spät dafür ist?«

»Marlena, jetzt hör doch mal zu.«

Großartig, jetzt begannen meine Eltern sich auch noch zu streiten. Ich fühlte mich hilflos, fing an, mir ein wenig von dem Salat auf meinen Teller zu schaufeln und wagte es dabei nicht aufzublicken.

»Was ist denn auch so schlimm dabei? Sie sollte ein bisschen Spaß haben. Ich dachte mir, dass unsere Tochter zu gegebener Zeit bestimmt auf uns zukommen würde.« Er wandte sich mir zu. »Das hattest du vor, oder, Emma?«

Ich sah nun auf und zuckte mit den Schultern. Wenn ich nur gewusst hätte, welche Antwort in diesem Fall die richtige gewesen wäre. »Denke schon?!«

»Na eben.« Dad fühlte sich bestärkt. »Genau deshalb wollte ich nicht, dass du dir unnötig Sorgen machst, Liebling.« Wieder griff er nach ihrer Hand, Mom wich ihm aus.

»Nur ein wenig Spaß haben? Dass ich nicht lache! Ich bin ihre Mutter, Peter. Du hättest es mir sofort sagen müssen. *Sofort.*« Ihre Augen sprühten Funken.

Dad gab nicht auf, sich aus seiner Pattstellung herauszuwinden. »Ich wollte doch Emma kommen lassen. Ihr die Chance geben, es dann zu erzählen, wenn sie so weit war. Das hätte ich auch jetzt noch getan, wären da nicht bei einigen diese Nebenwirkungen aufgetreten.«

Mom würde jetzt nicht etwa vom Sessel kippen?
»Einige, das sind Luis und Finn, Mom. Aber dank Dad ist alles gutgegangen.« Ich warf ihm einen dankbaren Blick zu, was ihn ermutigte, von unserem Einbruch ins Schullabor zu erzählen. Zufrieden lächelten wir uns an, Mom jedoch glaubte sich verhört zu haben.
»Peter, du hast aus der Schule Silicium geklaut?« Dad grinste spitzbübisch.
Fassungslos ließ Mom ihren Kopf in die Hände sinken und murmelte etwas in ihre Handflächen, was ich nicht verstehen konnte. »Und, hast du denn Spaß, Emma?«
Ich überlegte, traute mich aber schließlich zu nicken.
»Na, dann ist ja alles in bester Ordnung!« Sie sprühte nur so vor Sarkasmus.
Als das Thema zwischen uns dreien geklärt war, hätte ich am liebsten Dad in Sachen Mats um Rat gefragt. Allzu gerne hätte ich gewusst, ob er vielleicht eine Ahnung hatte, wie man durch das Springen an so viel Geld gelangen konnte. Aber ein kurzer Blick zu Mom sagte mir, dass ich es lieber bleiben lassen sollte.
»Was ist eigentlich mit Tristan? Springt er auch oder hat er das Flugzeug nach Venedig genommen?«, fragte sie plötzlich.
»Beides, Mom. Er springt, aber nach Venedig ist er geflogen. Ich glaube nicht, dass seine Eltern darüber Bescheid wissen.«
»Er hat aber im Gegenzug zu seinen Freunden keine Nebenwirkungen, stimmt's? Das könnte bedeuten …«
»…, dass er ein Wahrer ist«, beendete Dad den Satz. »Deine Mom hat Recht. Der Familienname Kaufmann sagt mir zwar nichts, aber das hat nichts zu bedeuten. Er könnte seine Gabe von seiner Mutter geerbt haben. Du weißt nicht zufällig, wie der Mädchenname seiner Mutter lautet, oder?«
Halt! Alles nochmal und der Reihe nach. Tristan war vielleicht ein Wahrer? Die Fähigkeit zu springen könnte er von seiner

Mutter geerbt haben? Bedeutete das, dass sie springen konnte? Aber dann müsste sie doch bereits Verdacht geschöpft haben.

»Bei manchen wird die Gabe einfach nie ausgelöst. Ich könnte mir vorstellen«, meinte Dad, »dass es sich bei Frau Kaufmann ähnlich verhält.«

Kapitel 15

Am liebsten wäre ich auf der Stelle zu Tristan gesprungen. Hätte ihn über den Mädchennamen seiner Mutter fragen wollen. Vielleicht gab es in Bezug auf Mats etwas Neues. Aber ich konnte nicht. Ich hatte meinen Eltern versprochen, wieder mehr für die Schule zu lernen. Das war ein Teil unserer Abmachung.

»Wenn du weiterhin springen möchtest, gibt es ein paar Regeln einzuhalten«, hatte Mom mir erklärt.

Gute Noten war eine davon. Für den restlichen Tag machte ich mich also ans Lernen. Tristan schickte mir ein Selfie. Zeigte ihn ebenfalls beim Büffeln. Ich fand das irgendwie tröstlich, so fühlte ich mich weniger allein.

»Wie lange liegt er denn schon so da?« Lina stellte die Frage, ohne den Blick von Mats zu nehmen. Er lag auf der Couch der Jungen-WG. Die drei anderen Jungs und wir zwei Mädchen knieten auf dem Teppich und sahen ihm beim Schlafen zu. Er war erst in den frühen Morgenstunden nachhause gekommen, einen ganzen Tag nach unserer Entdeckung im Kleiderschrank. Laut den Jungs war er dabei so betrunken gewesen, dass er gegen alles gestoßen war, was auf seinem Weg gelegen hatte. Nachdem sie durch den Lärm aufgewacht waren, hatten sie ihm auf die Couch geholfen, ihm ein Aspirin eingeflößt und ihn erst mal von den schmutzigen Kleidern befreit. Seit heute Morgen, seit sie ihn so zurückgelassen hatten, hatte er sich kein bisschen mehr bewegt.

»Hat er denn schon irgendetwas von sich gegeben?« Lina betrachtete ihn besorgt.

Tristan schmunzelte.

»Der hat keinen geraden Satz rausgebracht. Ich bin ja nur froh, dass er überhaupt noch gewusst hat, wo er wohnt.«
Finn beäugte seinen Zwilling mit Argwohn. »Man kann ja nur von Glück sprechen, dass unsere Eltern unsere Entschuldigungen nicht mehr unterschreiben müssen, so viele wie bei Mats anfallen.«
Plötzlich gab Mats ein Schnauben von sich. Zuerst leise, dann folgte ein lauteres. Eine Dunstwolke von Alkohol umgab ihn.
»Hey, Bruderherz. Alles klar mit dir?« Finn begann seinen Zwillingsbruder zu schütteln.
Mats öffnete seine angeschwollenen Lider. Mit roten Augen sah er uns verdutzt der Reihe nach an. »Was ist denn hier los? Noch nie einen Verkaterten gesehen? Scheiße, Mann, ist mir vielleicht schlecht.«
»Ich geb's ja nur ungern zu«, konterte Luis, »aber wir haben uns tatsächlich ein wenig Sorgen um dich gemacht. Weniger um deinen Zustand, als vielmehr um dein Verschwinden. Wo, bitteschön, hast du die letzten zwei Tage nur gesteckt?«
»Du glaubst jetzt nicht etwa, dass ich mich bei euch an- und abmelde! Das kannst du vergessen!« Mats versuchte sich aufzusetzen, ließ sich jedoch umgehend wieder nach hinten sinken. Sein Gesicht wirkte schmerzverzerrt. Seine Hand hatte er auf seine Stirn gelegt. »Was machen überhaupt die zwei Girls da? Wohnen die jetzt auch hier?« Er sagte es dermaßen abwertend, dass ich es nicht auf mir sitzen lassen wollte.
»Um dir und deinen perversen Fotografie-Angewohnheiten näher zu sein? Bestimmt nicht! Du fotografierst mich im Schlaf!?«
Ich konnte seinen Gesichtsausdruck nicht erkennen, denn er hatte beide Hände in der Zwischenzeit auf sein Gesicht gelegt. Offensichtlich wollte er seine Augen vor dem vielen Licht abschirmen.

»Wovon redet unser Emmalein bitte?« Ohne meine Antwort überhaupt erst abzuwarten, wandte er sich an Tristan. »Wovon redet deine kleine Freundin da, verdammt?«

Ich herrschte ihn an. »Das Kuvert, du Blödmann. Das, das du auf meinem Kopfpolster zurückgelassen hast! Tu nicht so, als wüsstest du nicht, wovon ich rede!«

Mats zeigte weder Reue noch schien er sich in irgendeiner Form ertappt zu fühlen.

»Kann die mal jemand abstellen mit ihren Fantasiegeschichten?« Mats verdrehte die Augen und blickte in die Runde. Schließlich blieb er an mir hängen, bohrte seine rotunterlaufenen Augen in meine.

»Glaubst du ernsthaft, ich habe nichts Besseres zu tun, als dich beim Schlafen zu fotografieren?« Er lachte, es klang aufgesetzt. »Da fallen mir weitaus spannendere Sachen ein. Ich könnte dir zum Beispiel ...«

Weiter kam er nicht. Tristan hatte Mats am Kragen gepackt, ermahnte seinen Freund besser aufzupassen, was er von sich gab.

»Hey, lass mich los! Ich fotografier deine Kleine schon nicht.«

Dann ging Finn dazwischen. »Hört auf ihr zwei! Das bringt ja nichts.«

Schließlich ließ Tristan von Mats ab und schenkte sich ein Glas Cola ein. Er schien zu überlegen, seine Gedanken erst mal zu ordnen. Dabei hatte er alle Mühe, Ruhe zu bewahren. »Dann behauptest du jetzt sicher auch, dass du von dem ganzen Geld in deinem Kasten ebenfalls nichts weißt.«

Auf diese Frage war Mats sichtlich nicht vorbereitet gewesen. Sein Ausdruck war überrascht, seine Körperhaltung angespannt. Kerzengerade saß er nun auf der Couch und ließ sich mit seiner Antwort Zeit. Keiner wagte sich zu bewegen, alle starrten abwechselnd auf Tristan, dann auf Mats. Von dem ganzen Geld hatten sie bis zu diesem Zeitpunkt keine Ahnung gehabt. Dann sprach Mats mit zusammengebissenen Zähnen. Es glich dem Zischen einer Schlange.

»Was, Tristan, hast du, verdammt noch mal, in meinem Schrank zu suchen?« Sein Blick forderte Tristan heraus, drohte jederzeit zuzubeißen, ehe er weiterwanderte und erneut an mir hängen blieb. Seine Augen nahmen dabei einen so dunklen Ausdruck an, dass ich nicht die Einzige war, in der sich Unbehagen ausbreitete.

Auch Lina schien sich mehr als unwohl zu fühlen und legte demonstrativ ihren Arm um mich.

Mats' Augen ließen mich nicht los, auch nicht, als das, was er sagte, an Tristan gerichtet war.

»Ich glaube ja fast, dass es deine kleine paranoide Freundin war, die in meinem Zimmer gestöbert hat. Hab ich Recht?« Wie um alles in der Welt war er mir nur auf die Schliche gekommen? War es so offensichtlich, dass Tristan selbst nicht auf die Idee gekommen wäre? Ich hatte einen Kloß im Hals, war unfähig, auch nur einen einzigen Ton von mir zu geben.

»Lass sie da raus, Mats.« Luis versuchte zu beschwichtigen. »Erzähl uns lieber, was es mit dem ganzen Geld so auf sich hat.«

Finn betrachtete Mats voller Abscheu. »Hast du es geklaut? Du steckst doch nicht etwa in Schwierigkeiten?«

Der dunkle Ausdruck in Mats' Gesicht verschwand, an seine Stelle trat Gleichgültigkeit. »Ist nicht wichtig, woher ich das ganze Geld habe.« Er lehnte sich zurück und verschränkte seine Hände hinter dem Kopf. »Außerdem bin ich ohnehin aus der ganzen Sache raus. Wenn ihr wollt, könnt ihr etwas von dem Geld haben.« Er nahm einen Schluck von seinem Glas, an dem ein weißer Rand von Aspirin zu erkennen war. Angewidert verzog er das Gesicht. Unsere Blicke ließen ihn dabei nicht los.

»Okay, okay. Es war ein Spiel mit ein paar anderen Springern. Seid ihr nun zufrieden?«

Finn traute seinen Ohren nicht. »Du behauptest, es war ein Spiel mit ein paar anderen Springern? Welche anderen Springer denn?«

Mats lachte auf. »Ha! Ihr glaubt doch nicht ernsthaft, dass wir die Einzigen sind, die dieses verdammte Mantra gesungen haben! Es gibt viele und sie setzen das Springen für einen sinnvollen Zweck ein, nämlich, um damit an Geld zu kommen. Nicht so wie ihr. Ihr denkt ja nur ans Surfen. Als ob das für irgendetwas gut wäre.«

Plötzlich waren sie wieder da, die Worte meines Vaters: *Doch mit der Zeit entwickelten sich Springer, die nach Macht gierten und sich nach Reichtum sehnten … sie sprangen, um zu stehlen, um zu entführen und um zu erpressen. Leider stellte sich das Geschäft als erfolgreich heraus und diejenigen ohne Skrupel stiegen darauf ein.*

»Ihr erpresst reiche Leute.« Es war eine Feststellung, keine Frage, die ich Mats entgegenwarf. In diesem Moment war es, als gäbe es nur Mats und mich.

»Na und wenn schon! Die haben ohnehin alle zu viel Geld. Können ruhig etwas davon abgeben!«

»Womit Mats? Womit erpresst ihr sie?«

Wieder lachte er auf und wieder klang er dabei aufgesetzt. »Ihr glaubt ja nicht, was man in Appartements alles so finden kann. Man muss sich nur ein wenig umsehen!« Er schmunzelte in die Runde. »Was glotzt ihr denn so? Versteht ihr denn nicht, wovon ich spreche? Ich rede von persönlichen Dingen, die auf keinen Fall an die Presse gelangen sollten. Was wir alleine an Fotografien so alles gefunden haben!« Sofort wandte er sich mir zu. »Nicht, was du jetzt denkst, Emma! Die Fotos haben die Typen schon selbst von sich geschossen.«

Finn war wie vor den Kopf geschlagen. »Was macht ihr mit diesen Fotos, Mats?«
»Naja, wir drohen damit, sie an die Presse weiterzugeben.« Er stieß einen Freudenschrei aus. »Das würde vielleicht eine geile Story abgeben. Für unsere kleinen Geheimnisse lassen die Promis ganz schön was springen und dabei fragen sie sich bestimmt, wie wir durch ihr bescheuertes Alarmanlagensystem gelangen konnten. Ha, ha.«
Außer Mats lachte keiner. Auch nicht Lina, als sie wissen wollte, ob man die anderen Springer kannte.
Mats jedoch konnte oder besser gesagt wollte ihr keine wirkliche Antwort liefern. »Keine Ahnung, wen du kennst und wen nicht. Außerdem fallen ständig welche aus. Bekommen so eine Art Zuckungen, bevor sie aussteigen.«
Lina zeigte sich fassungslos. »Du weißt gar nichts von den Nebenwirkungen?« Dann wandte sie sich ihrem Freund zu. »Ihr habt es ihm nicht gesagt?«
Ich konnte erkennen, wie Mats' Fassade kurzzeitig zu bröckeln begann, ehe er seine clownhafte Miene wieder aufsetzte. »Hey Luis, deine Kleine scheint ja genauso paranoid zu sein wie die von Tristan!«
Luis sprang auf und für einen Moment sah es so aus, als wollte er Mats an den Kragen gehen.
Finn ging dazwischen. »Hör mal zu, Mats. Die Sache mit dem Springen, naja, es ist so, dass es nicht ohne Folgen bleibt. Irgendwann ist es aufgebraucht, verstehst du? Dann erkranken wir an Nebenwirkungen.« Er zeigte auf Luis. »Wir beide sind bereits raus. Wir hatten diese Krämpfe schon.«
Mats setzte an, wollte etwas erwidern, doch Finn ließ seinen Bruder nicht zu Wort kommen. »Es war Emmas Vater, der uns geholfen hat, diesen ganzen Scheiß ohne bleibende Schäden zu überstehen.«

»Emma, Emma, Emma. Immer geht alles nur um sie. Stehst du jetzt etwa auch auf sie?«

»Um das geht es überhaupt nicht!« Finn klang nun weniger ruhig. »Was ich sagen will, ist, dass Luis und ich diese Nebenwirkungen bereits hatten und ohne Silicium, das uns Emmas Vater verabreicht hat, würden wir vielleicht noch immer zucken. Das Einzige ist nur, dass es damit mit dem Springen für uns erst mal vorbei ist.«

»Ihr springt nicht mehr?« Nun war das Lachen selbst bei Mats verschwunden.

Finn klärte ihn weiter auf. »Nur bei Wahren geht das Springen nicht zu Ende. So wie bei Emma und ihrem Vater.«

Dann begann mich Mats zu mustern, ganz so, als könnte man mir meine ewige Gabe äußerlich ansehen. Als er nichts Außergewöhnliches an mir entdecken konnte, wandte er sich beinahe enttäuscht an seinen Zwilling.

»Du meinst, bei Emma wird es nie zu Ende gehen?«

»Genau das. Für dich heißt das jedoch, dass du mit diesem Scheiß aufhören musst, bevor die Krämpfe auch bei dir einsetzen.«

Mein Blick wanderte dabei instinktiv zu Tristan. Wie würde es bei ihm weitergehen? Er spürte meinen Blick auf sich ruhen, drehte sich mir zu und bedeutete mir, dass alles gut gehen werde.

»Und nur Tristans Kleine macht mit dem Springen weiter? Sicher nicht! Ich habe keine Lust, damit aufzuhören.«

Seine Antwort überraschte niemanden von uns. Die Aussage von Tristan dafür umso mehr. »Vielleicht hat Mats ja Recht?«

Es ist wahrscheinlich hinfällig zu erwähnen, dass keiner von uns seinen Ohren traute. Das konnte unmöglich ernst gemeint sein.

»Ich will ja nur sagen, dass wir Mats brauchen werden, wenn wir diese korrupte Bande auffliegen lassen wollen.« Dann wandte er sich Mats zu. »Du bist ohnehin raus, oder? Dann hilf uns, diese f***ing Erpressertypen anlaufen zu lassen. Danach kannst du noch immer mit dem Springen aufhören.«

Finn traute seinen Ohren nicht. »Du bist also der Meinung, mein Bruder sollte sich für irgendwelche Typen, die wir nicht einmal kennen, dem Risiko aussetzen, im Krankenhaus zu landen, genauso wie ich. Das behauptest du nur, weil du ein Wahrer bist wie Emma.«

Dieses Mal war ich es, die glaubte, sich verhört zu haben. »Du weißt davon?«

Tristan verstand gar nichts. »Was redet ihr denn da? Finn? Emma? Was soll das heißen, ich bin ein Wahrer?«

»Das würde ich jetzt allerdings auch gerne wissen«, meinte Lina verdutzt.

Luis bekam seinen Mund gar nicht mehr zu.

»Ja habt ihr alle denn gar nichts bemerkt?« Finn war vollkommen aufgebracht. »War ich damals auf der Party der Einzige, der noch irgendetwas mitbekommen hat?«

»Was mitbekommen?« Luis hatte seine Stimme wieder gefunden.

»Leute, Tristan war total abgefüllt damals. Er hat dieses blöde Mantra nie gesungen und ist trotzdem die ganze Zeit über mit uns gesprungen.«

Die Einzige, die sofort verstand, war ich. »Tristan, wie hieß deine Mutter, bevor sie deinen Vater geheiratet hat?«

Tristan blickte mich verwirrt an. »Wagner. Wieso fragst du?«

»Mein Dad hat gemeint, dass die Möglichkeit besteht, dass deine Mutter dir die Gabe weitervererbt haben könnte. Er hat mir erzählt, dass sich die Familien der Wahren untereinander kennen und nachdem ihm der Name Kaufmann nichts sagt, hat er auf deine Mutter geschlossen. Die vielleicht gar nichts von ihrer Fähigkeit weiß.«

»Aber, wie kam er denn überhaupt auf die Idee, dass ich ein Wahrer sein könnte?«

»Weil sich bei dir noch keine Krämpfe gezeigt haben. Deshalb.«

Luis nickte und stellte eine weitere Frage. »Warum hast du uns denn nie gesagt, dass Tristan gar nicht gesungen hat, Finn?«

»Vielleicht, weil ich von diesem ganzen Wahren- und Unwahren-Scheiß bis vor Kurzem gar nichts gewusst habe? Ich dachte mir zwar komisch, aber das war's dann auch schon.«

Als ich zu Tristan rübersah, lächelte er. Ich glaube, in diesem Moment konnte er sein Glück gar nicht fassen. Denn, wenn es sich tatsächlich so verhielt, dass er ein Wahrer war, dann würde er nie wieder mehr auf seine Leidenschaft, das Surfen, verzichten müssen. Und was viel wichtiger war, wir würden es für immer und ewig gemeinsam tun können. Und dann gingen auch meine Mundwinkel nach oben.

Mats hingegen gähnte herzhaft. Ob gespielt oder wirklich, ließ sich nur schwer sagen. »Seid ihr dann fertig mit diesem ganzen Quatsch um Wahre und Unwahre? Wen interessiert's, was Tristans Mom so treibt. Mich jedenfalls nicht.«

»Ach, halt doch einfach mal die Klappe, Mats!« Lina stand auf und streckte sich. »Mir ist schon ganz schlecht von deinem ständigen Gemotze! Und mir wird gleich viel schlechter, wenn ich nicht bald etwas zwischen die Kiemen kriege.« Sie ging die paar Schritte zur Wohnküche und öffnete eine einzige Schublade, um fündig zu werden – sie hielt einen Flyer in der Hand. »Also, ich bestell mir jetzt eine Pizza. Will sonst noch wer?«

Es tat richtig gut, etwas im Magen zu haben. Es war meine erste richtige Mahlzeit an diesem Tag. Fürs Essen hatte die Zeit heute einfach nicht gereicht. Auch Mats' Laune hatte sich deutlich verbessert. Er hatte eine Dusche genommen, sich etwas Frisches angezogen und zeigte nun reges Interesse daran, seinen Erpresserfreunden eine Falle zu stellen.

»Schön zu sehen, wie du deine Leute in die Pfanne hauen willst«, kommentierte Lina den scheinbaren Sinneswandel von Mats. »Uns bleibt nur zu hoffen, dass du nicht zu allen Freunden so bist.«

Die Erwähnung der anderen Springer machte mich nachdenklich. »Wenn alle oder zumindest ein Großteil der anderen Springer ebenfalls durch ein Mantra rekrutiert worden war, dann bedeutet das ja, dass auch sie von Nebenwirkungen heimgesucht worden sein können.«

Kauend spann Tristan meinen Gedanken weiter. »Das würde zumindest erklären, warum sie der Reihe nach verschwunden sind. Meinst du, es konnte ihnen überhaupt geholfen werden?«

Mats zeigte sich gewohnt kaltherzig. »Hätten wohl auch einen Emma-Daddy gebraucht.«

»Du bist so ein Arsch, Mats!« Aufgebracht streckte Finn seinen Rücken durch. »Es reicht jetzt! Ohne ihn säße ich nicht neben dir!«

Ich legte mein Pizzastück zur Seite, denn um ehrlich zu sein, war mir der Appetit nach all dem Hickhack vergangen. Ich sah Mats herausfordernd an. »Kannst du mir mal verraten, was ich dir eigentlich getan habe?«

Statt einer Antwort erntete ich einen herablassenden Blick.

»Du brauchst nicht zu glauben, dass ich auch nur irgendetwas von all dem hier für dich machen werde. Du bist nämlich echt zum Kotzen.« Ich stand auf. »Ehrlich gesagt reicht es mir für heute. Ich schlage vor, ihr Jungs bringt Mats erst mal dazu sich normal zu verhalten oder ihr könnt ohne mich auf Verbrecherjagd gehen.«

Lina erhob sich ebenfalls und hakte sich bei mir unter. »Ich schließ mich dem an.« Ich spürte, wie sie den Druck auf meinen Arm verstärkte und mir damit signalisierte, unseren Worten Taten folgen zu lassen. Wir staksten ins Vorzimmer, Luis und Tristan folgten uns.

»Ich werde mit ihm reden, versprochen.« Sein Versprechen besiegelte Tristan mit einem Kuss.

Doch Lina hatte weitere Bedenken. »Dann überlegt auch gleich, wie ihr zu dritt gegen eine ganze Bande ankommen wollt. Denn, wenn ich richtig rechne, bleiben nur ihr zwei«, sie deutete auf Tristan und mich, »und Mats übrig, die springen können.«

Kapitel 16

Und du bist dir sicher, dass das Tristan selbst gemalt hat?« Ungläubig hielt Lina Tristans Zeichnung in der Hand und studierte mit ihren schwarz geschminkten Augen jeden einzelnen der vielen Kohlestriche. »Ist ja irre, wie gut er dich getroffen hat. Alles aus seinem Gedächtnis, ja?« Sie legte ihren Kopf schief. »Denkst du, Tristan könnte so eine Zeichnung auch von mir anfertigen? Das wäre ein nettes Geschenk für Luis.«

»Denke nicht, dass sich Luis über eine Zeichnung freut, die sein Freund angefertigt hat. Vielleicht schenkst du ihm lieber doch ein Foto.«

Sie reichte mir das dicke Zeichenpapier. »Da hast du wahrscheinlich Recht. Trotzdem cool.«

Vorsichtig legte ich mein Portrait an die Stelle zurück, auf der es bereits seit Tagen auf seinen Rahmen wartete. Ich fragte mich, wie viel ich ihm wohl bedeuten musste, dass er mir so ein Geschenk überreichte.

Lina und ich saßen auf dem Parkettboden meines Zimmers. Um uns verteilt lagen Bücher, Hefte und jede Menge Zettel. Wir versuchten zu lernen, ehe wir uns auf den Weg zur Ruine machen wollten, um die anderen zu treffen. Es fiel uns schwer uns aufs Lernen zu konzentrieren, hingen unseren Gedanken nach, schweiften ständig ab.

»Denkst du, wir haben eine realistische Chance, die Bande zu schnappen?« Lina sah skeptisch aus, als sie das Buch erneut sinken ließ und nach einem Keks griff. Auch ich legte das Heft zur Seite, um nach einem Keks zu greifen.

»Wenn wir an den Drahtzieher herankommen, könnten wir es schaffen.« Aus mir sprach mehr Optimismus als Überzeugung. »Für die ganze Schar an Springern sind wir aber eindeutig zu wenig.«

»Und du bist dir sicher, dass wir deinen Vater nicht um Hilfe bitten sollten?« Lina stellte mir diese Frage bereits zum hundertsten Mal. Versuchte offenbar, mich durch wiederholtes Fragen vom Gegenteil zu überzeugen. Aber ich wollte ihn nicht bitten, fand es viel zu riskant. Ich hatte Angst, Dad könnte versuchen, uns von unserem Plan abzubringen oder noch schlimmer: Er könnte mir verbieten, meinen Freunden helfen zu wollen.

»Spinnst du? Wenn der rauskriegt, was wir vorhaben, dann war's das für mich. Er findet das Ganze bestimmt viel zu gefährlich.« Um ehrlich zu sein, plagte mich mein schlechtes Gewissen, unser Vorhaben vor meinen Eltern geheim zu halten. Sie vertrauten mir, dies hatten sie mir mehrmals versichert. Und was tat ich? Ich nützte ihr Vertrauen nach Strich und Faden aus, plante sogar einen großen Coup gegen eine ganze Erpresserbande zu starten. Mit einem Mal schmeckte der Keks in meinem Mund bitter. Die Tatsache, dass uns Mats behilflich sein wollte, tröstete mich über mein flaues Gefühl nur bedingt hinweg. Er hatte seine Mithilfe erst dann angeboten, nachdem ihn die Jungs in die Mangel genommen hatten. Wer weiß, ob er sein Versprechen halten würde. Ich war mir da nämlich nicht so sicher.

Wir schafften es schließlich, einige der Zettel durchzugehen, ehe wir zur Ruine aufbrachen. Wir saßen im Gras an derselben Stelle wie schon einmal und Luis grinste von einem Ohr zum andern, während er mit Mats sprach. »Du meinst, euer Anführer heißt Loki? Das ist jetzt ein Scherz, oder?«

Lina ließ sich ebenfalls hinreißen. »Der wäre er wahrscheinlich gerne.«

»Hey, Leute. Das ist echt nicht lustig.« Mats klang so verletz-

lich wie ein kleines Kind. Seine coole Fassade hatte er an diesem Tag zuhause gelassen.
Finn schickte den beiden einen ernsten Blick und fasste Mats Ausführungen nochmals zusammen.
»Das heißt, ihr trefft euch regelmäßig an den unterschiedlichsten Orten. Wonach er diese auswählt, ist unklar, Hauptsache sie sind belebt und ihr Springer kommt euch dabei nicht zu Nahe. Dann informiert euch ein Vertrauter Lokis über die nächsten Schritte, richtig?«
»Richtig.«
»Und du kennst keinen der anderen bei seinem wahren Namen, ebenfalls richtig?«
»Jop.«
Lina schmunzelte. »Die heißen aber nicht allesamt Loki, oder?« Linas Frage sorgte für ein kurzes Gelächter von allen Seiten, anschließend fuhr Finn mit den Fakten fort. »Und wann ist das nächste Treffen geplant?«
»In einer Woche.«
»Und wo wird es dieses Mal stattfinden?«, wollte Tristan wissen.
»Auf dem Stephansplatz in Wien.«
»In Österreich? Ist Loki denn Österreicher?«
»Keine Ahnung. Aber kann schon sein, immerhin war sein Freund, der uns damals auf der Party angeheuert hat, schließlich auch einer.«
»Moment mal«, unterbrach ihn Tristan. »Warum angeheuert?«
»Bist du so bescheuert Tristan oder tust du nur so?« Mats kratzte sich am Kopf. Es war ungewohnt, ihn ohne Kappe zu sehen. »Glaubst du wirklich, dieser Typ hat uns einfach nur so das Springen ermöglicht?«
Auch Finn gab sich verstört. »Hat er nicht?«

»Echt jetzt, Mann? Natürlich nicht!« Da war es wieder, dieses aufgesetzte Grinsen, das ich nicht leiden konnte. »Der Typ hat mir das große Geld natürlich schon damals in Aussicht gestellt und als Draufgabe durfte ich auch noch euch mitnehmen.«
Als ich in die Gesichter der anderen sah, erblickte ich das, was ich in mir fühlte, nämlich pure Fassungslosigkeit.
»F***!« Tristan schüttelte seinen Kopf, seine blonden Haare standen durch das viele Durchfahren in alle Richtungen. »Warum hast du uns denn nie was davon erzählt?«
»Und euch etwas von dem vielen Geld abgegeben? Niemals.« Dabei gingen seine Mundwinkel nach unten und als er schließlich zu Boden blickte und nichts mehr von seinem aufgesetzten Grinsen zu erkennen war, hatte ich zum ersten Mal den Eindruck, dass Mats authentisch war. »Nein, das war natürlich nicht der Grund.« Dann blickte er auf. »Manchmal wollte ich es euch sagen, war nur so knapp davor«, dabei hielt er Daumen und Zeigefinger in die Luft, ließ nur einen klitzekleinen Abstand dazwischen. »Es war vielmehr ein Gefühl. Ich meine, ich war mir so sicher, dass keiner von euch dabei sein wollte.«
Ich blickte in die Runde, sah jeden der drei Jungs schwach nicken.
»Mit der Zeit ist der Spaß jedoch auf der Strecke geblieben und dann wollte ich euch einfach nicht mehr mit reinziehen.«
Finn klopfte seinem Zwilling freundschaftlich auf die Schulter. Es war eine Geste des Mitgefühls.
Mats rieb sich mit den Händen übers Gesicht. »Scheiße, Mann!«
An diesem Tag, am Fuße der Ruine, empfand ich das erste Mal so etwas wie Mitgefühl für Mats. In diesem kurzen Moment, in dem seine Fassade bröckelte und sein wahres Ich zum Vorschein kam, glaubte ich ihm. Ich kaufte ihm ab, dass er nicht mehr länger Teil der Bande sein wollte. Und als ich so dasaß, im Gras

zwischen meinen Freunden, fiel es mir plötzlich ein. »Mats, die Sache im Internat.« Mats hob seine Augenbrauen, was ich als Zeichen verstand, dass er mir ernsthaft zuhörte. »Nikolas hat Lina und mir erzählt, dass du in die Aula eingedrungen bist und herumgebrüllt hast, dass du aussteigen möchtest.« Mats nickte, sagte jedoch nichts. Er ließ mich weiterreden. »Warum verkündest du das ausgerechnet im Internat?«
Linas Mund formte ein Ja, gab mir zu verstehen, dass ich auf der richtigen Fährte lag.
Mats sagte auch weiterhin nichts. Und als er schließlich doch ansetzte, überraschte er mich mit seiner Antwort, frei von jeglicher Ironie. »Ich konnte Loki einmal unbemerkt folgen. Damals ist er ins Internat gesprungen. Aber ehrlich gesagt habe ich keine Ahnung, ob er tatsächlich dort lebt oder nur auf Besuch war. Nachdem es sich bei dem Namen Loki ausschließlich um einen Nickname handelt, hätte es nicht einmal Sinn gemacht, einen der Schüler nach ihm zu befragen.«
Wir saßen eine Ewigkeit im Gras. Spaziergänger, die mit ihren Vierbeinern ebenfalls den schönen Tag nutzten, lächelten uns zu, ahnten nicht, dass wir anders waren. Als das erste Mal das Wort zum Aufbruch fiel, fasste Luis zum Abschluss nochmals alles zusammen.
»Erstens, wir haben einen Anführer Namens Loki, von dem wir nicht wissen, wie er in echt heißt.« Alle nickten. »Zweitens, wir wissen ebenso wenig wie die anderen Mitglieder heißen, denn auch sie tragen Nicknames, richtig?« Wieder nicken. »Drittens: Alle vierzehn Tage gibt es ein großes Treffen, bei dem ein Vertrauter von Loki über die neuesten Pläne informiert. Loki selbst kreuzt, wie wir annehmen, äußerst selten bis gar nicht auf. Das bedeutet, mit großer Wahrscheinlichkeit werden wir ihn beim nächsten Treffen in Wien nicht zu Gesicht bekommen. Ebenfalls richtig?«

»Ganz genau«, stimmte Mats zu.

»Vielleicht nicht in Wien«, warf Tristan ein. »Jedoch könnten Emma und ich uns an die Fersen des Vertrauten heften und uns mit ein wenig Glück direttissima zu Loki führen lassen.«

»Einen Versuch wäre es zumindest wert«, fand Lina.

»Mit ihm springen, ohne ihn dabei zu berühren? Das gelingt euch nie. Wie wollt ihr so auf dessen Pfad gelangen?« Zugegeben, Mats' Bedenken hatten ihre Berechtigung. Jedoch wusste er über ein winziges Detail nicht Bescheid.

»Tristan und ich haben das ausprobiert«, warf ich grinsend in die Runde. »Wenn wir es schaffen sollten, ihm ganz nahe zu kommen, dann können wir uns direkt in seine Sprunglinie begeben.« Ursprünglich war es einem Zufall zu verdanken gewesen, dass ich diese Möglichkeit entdeckt hatte. Ich war damals so überrumpelt und begeistert gewesen, dass ich Tristan gebeten hatte, es mehrere Male mit mir zu wiederholen. Jedes einzelne Mal hatte es funktioniert.

Sosehr Lina diesen Versuch guthieß, umso weniger fand sie Gefallen an ihrer Rolle. »Und der Rest von uns soll nur dastehen und sich dabei umsehen, ob er in der Menschenmenge ein bekanntes Gesicht entdeckt?«

»Das ist nicht einfach nur nur, Lina.« Finn war sich darüber mehr als sicher. »Denn im Grunde können wir davon ausgehen, dass jedes bekannte Gesicht dazugehört. Warum sonst sollte es genau zu diesem Zeitpunkt am Stephansplatz sein? Jeder, den wir erkennen, könnte von Bedeutung sein. Denn jeder kann uns zu Loki führen.«

Luis kratzte sich an der Stirn. »Du vergisst, Finn, dass wir ihnen nur zu Fuß folgen können. Sobald einer von denen springt, ist es vorbei.«

»Ich kann mir nicht vorstellen, dass irgendwer aus dem Tumult heraus springen wird. Die Gefahr, gesehen zu werden, wäre viel zu groß. Bestimmt suchen sie sich vorher ein verstecktes Plätzchen.«

Die Woche bis zu unserem Trip nach Wien zog sich wie ein Kaugummi. Die konstante Aufregung beherrschte unser tägliches Handeln. Nicht einmal der einsetzende Sommer mit seinen warmen Temperaturen brachte uns zur Ruhe. Tristan und ich schafften es gerade einmal an die Algarve zu springen und nicht einmal dort gelang es uns sämtliche Gedanken an unser bevorstehendes Vorhaben zu zerstreuen. Dazu kam, dass Tristan ständig am Ausmalen war, welche Auswirkungen seine bleibende Gabe auf sein weiteres Leben haben werde. Wir sprachen viel darüber, schmiedeten den einen oder anderen Plan und wogen ab, ob er seine Mutter darüber informieren sollte. Der passende Moment dafür wollte sich jedoch nicht einstellen. Wann immer wir nicht in der Zukunft schwelgten, kamen Vorwürfe an die Oberfläche. Tristan wollte einfach nicht wahrhaben, dass Mats seinen Freunden und auch ihm selbst das Springen nur ermöglichen konnte, indem er in verbotene Geschäfte eingestiegen war. Er warf sich vor, dass keiner die Anzeichen hatte sehen wollen und dass man sich viel zu selten gefragt hatte, wo Mats sich die ganze Zeit über herumgetrieben hatte.
Auch in meiner Magengegend machte sich ein ziemlich ungutes Gefühl breit. Hinzu kam eine Art Angst, die sich unangekündigt und schleichend in meinen Kopf pflanzte und sich unaufhaltsam ausbreitete. Anfänglich wollte es mir nicht so richtig gelingen, diese Angst zu definieren, aber mit der Zeit nahm sie Formen an. Es stellte sich heraus, dass mir das Bewusstsein, gestalkt zu werden, mehr als nur Unbehagen bereitete. Keiner konnte mir auch nur ansatzweise versichern, dass nicht weitere Fotos von mir geschossen werden würden. Die

Erkenntnis, dass mir weder das Abschließen meiner Zimmertür noch das Verriegeln meiner Fenster von Nutzen war, trug nicht unbedingt zu meiner Beruhigung bei.
Ich fing an, Wache zu halten, was sich jedoch als ziemlich ineffizient herausstellte. Jedes Mal, wenn ich mich ins Bett begab und krampfhaft versuchte wach zu bleiben und mit aufgerissenen Augen in die Dunkelheit starrte, fielen mir irgendwann die Augen zu. Der Effekt des langen Aufbleibens zeigte sich einzig und allein in den Morgenstunden, wenn ich todmüde vom Läuten meines Weckers geweckt wurde und mir das Aufstehen noch schwerer fiel als sonst. Ob ich in der Nacht Besuch bekommen hatte, wusste ich dennoch nicht. Vielleicht wäre es richtig gewesen, meinen Eltern davon zu erzählen. Doch ich hatte Befürchtungen, sie könnten mein Springen dadurch weniger locker sehen und Dad könnte sogar damit beginnen, mich zu kontrollieren. Spätestens dann wäre es mit den Plänen, die Erpresserbande auffliegen zu lassen, vorbei gewesen. Zumindest, was mich betraf.

Nach der dritten Nacht ohne Schlaf waren meine Augenringe schließlich so dunkel, dass ich nicht mehr darum herumkam, Tristan den Grund für meine Müdigkeit zu verraten. »Wenn es nicht Mats ist, der sich des Nächtens in mein Zimmer schleicht, wer ist es dann?«
»Leider weiß ich genauso wenig wie du Emma. Würde es dich beruhigen, wenn ich bei dir übernachte?« Als er in mein überraschtes Gesicht sah, fügte er rasch hinzu. »Keine Sorge, ich werde bestimmt ganz brav und artig sein.« Bereits die Aussicht, ihn als Beschützer an meiner Seite zu wissen, hatte den Effekt, dass ich mich umgehend besser fühlte. Ich fragte mich, warum ich nicht schon eher mit meinen Sorgen zu ihm gekommen war.

Kapitel 17

Ich war noch nie mit öffentlichen Verkehrsmitteln in Österreich unterwegs gewesen. So stand ich nun vollkommen ahnungslos vor dem Ticketautomaten und versuchte zu verstehen, wie viele der Vor- und Kernzonen ich bis zum Stephansplatz in Wien benötigen würde. Das Wenige an Übersicht, das ich besessen hatte, war nun komplett verloren gegangen und ich klickte erneut auf Neustart, was mir einen lauten Seufzer von Lina einhandelte.

»Bist du dir sicher, dass du nicht doch springen möchtest?« Sie drängte mich zur Seite und übernahm das Navigieren auf dem Touchscreen. Leicht eingeschnappt erinnerte ich sie daran, dass wir alle gemeinsam den Zug nehmen wollten. »Ich weiß selbst, dass ich alles aufhalte. Warum müsst ihr auch den Ticketkauf nur so mega dämlich machen?«

Lina griff in den Spalt, aus dem das gedruckte Ticket kam und drückte es mir in die Hand. »Ist ja ganz einfach!« Sie grinste. »Komm schon, meine kleine New Yorkerin, wenn wir nicht bald zu den anderen auf den Bahnsteig kommen, fährt der Zug ohne uns los.«

Beim Öffnen der Glastür kam uns Luis bereits mit schnellen Schritten entgegengeeilt. »Hey, wo bleibt ihr denn so lange? Beeilt euch, der Zug fährt gleich ein.« Wir rannten so schnell wir konnten die Unterführung entlang. Als ich die letzte Treppe zum Bahnsteig erreichte, erkannte ich Tristan, wie er mit seinem Bein und seinen Arm die Waggontür am Schließen hinderte. Keuchend sprangen wir auf und sogleich ertönte ein pfeifender Ton, der das automatisierte Schließen der Tür ankündigte. Wir blieben erst mal stehen, um wieder Luft zu bekommen.

»Scheiß Ticketautomat!«, schleuderte ich Tristan entgegen, als er mich mit hochgezogenen Augenbrauen musterte. Dann begann ich zu lachen, vergnügt über meine Hilflosigkeit beim Ticketkauf. Die anderen stimmten mit ein.

Wir hatten ein ganzes Abteil nur für uns. So eines mit einer Schiebetür aus Glas, die klemmte, wenn man sie öffnen oder schließen wollte. Ich ließ mich auf den Platz neben dem Fenster fallen und versuchte es einen Spalt weit zu öffnen. Aber auch das klemmte und wieder kam mir Lina zur Hilfe. »So eines habt ihr in New York wohl auch nicht, mmh?«

Zum Antworten blieb mir keine Zeit, denn Finn hatte sich bereits seinem Bruder zugewandt. »Sobald wir am Stephansplatz ankommen, suchst du gleich mal diesen Loki-Vertrauten.«

Mats nickte.

»Vergiss nicht, die Kappe abnehmen, dir durch die Haare fahren, sie wieder aufsetzen, signalisiert uns, dass du ihn gefunden hast. Sobald du uns dein Zeichen gegeben hast, heften sich Tristan und Emma an seine Fersen.« Jetzt war es an uns zu nicken. »Der Rest, quasi die Nicht-Springer unter uns, suchen nach bekannten Gesichtern.« Lina nickte nicht, stattdessen verdrehte sie die Augen. Noch immer fand sie keinen Sinn in dieser Aufgabe.

»Wenn wir uns verlieren, treffen wir uns um spätestens 19 Uhr am Bahnhof. Alles klar?«

»Sollten wir es tatsächlich schaffen, diesem Typen nachzusetzen!«, warf Tristan ein.

»Natürlich schaffen wir das!«, unterbrach ich ihn.

Tristan schenkte mir einen kurzen Blick, ehe er fortfuhr. »Dann texten wir euch, wo wir sind. Sollten wir Hilfe benötigen, folgst du uns nach, Mats.« Wir wussten alle, was zu tun war. In der Theorie hörte sich der Plan einfach an und ich war zuversichtlich, dass wir es schaffen würden.

Die U-Bahn brachte uns zu einer Passage, die unterirdisch zum Stephansplatz verlief. Beim Aussteigen empfing uns eine Art Großstadtfeeling, das ich mit einem tiefen Atemzug in mir aufnahm. Überall war Leben, das Treiben einer Stadt, das ich weiterhin vermisste und soeben im kleinen Stil präsentiert bekam. Es war nicht zu übersehen, dass jeder von uns nervös war. Wir warfen uns gegenseitig Gutes-Gelingen-Blicke zu und setzten einen Fuß auf die Rolltreppe, die uns ins Freie brachte.
Sie führte uns mitten auf den Stephansplatz, wo wir von Sonnenstrahlen und dem Geruch nach Pferden empfangen wurden. Es waren die zahlreichen Kutschen, die gepflegt in Reih und Glied auf zahlungswillige Touristen warteten und für einen ungewohnten Geruch in der Großstadt sorgten. Für einen Moment ließen die Fiaker einen vergessen, dass wir schon lange im Zeitalter der Autos angekommen waren.
Ich fischte meine Sonnenbrille aus meiner Umhängetasche und nachdem ich sie aufgesetzt hatte, griff ich nochmals in die Tasche, um abermals alles zu ertasten, was mir für einen Sprung an eine unbekannte Destination als lebenswichtig erschienen war. Mein Handy, eine Wasserflasche, mein Portemonnaie, ein Müsliriegel und eine dünne Weste für den Fall, dass unser Sprung uns in kältere Gefilde bringen würde. Tristan ging neben mir. Er hatte ebenfalls seine Sonnenbrille aufgesetzt und, obwohl ich seine Augen nicht erkennen konnte, verriet mir seine Anspannung, dass ihm nichts entging. Wie ein Luchs, der auf der Suche nach seiner Beute war, beobachtete er das Geschehen. Es herrschte eine bunte Mischung aus Einheimischen und Touristen, die teils standen und plauderten und teils im Eiltempo über den Platz huschten. Und dann waren da zahlreiche Menschen als Mozart verkleidet, die genauso wie die Pferdekutschen in dieses altertümliche Bild passten und unter deren weißen Zopfperücken dunkle Haare hervorlugten. Sie

standen auf dem Domplatz, sichtlich bemüht, den Touristen etwas zu verkaufen. Was es war, konnte ich nicht genau ausmachen. Ich riss mich aus der Szenerie dieser geschichtsträchtig anmutenden Welt und blickte mich nach meinen Freunden um. »Alles gut«, dachte ich bei mir, Tristan befand sich neben mir. Mats sah ich vorauseilen und bemerkte wieder einmal, dass er selbst durch dieses rege Treiben seiner eigenen Bahn zu folgen schien und dadurch schneller als so manch anderer vorankam. Finn hingegen ließ sich gemeinsam mit Luis und Lina ein Stück zurückfallen. Aufgeregt drehte ich mich im Kreis. Moment, irgendetwas war mir in der Menge bekannt vorgekommen. Ich blickte mich nochmals suchend um, wollte dieses vertraute Etwas wiederfinden, aber es gelang mir nicht.

»Was ist los?« Tristan griff nach meiner Hand.

»Irgendetwas ist mir bekannt vorgekommen. Aber ich weiß nicht, was.« Dann blickte auch Tristan sich einmal im Kreis um, doch auch er konnte nichts erkennen. Enttäuscht mischten wir uns weiter unter die Menge und suchten nach Mats.

»Da!«

Ich versuchte Tristans Blick zu folgen, was mir durch seine Sonnenbrille erschwert wurde. »Wo?«, fragte ich verzweifelt, doch Tristan bugsierte mich bereits vor sich her.

»Mats greift zu seiner Kappe. Komm, wir müssen näher ran.« Tristan hastete los, an mir vorbei, begann sich geschickt an den vielen Menschen vorbeizuschlängeln. Dann sah auch ich ihn, Mats, wie er in diesem Moment die Kappe abnahm und sich durch die Haare fuhr.

Ich fing an, die Leute um ihn herum zu scannen. Versuchte herauszufinden, wer von all denen der Vertraute Lokis sein könnte. Und obwohl ich ihn nie zuvor gesehen hatte, hatte ich keine Zweifel, dass es sich nur um den braunhaarigen Jungen mit dem grünen T-Shirt handeln konnte. Dieses Mal war ich es, die sich vorbeidrängte und losrannte, dicht gefolgt von Tristan. Wie verrückt schubste ich jeden zur Seite, der sich mir in den Weg stellte. Ich war bloß einen Schritt von Mats und dem grünen T-Shirt-Träger entfernt, als plötzlich, wie aus dem Nichts, einer der Mozartverkäufer vor mir auftauchte und mich ins Straucheln brachte. Noch während ich fiel, hörte ich ihn ein »Pass auf!« zischen, doch es war zu spät. Ich fiel und spürte Tristans Hand, die mich unmittelbar an meinem Arm packte und hochzog. Kurz darauf stand ich auf meinen Beinen und mir war klar, dass ich es vermasselt hatte. Anstelle der geplant unauffälligen Verfolgung war nun alle Aufmerksamkeit auf mich gerichtet. Leider auch die des grünen T-Shirt-Trägers. Er blickte zwischen Mats, Tristan und mir hin und her, ehe er sich an Mats wandte.

»Gehören die zu dir?« Seine Stimme klang kratzig und misstrauisch. Immerhin tauchte man bei diesen Treffen üblicherweise nicht gemeinsam mit Freunden auf.

Und so schien Mats nun leicht zögerlich abzuwägen, was er antworten sollte. Er entschied sich für die Wahrheit. »Ja, das sind Freunde von mir.«

In meinem Kopf schaltete alles auf »Freundschaft demonstrieren« und aus meinem Mund schossen viele Worte, und das viel zu hastig. »Da bist du ja, Mats! Wir haben dich schon überall gesucht!« Selbst ich merkte, wie aufgesetzt das klang und setzte mein süßestes Lächeln auf, das mir in diesem Moment gelingen wollte. Ich warf meine Haare nach hinten und streckte dem Unbekannten meine Hand entgegen. »Hallo, ich bin übrigens Julia. Und wer bist du? – Komm schon«, dachte ich mir. »Lass dich einlullen und verrate mir deinen verdammten echten Namen.« Tristan und Mats verfolgten mein Treiben überrascht, ehe sie sich dem Unbekannten zuwandten. Doch dieser machte weder Anstalten meine Hand zu ergreifen noch

seinen Namen preiszugeben. Er erwiderte nicht einmal mein Lächeln, mit dem ich mir solch Mühe gegeben hatte, sondern wandte sich Mats zu.
»Okay, Mann, bis dann.« Ohne sich zu verabschieden und uns auch nur eines einzigen weiteren Blickes zu würdigen, drehte er sich um und verschwand in der Menge.
»Das hat dann wohl nicht so ganz geklappt«, meinte Tristan, der weiter in die Richtung blickte, in die der Typ verschwunden war.
Mats Kommentar fiel nicht ganz so freundlich aus. »Du bist einfach nur so dämlich, Emma.«
In Wahrheit konnte ich es ihm nicht verübeln, dass er sauer auf mich war. Sein nächster Satz ließ mich wieder aufblicken.
»Aber ich glaube ohnehin nicht, dass der uns zu Loki geführt hätte.«
»Nicht?«
»Nein, dämliches Emmalein.«
Tristan ergriff Mats am Oberarm, deutete ihm mit einem leichten Nicken, dass er seine boshaften Meldungen für sich behalten sollte.
Mats schien zu verstehen, riss sich aber dennoch los. »Der war neu. Wirkte nicht so, als ob er zu den engen Vertrauten gehören würde. Was soll's. Lasst uns abhauen.«
Niedergeschlagen machten wir uns auf die Suche nach den anderen, die ebenfalls keine Erfolge zu verbuchen hatten und nahmen den nächsten Zug nach Hause. Von der Euphorie der Hinfahrt war nichts mehr zu spüren.

Kapitel 18

Er fühlte sich sicher neben mir, mein kleiner Bruder Jacob. An mich gekuschelt lag er unter der weichen Decke und machte keine Anstalten, zurück in sein eigenes Bett zu wandern. Erst am Vortag war er bei einem seiner neuen Fußballfreunde zum Spielen gewesen und schließlich vor dem Fernseher gelandet. Laut Jacobs Erzählungen war der Film gruselig und angsteinflößend gewesen und ging ihm nun nicht mehr aus dem Kopf. Mein kläglicher Versuch, ihn zum Aufstehen zu überreden, scheiterte daran, dass er mir aus voller Überzeugung versicherte, auch ganz bestimmt genug Platz zu haben.

Normalerweise störte es mich nicht, dass er bei mir im Bett lag. Ganz im Gegenteil, ich genoss es sogar von Zeit zu Zeit. Meistens erzählte er mir lustige Geschichten, bis ihm schließlich vor Müdigkeit die Augen zufielen. Dann griff ich zu meinem Buch und las so lange darin, bis auch ich vom Schlaf übermannt wurde.

An diesem Abend gab es jedoch kein normalerweise, denn es war der Abend, an dem Tristan zu mir springen wollte, um mir die Angst vor dem nächtlichen Fotografen zu nehmen. Unmittelbar nach der Zugfahrt aus Wien waren wir alle Eventualitäten durchgegangen. Was wäre, wenn der mysteriöse Besucher tatsächlich auftauchen würde und wie würden wir uns verhalten, wenn eines meiner Familienmitglieder plötzlich die Zimmertür öffnen würde. An sämtliche Möglichkeiten hatten wir gedacht, hatten uns mehr oder weniger einen Plan zurechtgelegt. Ich hatte meine Haare gewaschen, mir mein kuscheligstes Nachthemd übergezogen und aufgeregt in meinem Bett gesessen und gewartet. Aber dann war die Tür aufgegangen und

Jacob war, von seinen negativen Gedanken verstört, in mein Bett gekrochen. Dabei hatte er sich so fest an mich gekuschelt, dass ich nicht länger zögerte und mein Handy zur Hand nahm, um Tristan schweren Herzens wieder auszuladen. Ich versuchte dabei nicht allzu enttäuscht zu klingen, würde diese Nacht bestimmt nicht die einzige Chance für uns beide bleiben, den Stalker zu erwischen.
Ich versuchte Jacob auf andere Gedanken zu bringen. Meine verblassten allmählich und lösten sich zur Gänze auf. Es war schon spät, als ich neben Jacob, der bereits seit längerer Zeit ruhig und gleichmäßig atmete, in einen tiefen Schlaf sank.

Die Melodie des Songs klang vertraut, kam mir irgendwie bekannt vor. Ich stand auf einer Tanzfläche, besser gesagt, ich tanzte ausgelassen und je lauter die Beats aus den Lautsprechern dröhnten, desto schneller wurden meine Bewegungen. Ich kannte keinen der anderen Tänzer, was mich zwar leicht irritierte, jedoch nicht weiter störte. Alles, was ich in diesem Augenblick wollte, war, mich zu dieser vertrauten Melodie zu bewegen. Ich begann mich zu drehen, wurde dabei immer schneller, bis sich das Rundherum nur noch schemenhaft abzeichnete. Dann wachte ich auf und stellte fest, dass die bekannte Melodie der Klingelton meines Handys war.
»Hallo?« Ich flüsterte, nein, ich krächzte mit belegter Stimme in den Hörer. Schlaftrunken drehte ich mich zur Seite, stellte fest, dass Jacob nicht mehr neben mir lag.
»Sag nicht, ich habe dich geweckt!« Es war Tristan, seine Worte ließen mich auf meinen Wecker schielen. Es war bereits elf Uhr vormittags.
»Ähm, doch?«
Ich hatte so gut geschlafen. Hatte wohl an versäumten Schlaf nachgeholt, was ging.

»Sorry, ich wollte dich nicht wecken.« Seine Stimme klang rau und versöhnlich.
»Schon gut.« Ich lächelte, war mir sicher, dass er mein Lächeln durch den Hörer zwar nicht sehen, jedoch hören konnte.
»Dein langer Schlaf bedeutet jetzt hoffentlich nicht, dass du Jacob als Traumhüter mir vorziehst, oder? Denke nur daran, wie gut du schon mal neben mir geschlafen hast.« Jetzt konnte ich sein Lächeln durch das Handy hören.
»Keine Sorge, ich kann es kaum erwarten, bis du die Rolle des edlen Beschützers einnehmen wirst. Wie war deine Nacht?«
»Okay, aber deutlich kürzer als bei dir. Mats hat wieder mal über die Stränge geschlagen und uns dabei alle aufgeweckt. Er war so erpicht darauf, uns über seine letzten Neuigkeiten aufzuklären, dass er nicht vorhatte uns ausschlafen zu lassen.«
Ich setzte mich im Bett auf und stopfte mir meinen Kopfpolster hinter den Rücken. »Welche Neuigkeiten denn?«
»Er hat sich mit diesem Neuling getroffen. Du weißt schon, diesem Typen vom Stephansplatz.«
»Was, mit dem? Ich dachte, die kennen sich gar nicht.«
»Taten sie auch nicht, zumindest nicht bis gestern Nacht. Mats war am Abend nochmals nach Wien gesprungen und hat den Typen doch tatsächlich in einer Bar wieder getroffen. Nennt man wohl Schicksal. Jedenfalls konnte er Mats ziemlich weiterhelfen.«
Offenbar war ich noch nicht ganz munter, denn ich verstand nicht so recht, worauf Tristan hinauswollte. »Wie weiterhelfen?«
»Emma, bist du eigentlich schon ganz wach? Mats hat diesen Typen megamäßig ausgefragt. Auf die Mats-Weise halt.«
»Die wie aussieht?«
»Sie haben gekifft, sich betrunken und voilà, der Neuling hat geplaudert, was das Zeug hält. Er schien erstaunlich viel ge-

wusst zu haben. Zum Beispiel, dass sich Loki den Löwenanteil an dem erpressten Geld selbst behält und auf einem Schiff zwischenlagert. Er wusste sogar, wo sich das Schiff befindet. Es liegt an der Costa Smeralda in Sardinien.«

»Sardinien liegt wo genau?«

»Eine Insel bei Italien.«

»Dieser Loki scheint ja ziemlich vielseitig zu sein.«

»Nicht schlecht, oder? Das Beste aber kommt erst.« Tristan legte eine Sprechpause ein.

»Was? Sag schon!«

»Der Typ hat Mats sogar den Namen des Schiffes verraten.«

»Echt jetzt? Das ist ja der Wahnsinn! Wie heißt es denn?«

»True Love.«

Ich konnte mich nicht halten und lachte.

Tristan kicherte auch, doch nur ganz kurz. Ihm brannte eine Frage auf der Zunge. »Was ist, kommst du mit?«

»Du meinst an die Costa Smeralda?«

»Wohin sonst?«

»Jetzt gleich?«

»Naja, ich schätze, nachdem du im Bett liegst, bist du wahrscheinlich nicht reisefertig. Reichen dir fünfzehn Minuten?«

»Und was erklär ich meinen Eltern, warum ich schon wieder wegmuss?«

»Sag ihnen einfach, dass du einen kurzen Sprung bei mir vorbeischaust. Mats und ich haben auch nicht lange Zeit. Wir sind nämlich bei seinen Eltern zum Mittagessen eingeladen.«

»Und was ist mit Finn?«

»Der geht mit Luis schon mal früher los. Sie warten dort auf uns.«

Da steckte Mom ihren Kopf durch die Tür und lächelte.

Ich verabschiedete mich von Tristan, betonte laut, dass ich gleich zu ihm kommen würde. Ich legte auf.

Mom betrat mein Zimmer. »Du bist ja schon wach.« Sie kam auf mich zu und setzte sich auf die Bettkante.
»Ich bin vor fünf Minuten aufgewacht, besser gesagt Tristan hat mich geweckt. Er wollte fragen, ob ich noch vor dem Essen einen Sprung bei ihm vorbeikommen könnte. Er hat ein neues Bild gemalt und würde es mir gerne zeigen.« Die Lüge war raus, bevor ich überhaupt darüber nachgedacht hatte. Ich fühlte mich unbehaglich.
»Ist es wieder ein Bild von dir?«
Jetzt fühlte ich mich richtig mies. Trotzdem log ich weiter. »Er hat es mir nicht verraten.«
»Möchtest du nicht zumindest frühstücken, bevor du zu Tristan gehst? Bis zum Mittagessen wird es dauern.« Bei der Erwähnung von Essen begann mein Magen laut zu knurren. Wann hatte ich eigentlich zuletzt gegessen? Trotzdem sagte ich nein, um keine Zeit zu verlieren. Ich lief ins Bad und machte mich fertig.

E: Bin so weit. Wohin soll ich kommen?
T: Komm erst mal zu mir. Wir springen gemeinsam.

Keine zwei Minuten später klingelte ich an der Tür der Jungen-WG. Tristan öffnete und gab mir zur Begrüßung einen langen Kuss. Dann folgte ich ihm in die Wohnung, sah Mats auf dem Boden sitzen und sich die Schuhe anziehen. Er sah blass aus. Und verkatert. Wieder einmal. Er sprang auf und hätte vor lauter Schwung beinahe das Gleichgewicht verloren. Wackelig stand er da, nickte mir kurz zu, was wohl einer Begrüßung gleichkommen sollte. Er klatschte in die Hände. »Okay, Leute, los geht's!«
Mir war unklar, wie der genaue Plan aussah. »Springen wir direkt auf die ›True Love‹ oder in deren Nähe?«

Ich sah zu Tristan auf, der den Kopf schüttelte. »Wir springen erst mal zum Hafen und checken die Lage. Für viel mehr wird uns heute keine Zeit bleiben. Mats' und Finns Eltern können es nämlich nicht leiden, wenn man zu spät kommt.«

»Alles klar«, war alles, was ich sagen konnte, bevor uns die gewohnte Schwärze umfing. Als wir im Abseits des Hafens zum Stehen kamen, blieb mir erst mal der Mund offen. Ich kannte Boote, keine Frage, war ich als New Yorkerin so gut wie am Wasser aufgewachsen. Aber was sich uns hier in diesem Hafen bot, war selbst mir unbekannt. Vor uns lagen schwimmende Riesenjachten von schier unvorstellbarem Luxus. Die meisten hatten ihren eigenen Hubschrauber-Landeplatz und eigene Vorrichtungen für Jetskis und kleinere Boote. Selbst die waren größer als die Schiffchen an unserem heimischen Hafen an der Donau.

Mats hingegen schien keineswegs beeindruckt zu sein. Ich schob es auf den vielen Luxus, den er dank seines Hobbys, nämlich in Häuser und Penthäuser reicher Leute einzubrechen, gewohnt zu sein schien. Ob Tristan, der selbst aus einer wohlhabenden Familie stammte, beeindruckt war, war nicht festzustellen. Ich wandte mich wieder den Schiffen zu. »Könnt ihr die ›True Love‹ irgendwo entdecken?«

Um in der Sonne besser sehen zu können, hielt sich Tristan die Hand an die Stirn. »Der Hafen ist viel zu groß, um ihn richtig überblicken zu können. So wird das nichts. Wir müssen die Stege entlanggehen.« Er wandte sich seinem Freund zu. »Du wartest lieber hier. Das Risiko, dass du erkannt wirst, ist viel zu hoch. Kann ja schließlich sein, dass dieser Loki hier ist und gerade sein Geld zählt.« Er nahm mich bei der Hand. »Wir zwei tun jetzt einfach mal so, als würde eine dieser Jachten uns gehören. Such dir eine aus.« Dann hob er sein Kinn leicht an und zog einen Schmollmund. »Wenn ich will, kann ich ja so etwas von reich dreinschauen.« Er zwinkerte mir zu, ehe er über seine linke Schulter letzte Anweisungen erteilte. »Gönn dir in der Zwischenzeit ein Bier, Mats. Wir sind gleich wieder zurück.«

Wir brauchten nur drei Reihen abzugehen, bis wir fündig wurden. Groß und protzig lag die »True Love« vor uns. Ich wollte schon stehen bleiben, um mich mal in Ruhe umzusehen, als Tristan meine Hand drückte und mir zu verstehen gab, weiterzugehen. »Lieber nicht. Das ist viel zu auffällig.«

Da ich eine Sonnenbrille trug, gelang es mir beim Vorbeigehen unbemerkt zu überprüfen, ob sich jemand auf der Jacht befand.

Sie schien jedoch verlassen zu sein. Sowohl von Loki als auch von der gesamten Crew war nichts zu sehen. »Also, ich kann da niemanden entdecken. Vielleicht sitzt Loki ja in irgendeinem dieser Marine-Restaurants und wartet auf seinen Mittagshummer. Oder er bevorzugt das Essen in der Internatskantine, dann sitzt er dort. Was meinst du?«

Tristan zog mich weiter. »Ich hoffe mal nicht Hummer. Sonst sitzen Mats und Loki noch gemeinsam an einem Tisch und bewerfen sich mit Hummerscheren.« Stimmte, hoffentlich war Mats nicht direkt in Lokis Arme gelaufen.

Ich sah auf meine Armbanduhr. Es war Viertel nach zwölf. Soweit ich wusste, gab es zwischen Italien und Österreich keine Zeitverschiebung. »Wann musst du nochmal beim Essen sein?«

»Um eins, wieso?«

»Wieso?« Ich sah Tristan ungläubig an. »Soll das ein Scherz sein? Du willst mir nicht wirklich weismachen, dass wir nur für einen kurzen Hafenspaziergang hergesprungen sind. Jetzt, wo wir wissen, dass der Vogel ausgeflogen ist.«

Tristan blieb stehen und strich mir meine unbändigen Locken

aus dem Gesicht. »Weißt du, was du bist? Du bist unverbesserlich, Emma Mattis!«
Ich verkniff mir ein Grinsen. »Ich weiß.«
»Lass uns schnell Mats holen, immerhin hat er die ganze Sache mit dem Boot in Erfahrung gebracht. Und lass uns beten, dass Loki nicht bei ihm am Tisch sitzt.«
Wir fanden Mats im zweiten der schicken Hafenlokale. Er saß alleine bei Tisch. Die meisten anderen Gäste in diesem Restaurant saßen hinter geschwungenen Champagnerflöten und unterhielten sich laut. Als wir ihre Tische passierten, fiel mir auf, wie sich die Damen, an denen nicht allzu viel echt zu sein schien, nach Tristan umblickten und zu tuscheln begannen. Die Herren hingegen starrten auf meine Converse, als hätten sie noch nie einen Damenschuh mit weniger als acht Zentimeter Absatzhöhe gesehen. Ich brauche wohl nicht zu erwähnen, wie fehl am Platz ich mich hier fühlte. Mats hingegen wäre mit seinem Poloshirt leicht als verwöhnter Sprössling durchgegangen.
»Und, fündig geworden?« Sein Bier war bis auf einen letzten Schluck zur Gänze ausgetrunken. Seine Haut wirkte weitaus fahler als zuvor und als ich auf seine Hände blickte, bildete ich mir ein, dass sie zitterten.
Tristan ließ sich auf einen der weichen Lounge-Hocker fallen. »Hast du schon gezahlt? Denn so wie es aussieht, scheint sich gerade niemand auf der Jacht zu befinden. Die beste Gelegenheit also, sich kurz mal umzusehen.«
»Cosa vogliono bere le proprietà?«
Die Frage des Kellners ließ mich zusammenzucken. Ich hatte ihn nicht kommen sehen. Tristan winkte lächelnd ab.
»Niente, grazie. Siamo già andati.«
Ich nickte zustimmend, ohne überhaupt zu wissen, was er dem Kellner gesagt hatte. Dann erhob sich Tristan und ich tat

es ihm gleich. Mats stand ebenfalls auf, drückte dem Kellner fünfzehn Euro in die Hand und murmelte ein »Grazie«.
Tristan starrte auf die Geldscheine. »Richtig günstig, das Bier hier.«
Mats schob sich am Tisch vorbei und winkte mit einer kurzen Handbewegung ab. »Das war nur das Trinkgeld.« Keine Ahnung, ob er das ernst gemeint hatte. Sollte er mit dem Kleiderschrank voller Geld machen, was er wollte.
»Siehst du das vorletzte Schiff in der Reihe dort hinten? Das ist die ›True Love‹.« Tristan zeigte auf das protzigste Schiff der ganzen Reihe. »Der Verbindungssteg ist eingezogen. Wir müssen also springen, um auf das Boot zu gelangen.« Während Mats zustimmte, gesellte sich zu meinem Hungergefühl ein anderes, ein neues Kribbeln im Bauch. Noch nie hatte ich so etwas Verbotenes gemacht. Und obwohl es verboten war, stellte sich kein Schuldgefühl ein. Immerhin war der Grund unseres Einbruchs einer mit guter Absicht.
In der schwimmenden Suite sah es aus wie nach einem rauschenden Fest. Auf allen Flächen, die sich auch nur irgendwie als Ablage eigneten, standen gebrauchte Gläser, Flaschen und Getränkedosen. Auf dem Boden verstreut lagen aufgerissene Packungen an Knabbereien und Süßigkeiten. Die Luft wog schwer von Zigarettenrauch. Außer Zweifel, meine Mutter hätte bei diesem Anblick aufgeschrien.
»Wo ist Mats?« Tristan sah mich fragend an und ich begann mich suchend im Kreis zu drehen. Er hatte eben noch neben uns gestanden und jetzt war nichts von ihm zu sehen. Mein Blick ging durch die getönten Glasscheiben nach draußen. Die Suite lag höher als der angrenzende Hafenteil, somit hatte man einen guten Überblick auf die Umgebung. Meine Augen streiften das Heck des Bootes links von uns, dann blickte ich weiter auf den Steg. Ich bemerkte etwas auf dem Steg liegen, an exakt

demselben Punkt, an dem wir Sekunden vorher gestanden waren. Was dort lag, sah irgendwie wie ein Körper aus. Moment mal, lag dort etwa Mats? Aber er bewegte sich nicht. Zitternd zupfte ich an Tristans Ärmel.

»Tristan, schau, dort draußen auf dem Steg! Ist das nicht Mats?« In dem Moment, in dem ich darauf zeigte, begann sich das Bündel auf dem Steg zu winden.

»F***! Was macht er denn da draußen? Warum ist er denn nicht mit uns gesprungen?«

Ich zuckte mit den Schultern und starrte gebannt auf Mats, der sich noch immer wand. Irgendetwas stimmt hier nicht.

»Warte hier. Ich bin gleich wieder da.« Einen Wimpernschlag später befand er sich neben Mats auf dem Steg. Ich bewegte mich in Zeitlupe auf das große Fenster zu, unschlüssig, was ich tun sollte. Dann fing Tristan wild zu gestikulieren an, gab mir zu erkennen, dass ich zu ihm kommen sollte.

Mats' Anblick aus der Nähe ließ mich erstarren. Er zitterte am ganzen Körper, wimmerte wie ein gefangenes Tier und in seinen Augen war nur Weiß zu sehen, so sehr hatte er seine Iris nach hinten verdreht. Ich ließ mich auf die Knie fallen, meine Hand wanderte an seine schweißnasse Stirn. »Was ist passiert?« Ich flüsterte, doch Tristan hörte mich trotzdem.

»Wenn ich es richtig verstanden habe, sagte Mats etwas von einer Wand. Er meinte, er sei gegen eine verdammte Wand gesprungen. Aber, wie soll das überhaupt gehen? Wir springen doch immer durch.

Mir fiel auch keine Erklärung für Mats' Aufprall gegen eine Wand ein. Aber was ich mit ziemlicher Wahrscheinlichkeit sagen konnte, war, dass sein Winden nach Nebenwirkungen aussah.

»Es sind welche, oder?« Tristans Blick verriet mir, dass er hoffte, dass ich das Offentsichtliche verneinen würde.

»Ehi! Cosa stai facendo lì?«
Ich blickte erschrocken auf, schielte an Tristan vorbei und sah einen Mann auf uns zulaufen. Er trug ein dunkelblaues Poloshirt mit einem Segelschiffaufdruck. Bei diesem Mann handelte es sich bestimmt um einen Angestellten der Hafenaufsicht.
Ich bemühte mich um Ruhe. »Was machen wir denn jetzt?«
Ich setzte alles Vertrauen in Tristans Ideenreichtum.
Tristan rief dem Mann etwas zu und wieder wünschte ich mir, ich würde ein wenig Italienisch verstehen. Denn sofort wechselte der Ausdruck des Mannes von verärgert auf sorgenvoll.
»Was hast du ihm denn gesagt?«
»Ich habe ihn gefragt, ob er unsere Hilferufe denn gehört hätte und wir froh darüber wären, wie schnell er gekommen sei. Ich habe ihn gebeten, uns dabei zu helfen, Mats erst mal aus der Sonne zu schaffen.«
Der Mann erreichte uns keuchend und beäugte uns mit einem skeptischen Blick. Freundlich, aber bestimmt gab er mir zu verstehen, dass ich ihm Platz machen sollte. Er wirkte aufgeregt und griff umgehend zu seinem Funkgerät.
Tristan winkte ab, begann unablässig auf den Mann einzureden, bis er schließlich vom Funkgerät abließ. Tristan schob seine Arme unter die von Mats und hob ihn vorsichtig an. Der Italiener tat dasselbe bei Mats' Füßen und gemeinsam setzten sie sich in Gang. Ich warf einen letzten Blick auf die »True Love«, ehe ich den dreien folgte. Dabei fragte ich mich, wie es Mats angestellt hatte, gegen eine Wand zu donnern.
Vorsichtig ließen sie Mats auf eine Bank sinken. Schließlich griff der Mann doch zum Funkgerät, keiner schien seinen abgesendeten Notruf entgegenzunehmen. Er sprach mit Tristan, dann machte er sich schnellen Schrittes davon. Ich sah ihm hinterher.
»Wo geht er hin?«

»Hilfe holen«, lautete Tristans knappe Antwort. »Wir müssen springen. Und zwar jetzt.«
»Aber er hat Nebenwirkungen, Tristan!«
Mats lag auf der Bank, sein Wimmern war ins Unerträglich angestiegen »Wir müssen es riskieren, Emma. Wir haben keine Wahl.«
»Wir brauchen Dad.«
»Wahrscheinlich hast du Recht. Aber deinen Dad können wir jetzt nicht herzaubern. Wir müssen springen.« Wir durften keine weitere Zeit verlieren. Wir umfassten Mats und zogen ihn mit uns in die Schwärze, ehe der Mann von der Hafenaufsicht zurückgekehrt war.

Wir landeten in Mats' Zimmer. Tristan griff sofort zu seinem Handy, versuchte Finn und Luis zu erreichen. »Die sind sicher schon bei diesem verdammten Essen.« Wir hatten gehofft, dass sie es noch nicht sein würden, da wir Mats unmöglich alleine lassen konnten, während wir uns auf die Suche nach Dad begaben. Aber die Wohnung war bereits leer.
Ich zog Mats die Schuhe aus, warf ihm die Decke über, teils, weil ich befürchtete, er könnte frieren, teils, weil ich damit sein Zittern verdeckte. Ich konnte Tristan fluchen hören, da Finn nicht an sein Handy ging. Dann wählte Tristan eine andere Nummer und sofort konnte man Luis' Stimme hören. Den Wortfetzen nach zu urteilen, beklagte sich Luis über Tristans Unpünktlichkeit.
Tristan schrie ins Telefon. »Jetzt hör doch mal zu! Mats hat's erwischt, verdammt! Du musst sofort herkommen.« Dann war Tristan eine Weile lang ruhig, lauschte Luis' Worten, ehe er erneut ins Telefon schrie. »Es ist mir scheißegal, was du denen für eine Geschichte auftischst. Dir wird schon das Richtige einfallen. Komm so schnell du kannst, denn wir brau-

chen Silicium. Und das schnell!« Tristan legte auf, steckte das Handy in die Hosentasche und stürzte an meine Seite. Beim Betrachten seines Freundes verdunkelten sich seine Augen. »Irgendwie kommt es mir bei Mats besonders stark vor.« Er flüsterte, obwohl ich bezweifelte, dass Mats überhaupt etwas von seiner Umgebung mitbekam. »Luis und Finn waren zumindest bei Bewusstsein.«

Luis brauchte keine zehn Minuten, bis wir ihn den Schlüssel ins Schloss stecken hörten und keine drei Sekunden bis er ins Zimmer geeilt kam. Neben ihm lief Finn, der aufgebracht aufs Bett zustürmte und sich neben Mats auf den Boden fallen ließ. Er sagte nichts und keiner fragte, welche Geschichte sie seinen Eltern aufgetischt hatten. In diesem Moment war es nicht von Bedeutung.

Kapitel 19

Hi, Mom.« Sie stand in der Küche und räumte die Teller in die Spüle. Sie begrüßte mich nicht, drehte sich nicht einmal um. Alles klar, sie war sauer und erwartete eine Erklärung. Nur leider würde ich ihr die so nicht geben können.

»Tut mir leid, Mom, dass ich das Essen verpasst habe. Ich wollte wirklich pünktlich sein, ehrlich. Aber uns ist da etwas dazwischengekommen.« Das »uns« schien Mom darauf aufmerksam zu machen, dass ich die Küche nicht alleine betreten hatte. Sie drehte sich um und sah Tristan direkt in die Augen.

»Hi, Tristan.«

»Hallo, Frau Mattis.«

»Mom, wir brauchen Dad. Ganz dringend. Ist er hier?«

»Nein, Emma.« Sie klang wütend. »Er ist in der Schule.«

»Am Sonntag?« Tristan war richtig erstaunt.

Mom sah wieder zu Tristan. »Ja, Tristan, auch am Sonntag. Er hat eine Klassenarbeit zu korrigieren und wollte dafür seine Ruhe habe.«

Ich ging auf Mom zu und drückte ihr einen Kuss auf die Wange. »Es tut mir wirklich leid, Mom. Bitte, sei mir nicht böse. Ich erkläre es dir später, versprochen. Ich hoffe, ihr habt mir meine Portion übriggelassen. Bis dann!«

Wir sprangen hinter diese stachelige Hecke, genauso wie beim letzten Mal. Dann liefen wir so schnell wir konnten den Kiesweg entlang bis zum Haupteingang. Wahrscheinlich hätten wir nicht überrascht sein sollen, das Tor an einem Sonntag abgesperrt vorzufinden, aber irgendwie waren wir es trotzdem. Ein kurzer Blick nach links, ein kurzer Blick nach rechts, dann sprangen wir hinein.

Mein Klopfen an die Tür des Lehrerzimmers fiel energischer aus, als ich es beabsichtigt hatte. Das »Herein« warteten wir erst gar nicht ab, sondern rissen die Tür auf und stürmten hinein. Dad, der mit dem Rücken zur Tür saß, schreckte auf und drehte sich um. Was er sah, waren zwei Gesichter, in denen Panik stand.

»Was ist passiert?« Sein Blick war voller Ungeduld, da wir nicht sofort antworteten. Aber da war noch etwas in seinem Gesicht. Es war die Erkenntnis, dass es ums Springen ging.

So kam ich gleich zum Punkt. »Mats ist beim Springen gegen eine Wand geknallt. Dabei sind die Nebenwirkungen ausgebrochen.«

Dad ließ seinen Stift fallen, stand auf und sah mich ungläubig an. »Gegen eine Wand?« Er konnte es nicht glauben, denn er wiederholte seine Frage. »Er ist gegen eine Wand gesprungen?«

»Hab ich doch gesagt, Dad.«

»Und wohin hatte er vorgehabt zu springen?«

»Auf die ›True Love‹.«

»Was soll das sein?«

»Eine Jacht.«

»Mats hat eine Jacht?«

»Nein, Dad.«

»Ist es die Jacht seiner Eltern?«

»Dad, das ist jetzt nicht wichtig.« Ich versuchte nicht beschämt dreinzusehen und mir nicht anmerken zu lassen, dass Mats bei einem versuchten Einbruch gegen die Wand geknallt war.

Was auch immer sich Dad in diesem Moment dachte, er ließ es mich nicht wissen. »Wo ist Mats jetzt?«

Tristan kam mir zu Hilfe. »Zuhause, Herr Mattis, in unserer WG.«

»Ist er allein?«

»Nein, Luis und Finn sind bei ihm.«
»Gut so.« Mit wenigen Handgriffen stapelte Dad die Hefte aufeinander, legte seine Stifte in sein abgegriffenes Federpennal und murmelte, dass wir Silicium brauchen würden.
»Dann lass uns nach oben gehen und uns eines aus dem Chemiesaal holen.« Kaum hatte ich meinen Vorschlag unterbreitet, machte ich schon einen Schritt auf die Tür zu. Dad folgte mir nicht und so hielt auch ich inne. Fragend drehte ich mich um und sah in Dads nachdenkliches Gesicht
»Das kannst du vergessen, Emma. Silicium aus dem Chemiesaal ist Geschichte. Unser letzter Einbruch ist nicht unbemerkt geblieben.«
»Was soll das heißen, Herr Mattis?« In Tristans Stimme schwang echte Panik mit, rannte uns doch langsam die Zeit davon.
»Dem Mayer ist aufgefallen, dass etwas vom Silicium fehlt. Da es sich weder um einen Suchtstoff noch um eine gefährliche Substanz handelt, beschloss die Schulleitung, es nicht an die große Glocke zu hängen. Nur blöderweise ist der Sohn vom Mayer ein kleiner Technikfreak, der sich mit der Installation von Kameras auskennt.«
»Und was heißt das jetzt?«
Dad sah mich eindringlich an. »Das heißt, dass wir eine andere Lösung brauchen.«
Die Tür ging auf und Professor Haupt, einer der Deutschlehrer, steckte den Kopf herein. Und sein Blick fiel direkt auf mich. Er hatte sicher nicht erwartet, zwei Schüler im Lehrerzimmer anzutreffen und machte eine strenge Miene. Dann erblickte er hinter mir Dad und sein strenger Ausdruck verpuffte. »Ah, du bist es, Peter. Hab mich schon gefragt, wen es an einem Sonntag sonst noch in die Schule verschlagen hat.« Neugierig ging sein Blick zwischen uns dreien hin und her, aber, nachdem kei-

ner auch nur vorhatte, ihm irgendetwas zu verraten, zog er seinen Kopf wieder zurück. »Dann will ich nicht länger stören, außer, ich kann dir bei etwas behilflich sein, Peter?«
Dad winkte freundlich ab. »Das ist sehr nett von dir, Emmerich, aber wir sind ohnehin schon beim Gehen. Ich hoffe, du musst auch nicht mehr allzu lange bleiben. Immerhin haben wir Sonntag.«
»Nein, nein, ich war nur hier, um etwas zu holen.«
»Na, dann ist es ja gut!«
Professor Haupt stand noch immer in der Tür. Am liebsten hätte ich sie ihm vor der Nase zugeschlagen. Wir hatten jetzt echt keine Zeit für mühsame Unterhaltungen wie diese. Aber schließlich kam er selbst auf die Idee, endlich eine Fliege zu machen und Dad fuhr mit seinen Überlegungen fort. Dieses Mal jedoch im Flüsterton.
»Hört mal zu ihr zwei. Ich vermute, Mats ist nicht gegen eine Wand gekracht, sondern gegen Wasser.«
Tristan lehnte sich an einen der Tische, zog mich zu ihm und sah Dad dabei bestimmt an. »Aber, Herr Mattis, wir springen andauernd ans Wasser und hatten dabei nie Probleme.«
»Ja, aber genau darin liegt der Unterschied, Tristan. An Wasser zu springen ist nicht dasselbe wie auf Wasser. Unwahren ist es nämlich nicht möglich, sich auf Wasser zu teleportieren. Es ist, als ob man gegen eine Wand läuft.«
Aber natürlich! Das war der Grund, warum Loki sein ganzes erpresstes Geld auf einem Boot hortete. Solange er die Verbindung zum Anlegesteg gekappt hielt, konnte er sichergehen, von seinem angeheuerten Gefolge nicht beklaut zu werden.
»Was hatte Mats auf dieser Jacht überhaupt zu suchen?« Seine Stimmlage verriet mir, dass er bereits ahnte, dass es sich nicht um einen reinen Freundschaftsbesuch gehandelt hatte. Er zog seine linke Augenbraue nach oben. »Wart ihr dabei?«

Ich nickte und senkte umgehend meinen Kopf aus Angst, er könnte meine Gedanken lesen
Doch Dad ließ nicht locker. »Und?«, drängte er, »möchtest du mir vielleicht etwas sagen?«
Ich schaute wieder auf. Dad sah gar nicht böse aus, vielmehr wirkten seine Augen ermutigend.
»Wir machen nichts Verbotenes, Dad.«
Ich konnte Tristan hinter mir schnauben hören. Was glaubte er denn? Dass ich Dad die ganze Geschichte erzählen würde? Dann könnten wir gleich alles so gut wie abblasen. Tristan konnte ja auch leicht seufzen, seine Eltern würden ihm das Springen sicher nicht verbieten. Immerhin wussten sie ja nicht einmal etwas davon.
Dads Augen leuchteten ermutigend, endlich mit Details herauszurücken. »Wir hatten eine Abmachung, Emma.«
In mir begann Trotz hochzusteigen. »Ich sollte mich nur nicht in Gefahr begeben. Es war keine Rede davon, dass ich mit dem Springen komplett aufhören sollte.« Kaum hatte ich die Worte ausgesprochen, war mir klar, wie lächerlich sie klangen.
»Entschuldigst du uns bitte einen Moment, Tristan? Ich möchte mit meiner Tochter kurz alleine reden.«
Tristan nickte, schob mich sanft von sich und schenkte mir dabei einen aufmunternden Blick. »Ich warte draußen auf dich.«
Dann war er weg.
Ich hielt meine Augen auf die geschlossene Tür, als Dad zu seiner Standpauke ansetzte. Denn was sollte es sonst sein, wo er Tristan nicht dabeihaben wollte.
»Emma, was rennt hier ab?«
»Ich weiß nicht, was du meinst, Dad.« Scheiße, wie kam ich aus dieser blöden Lüge nur je wieder raus.
»Mom und ich machen uns Gedanken. Du hast doch sonst keine Geheimnisse vor uns, oder?«

»Dad, ihr braucht euch wirklich keine Sorgen um mich zu machen. Ich habe alles im Griff.« Ich vermute, in diesem Moment war ich davon sogar wirklich überzeugt. »Der Einzige, um den wir uns im Moment kümmern sollten, ist Mats.«

Dad sah mich lange an. Die Stille zwischen uns war unerträglich. Dann atmete er durch die Nase aus und fuhr sich durch die Haare. »Ich vertraue dir. Aber egal, was es ist, komm bitte auf uns zu, wenn es so weit ist, okay?«

»Danke, Dad.« Mein Magen zog sich zusammen und mir fiel ein, dass ich bis jetzt nichts gegessen hatte.

»Ich kenne da jemanden, der uns mit Silicium aushelfen kann. Ich möchte allerdings, dass du mich dorthin begleitest. Dieses Mal jedoch wird es anders ablaufen, damit du das weißt. Ich werde mich weder als Mats Vater ausgeben noch dabei behilflich sein, die ganze Sache zu vertuschen. Sollte es Mats bis morgen nicht besser gehen, werde ich mich mit seinen Eltern in Verbindung setzen müssen.« Er machte einen Schritt auf die geschlossene Lehrerzimmertür zu. »Tristan soll erst mal nach Hause gehen. Sobald wir das Silicium haben, kommen wir nach.«

»Kann er denn nicht mitkommen?«

Dads Blick war Antwort genug und so schickten wir Tristan nach Hause.

»Wohin springen wir jetzt?«

»Wirst du gleich sehen.«

Mit Dad zu springen fühlte sich ganz anders an. Statt der mir vertraut gewordenen Schwärze umfing mich ein knalliges Rot und die kurze Zeit, die uns die ungewohnt kräftige Farbe umgab, kam mir nicht wie wenige Sekunden, sondern lediglich wie Hundertstel vor. Es war, als sprängen wir mit solch einer Geschwindigkeit, dass mich sogar ein leichtes Schwindelgefühl überkam, als wir landeten. Mir entfuhr ein »Hui« und

Dad lächelte mir verschmitzt zu. In seinen Augen blitzte Zufriedenheit, darüber, seine Tochter offenbar beeindruckt zu haben. Ich lächelte zurück. Doch es war nicht nur sein Ausdruck, der meine Mundwinkel nach oben gingen ließ, sondern es war euch dieser vertraute Geruch, der mir sofort in die Nase stieg. Überhaupt wirkte hier vieles vertraut. Die Lichtstimmung, sogar das Stiegenhaus kam mit bekannt vor. Und dann wusste ich es. Wir waren zuhause. Besser gesagt, wir befanden uns in unserem alten Zuhause in der Upper East Side.
»Dad, was machen wir denn hier?« Er schmunzelte noch immer.
»Wir läuten jetzt bei der alten Ms Beacon und bitten sie um ein wenig Silicium.«
Ungläubig riss ich die Augen auf. Ich hatte mich jetzt aber nicht verhört, oder? Die alte Ms Beacon war eine Springerin?
»Jetzt schau nicht so. Es gibt jede Menge Springer um uns herum. Wir umgeben uns immer mit unseresgleichen.«
Taten wir das denn?
»Ich hatte zwar nicht vor, mich jemals wieder mit solch einem Anliegen an die alte Ms Beacon zu wenden, aber wer hätte damals wissen können, dass du einmal in denselben Schwierigkeiten stecken wirst wie ich?«
Dad betätigte die Glocke und sofort mischte sich in deren unangenehmen Klang das Kläffen von kleinen Hunden.
Ich grinste. »Die gibt's also noch.« Ich sah gebannt zur Tür, denn jetzt, wo ich wusste, dass die alte Frau ebenfalls eine Springerin war, erwartete ich irgendwie eine veränderte Person anzutreffen. Als sich die Tür öffnete, kam dieselbe gebückte Dame heraus wie wenige Monate zuvor. Mit ihrem wachen Blick musterte sie uns von unten nach oben.
»Na, da sieh einer an. Peter mit seiner Emma.« Sie taxierte mich. »Dann ist es also so weit, hm?«

Dad antwortete mit einem Nicken. »Ja, Ms Beacon.« Was war so weit? Wovon sprachen die beiden da? Ihren Blick hielt sie weiterhin auf mich gerichtet. »Sie ist noch hübscher geworden.«

Hallo? Ich stehe auch hier! Man muss nicht in dritter Person über mich sprechen!

»Das ist sie.« In Dads Stimme lag Stolz. »Dürfen wir kurz reinkommen, Ms Beacon?« Doch die Alte machte keine Anstalten, uns vorbeizulassen. So schielte Dad an ihr vorbei und versuchte einen Blick in das Apartment zu erhaschen. »Ich hoffe, wir stören nicht.«

»Ihr stört schon, aber kommt trotzdem rein.« Dann machte sie einen Schritt zur Seite und ließ uns eintreten.

Auf jedem Tisch, in jeder Nische, einfach überall, standen kitschige Porzellanfiguren. Als Kind hatte ich sie immer bestaunt, wurde ermahnt, keine von ihnen anzufassen, sie nicht kaputt zu machen. Erst heute erkannte ich deren Bedeutung, verstand, dass es sich dabei um Sammlerstücke aus der ganzen Welt handelte. Im Wohnzimmer, auf einem durchgewetzten, dunkelgrünen Sofa, nahmen wir Platz. Auch hier war alles mit Figuren zugestellt. Ihre drei Pudel hingegen waren echt. Sie legten sich zu ihren Füßen, mit dem Kläffen hatten sie aufgehört. So ruhig und zusammengerollt wie sie nun dalagen, sahen sie richtig süß aus.

»Da du mich in Begleitung deiner hübschen Tochter besuchst, nehme ich an, dass deine Tochter eine Erbin ist, hab ich Recht, Peter?«

»Das nehmen Sie richtig an, Ms Beacon.«

»Ich vermute, jemand steckt in Schwierigkeiten?« Dabei warf sie mir einen vorwurfsvollen Blick zu. Moment mal, dachte diese alte Frau etwa, ich hatte jemanden in Schwierigkeiten gebracht?

Sie wandte sich wieder Dad zu. »Du weißt, wo du es findest, Peter. Nur zu, bedien dich!«

Dad erhob sich dankend, bedeutete mir mit einer Handbewegung, einstweilen sitzen zu bleiben und hier auf ihn zu warten. Dann verschwand er hinter dem Durchgang und ließ mich mit der alten Dame und ihren drei Hunden alleine zurück. Trotz oder vielleicht wegen ihrer zierlichen Erscheinung machte diese Frau auf mich einen autoritären Eindruck. Sie blickte Dad kurz hinterher, dann drehte sie sich zu mir.

»Deine Mutter hatte solche Angst, du könntest in New York City in die falschen Kreise geraten. Wie glücklich sie war, dieses schöne Haus in Österreich geerbt zu haben. Sie glaubte wohl, deinem Erbe dadurch entkommen zu können.«

»Ich weiß nicht, was Sie meinen, Ms Beacon.« Ich fühlte mich unbehaglich. Wo blieb nur Dad?

Ungehindert fuhr sie fort. »Es ist viel Geld, das in die falschen Hände geflossen ist. Und immer wieder sind es die Unwissenden, die dieses krumme Spiel nicht verebben lassen.« Sie hob ihren vom Alter leicht krummen Zeigefinger. An ihm steckte ein großer Ring. »Sei vorsichtig, mein Kind. Du weißt lange nicht alles über das Springen. So vieles musst du erst lernen.«

Wovon sprach die Alte nur? Dad hatte nie auch nur ein einziges Wort über das Lernen fallen gelassen. Dann war es still zwischen uns. Ich betrachtete diese vielen Figuren, die mich schließlich auf eine Idee brachten.

»Ms Beacon, kennen Sie einen Loki?« Ich flüsterte.

»Aber natürlich, mein Kind. Ein Unwahrer, der es mit Geschick versteht, niemals an den verheerenden Nebenwirkungen zu erkranken.« Sie drehte sich zu dem Durchgang, durch den Dad vorhin gegangen war. Vielleicht wollte sie sichergehen, dass Dad von unserem Gespräch nichts mitbekam. »Ich bin schon so alt, da hat man einen gewissen Überblick.«

Ich sagte nichts, aus Angst, sie könnte dadurch mit dem Erzählen aufhören.
»Loki hat viele Namen. Er ändert sie ständig. Ich bin mir sogar sicher, dass du ihm schon einmal begegnet bist. Soweit ich weiß, müsste er etwa in deinem Alter sein.«
Ich sah sie überrascht an. »Sie meinen, Loki ist ein Teenager?«
»Ja, das denke ich, mein Kind. Auf alle Fälle ist er ein törichter Bengel, der seinesgleichen sucht.«
Dann betrat Dad das Zimmer und unser Gespräch über Loki war schlagartig beendet. »Da bist du ja wieder, Peter. Hast du gefunden, was du gesucht hast?«
Dad zeigt auf seinen Rucksack. »Alles da drinnen, Ms Beacon. Und keine Sorge, ich hab nicht alles mitgenommen.«
»Davon bin ich ausgegangen, Peter.« Ms Beacon erhob sich von der alten Couch und ging, gefolgt von den drei Hunden, aus dem Raum. Dad winkte mich zu ihm und wir folgten ihr in den Flur.
»Wäre unhöflich, nicht durch die Tür zu treten, nicht wahr Peter?« Das wohl so viel bedeutete, uns nicht länger aufhalten zu wollen. Gleichzeitig gab sie uns zu verstehen, erst im Stiegenhaus zum Sprung anzusetzen.
Dad bedankte sich nochmals, deutete einen Handkuss an und öffnete die Eingangstür.
Mir jedoch flüsterte Ms Beacon noch etwas zu. »Du solltest dir überlegen nach New York City zurückzukehren. Wir brauchen immer talentierte Leute.«
Wir? Meinte sie etwa die anderen Springer? Aber die gab es doch in Österreich auch?
Zum Fragen kam ich nicht mehr, denn Dad zeigte bereits auf seine Armbanduhr und drängte zum Gehen.
»Auf Wiedersehen, Ms Beacon.« Mit dieser Verabschiedung ließ ich mein ehemaliges Zuhause zurück.

»Zum Glück, da seid ihr wieder!« Tristan fiel mir um den Hals. »Wo wart ihr denn?«

»Erzähl ich dir später.«

Finn und Luis traten zur Seite, um Dad durchzulassen.

Er griff Mats an die Stirn und fühlte seinen Puls. »Wie lange ist er bereits ohne Bewusstsein?«

»Schon eine ganze Weile, Herr Mattis.« In Finns Augen traten Tränen.

»Das ist nicht gut.« Mehr sagte Dad nicht. Er injizierte das Silicium, dann nahm er wieder Mats' Hand und befühlte seinen Puls. Er stand eine ganze Weile so da und sagte kein Wort.

»Sollte es Mats morgen Früh nicht besser gehen, werden wir ihn ins Krankenhaus bringen müssen. Ich komme morgen vor dem Unterricht vorbei und werde nach ihm sehen.«

»Und was werden wir dieses Mal den Ärzten erzählen?« Finn klang verzweifelt.

»Dasselbe wie bei dir, Finn. Wir sagen ihnen nichts. Gegen die Nebenwirkungen hat er das nötige Silicium im Blut und um den Rest werden sich die Ärzte bestmöglich kümmern. Dessen bin ich mir sicher.« Behutsam ließ Dad Mats' Hand aufs Bett sinken und ergriff stattdessen meine. »Komm Emma, wir gehen!«

»Aber ...«

»Dieses Mal kein aber. Ich möchte, dass du jetzt mit mir nach Hause kommst. Es ist schon spät. Gute Nacht, Jungs.«

Ich lag in meinem Bett, an Schlafen war nicht zu denken. Tausend Gedanken schossen durch meinen Kopf. Ich nahm mein Handy in die Hand, um Tristan zu schreiben, als das Display sein helles Licht in den dunklen Raum warf. Gedankenübertragung.

T: Schläfst du schon?
E: Nein.
T: Soll ich kommen?
E: Lieber nicht.
T: Ist es wegen deines Dads?
E: Ja.
T: Hast du es ihm erzählt?
E: Ja.
T: Finde ich gut.
E: Wirklich?
T: Alleine gegen einen Haufen linker Typen hätte ohnehin nicht geklappt.
E: Wahrscheinlich nicht.
T: Mats ist ohnehin raus.
E: Konntest du schon mit deiner Mom reden?
T: Noch nicht. Irgendwann vielleicht.
E: Vermisse dich.
T: Ich dich auch. Schlaf gut.
E: Du auch.

Mit einem guten Gefühl legte ich mein Handy auf mein Nachtkästchen. Dann leuchtete mein Display erneut auf. Offensichtlich war Tristan noch etwas eingefallen. Aber es war nicht Tristan.

L: Hi, Süße. Alles gut bei dir? Hab versucht Luis zu erreichen, aber er geht nicht ran. Weißt du was von ihm?
E: Er ist mit den anderen bei Mats. Mats hat Nebenwirkungen. Sorry, hatte bis jetzt keine Zeit, dir zu schreiben.
L: Kann ich was tun?
E: Ich denke nicht. Alles, was wir laut Dad machen können, ist abwarten. Ich bin übrigens vorerst raus. Ich hab's Dad erzählt.

L: Heißt das, du darfst gar nicht mehr springen?
E: Vorerst nicht. Er will erst mal abwarten, wie es mit Mats weitergeht. Aber in Wahrheit …

Dieser Gedanke kreiste schon die ganze Zeit in meinem Kopf.

E: … kann Dad gar nicht wirklich kontrollieren, ob ich springe oder nicht.

Wir schrieben noch eine Weile hin und her. Kurz hatte ich überlegt, Lina einfach anzurufen, weil mir von dem ganzen Tippen schon die Finger wehtaten. Aber, als sie erwähnte, dass nächsten Freitag das Sommer-Internats-Fest stattfand, bekam ich Angst, Lina könnte sich über mögliche Outfits unterhalten wollen. Daher ließ ich es schlussendlich bleiben. Es muss gegen Mitternacht gewesen sein, als ich endlich einschlafen konnte.

Kapitel 20

Kann ich zu den Jungs mitkommen, Dad?« Dad stellte gerade seine Kaffeetasse in den Geschirrspüler. Ich stand direkt neben ihm, sprach ganz leise, damit uns Mom, Jacob und Olivia nicht hören konnten. Doch Mom gesellte sich zu uns.

»Was flüstert ihr denn da? Habt ihr zwei etwa Geheimnisse vor mir?«

Das Wort Geheimnisse zog Jacob an wie das Licht die Motten. Aufgeregt hopste auch er zu uns. »Geheimnisse? Welche Geheimnisse?«

Dad warf die Klappe des Geschirrspülers mit etwas zu viel Schwung zu und bedachte mich mit einem Blick, der meine vorhin gestellte Frage wortlos mit einem Nein beantwortete. Anschließend klopfte er Jacob auf die Schulter. »Wer wird denn gleich von Geheimnissen sprechen.« Dann gab er Mom einen Kuss auf die Wange und machte sich daran, die Küche zu verlassen. »Ich muss los, Leute.«

»Was, jetzt schon?« Mom zeigte sich überrascht. »Du fängst montags sonst immer später an.«

»Ich muss noch etwas erledigen.« Er kam nochmals zurück und flüsterte Mom etwas ins Ohr, was Jacob zum Hochspringen brachte.

»Ihr habt doch Geheimnisse!«

Ich folgte Dad ins Vorzimmer und fragte ihn abermals, ob ich ihn nicht begleiten konnte. Er blickte auf seine Armbanduhr, ehe er mich unverwandt ansah. »Soweit ich weiß, beginnt die Schule für dich heute ganz normal. Wir sehen uns dann dort.«

Auch wenn er Recht hatte, ich war trotzdem beleidigt, lief in mein Zimmer und holte meine Schulsachen.

Später erfuhr ich von Tristan und Luis, dass Dad klasse gewesen war. Mats' Zustand war nach wie vor kritisch und es bedurfte Dads Beziehungen zu einem befreundeten Springer-Arzt, damit Mats im Krankenhaus die richtige medizinische Hilfe bekam. Ich war überrascht, dass Dad so gut vernetzt war und fragte mich, wo dieser Arzt auf einmal hergekommen war. Aber das wussten die Jungs auch nicht. Jedenfalls war ich unglaublich stolz darauf, so einen Dad zu haben.

Finn kam am nächsten Tag nicht zur Schule. Den Tag darauf auch nicht. Aufgebracht erzählte mir Tristan, dass Finn seine Sachen gepackt und vorübergehend zu seinen Eltern gezogen war. Er wollte die Zeit, die Mats im Krankenhaus verbrachte, bei seinen Eltern verbringen und ihnen beistehen. Keiner von uns hatte auch nur eine Idee davon, welche Geschichte seinen Eltern erzählt wurde, ob sie sogar über das Springen Bescheid wussten. Finn hatte vor seinem Auszug nicht mehr darüber gesprochen und war nun komplett untergetaucht. Tristan hatte versucht ihn zu erreichen, aber Finn ging nicht ans Telefon.
Luis hingegen sprach zwar mit uns, aber im Moment wirkte er in sich gekehrt. Vielleicht ging es ihm nicht anders als Tristan, dessen Gedanken des Öfteren zu dem Schiff und den Geschehnissen rund um Loki wanderten. Die kleine Nebensache, dass Loki noch immer kein Gesicht hatte, hielt ihn davon nicht ab. Ich ertappte mich dabei, wie ich mir Vorwürfe machte, ihm von Ms Beacons Wissen über diesen Möchtegern-Thor-Bruder erzählt zu haben. Darüber, dass Loki ebenfalls Teenager war und aller Wahrscheinlichkeit nach ein Unwahrer. Tristan hatte Feuer gefangen und war mehr denn je der Überzeugung, Loki besiegen zu müssen und viel wichtiger, ihn besiegen zu können. Er wollte die Suche nach ihm nicht aufgeben.
Was mich betraf, ich war vorerst raus aus dem Spring-Thema. Dad hatte mir verboten zu springen, verlangte von mir, bis

zum Wochenende eine Pause einzulegen. Das waren vier lange Tage, in denen ich mich in Abstinenz zu üben hatte. Er kündigte an, sich danach zusammensetzen zu wollen, um mit mir meine Zukunft zu besprechen.

Das Schuljahr neigte sich dem Ende zu und wie alle anderen Professoren auch, steckte er in den Korrekturarbeiten der Abschlussprüfungen. Für eine Kontrolle über mein Handeln fehlte ihm somit die Zeit. Aber, mal ehrlich, er brauchte mich auch gar nicht zu überwachen. Ich meine, der ganze Trubel, die ganzen negativen Storys, wer dachte da schon ans Springen? Gerade ein einziges Mal schaffte ich es all den Negativkram zu vergessen und erlag der Versuchung, gemeinsam mit Tristan an die Algarve zu springen. Aber einmal ist ja keinmal und trotzdem wäre ich beinahe aufgeflogen, weil ich meine Sonnencreme vergessen und mir einen leichten Sonnenbrand eingefangen hatte.

Die anderen drei Male zählten weitaus weniger. Waren sozusagen nicht mal ein keinmal. Immerhin handelte es sich dabei nicht um richtige Sprünge, es waren lediglich kurze Aufenthalte in der Jungen-WG gewesen. Dad hätte bestimmt nichts dagegen gehabt, dass ich nicht zu Fuß zu Tristan spaziert war.

Es war nur noch ein einziger Tag bis zu meinem Gespräch mit Dad und zwei langweilige Schulstunden bis zum heißersehnten Wochenende. Endlich läutete es zur Pause und Lina und ich kamen schließlich dazu, uns ungestört zu unterhalten.

»Was von Finn gehört?«

Lina wusste leider auch nichts Neues. »Nein, Luis bekommt ihn nicht ans Telefon. Weißt du was von Mats?«

»Nichts, was du nicht eh schon weißt. Als Tristan gestern zu ihm ins Krankenzimmer gesprungen war, war er noch immer ohne Bewusstsein. Und Finn klärt ihn nicht über Mats' Krankenverlauf auf, weil er gar nicht ans Telefon geht.«

»Ist Finn denn jetzt so richtig aus der WG ausgezogen?«

Ich zuckte mit den Schultern. »Vorerst ist er jedenfalls wieder bei seinen Eltern eingezogen. Ob das für immer ist, weiß keiner so genau.«

»Und was passiert mit dem ganzen Geld in Mats' Kleiderschrank?«

»Das fragst du mich? Keine Ahnung! Soweit ich weiß, lag es gestern noch unangetastet drinnen. Man kann nur hoffen, dass seine Eltern nicht auf die geniale Idee kommen werden, Mats' Sachen irgendwann abzuholen.«

Lina schob mir eine Haarsträhne hinter die Schulter und bedachte mich dabei mit einem sorgenvollen Blick. »Dir geht das alles ziemlich nahe, nicht wahr Süße?«

Ich rang mir ein Lächeln ab und fragte mich, ob nahegehen das richtige Wort für das Tohuwabohu in meinem Kopf war. Wahrscheinlich war es mehr als nur das.

»Gehst du trotzdem auf die Party heute?« In Linas Blick blitzte Hoffnung auf, ihre Stimme hatte den singenden Klang einer Bitte. Plötzlich stieg in mir der Wunsch nach Normalität auf und der Besuch dieser Party erschien mir eine Möglichkeit zu sein, mir diesen Wunsch erfüllen zu können.

Lina bemerkte mein Zögern, sprach aber trotzdem weiter. »Ich werde auf jeden Fall hingehen und außerdem habe ich es Nikolas versprochen.« Sie nickte in seine Richtung, senkte dabei ihre Stimme. »Nikolas ist total geknickt. Ich weiß ja nicht, was da zwischen ihm und Finn gelaufen ist. Aber die Tatsache, dass sich Finn nicht mehr bei ihm meldet, kränkt ihn sehr. Stell dir nur vor, Nikolas hat ja keine Ahnung von dem ganzen Zeug.«

»Mmh.« Für mehr war ich im Moment nicht imstande, denn

gedanklich war ich am Abwägen, ob ich auf diese Party gehen sollte oder nicht.

Tristan hatte mir am Vortag offenbart, dass er wie beim letzten Mal auf eine Familienfeier geladen war. »Warum muss das auch jedes Mal zusammenfallen?«, hatte er mir entschuldigend ins Ohr geflüstert. »Aber du kannst ja hingehen und ich komme nach. Aber nur, wenn du mir versprichst, nicht wieder mit diesem komischen Typen zu flirten.« Es hatte einen Moment gebraucht, ehe mir klar geworden war, wen er mit komischem Typen gemeint hatte.

»Du meinst jetzt aber nicht Lionel, oder? Mit dem habe ich ja gar nicht geflirtet!« Dabei hatte ich mich auf den Bauch gedreht und Tristan dabei tief in die Augen gesehen. Es hatte mir gefallen, dass er so etwas wie Besitzansprüche stellte. »Ich weiß nicht einmal, ob Lionel überhaupt kommen wird.« Tristan hatte begonnen mit meinen Haaren zu spielen und mir einen Kuss auf meine Nasenspitze gegeben. »Aber dieser seltsame Typ wohnt im Internat. Der wird bestimmt auch dort sein.« Wieder ein Kuss auf meine Nase. »Vielleicht sollte ich dir doch verbieten auf diese Party zu gehen.« Dabei hatte er gelacht und mich dieses Mal auf die Lippen geküsst. Den Gedanken an die Party hatte ich zur Seite geschoben.

Lina hatte noch immer diesen hoffnungsvollen Blick. So einen, der mir sagte, wie nett es wäre, wieder einmal etwas mit der besten Freundin zu unternehmen.

»Du musst mir aber beim Outfit helfen.« Meine Mundwinkel gingen nach oben. »Ich habe nämlich keine Ahnung, was ich anziehen soll.«

»Heißt das, du kommst?« Lina fiel mir um den Hals und unser Physiklehrer betrat die Klasse. Das Planen des Outfits musste somit warten.

Nach Unterrichtsende versprach mir Lina, mich gegen acht

Uhr abends abzuholen. »Süße, sonst verläufst du dich am Ende.« Mit einem Küsschen auf die Wange trennten sich für diesen Nachmittag unsere Wege.

Zuhause stellte ich überrascht fest, dass unsere Haustür unversperrt war. Moms Sandalen sprangen mir sofort in die Augen und als ich ein »Hallo?« ins Haus schickte, kam sie beschwingt in den Vorraum geeilt.

»Hallo, mein Schätzchen! Ich dachte mir, ich schmeiße heute einfach mal alles früher hin und schaue, was passiert. Wie war's in der Schule?«

Sofort klingelten alle Alarmglocken. Zielte sie mit dieser Frage auf etwas Bestimmtes ab? Ich versuchte in ihrem Gesicht zu lesen, versuchte abzuschätzen, was sie wusste und was nicht. Aber alles, was ich finden konnte, war gute Laune, und so erzählte ich ihr Anekdoten über meinen Schulalltag.

»Ich bin gerade am Kochen. Magst du mir vielleicht dabei helfen?« So wurden die Schulgeschichten zu Kochfragen, in denen Salz- und Ölmengen sowie die Auswahl an passenden Gewürzen besprochen wurden.

»Übrigens.« Mom rührte geübt in unserem Curry-Experiment. »Andrea hat mich heute auf dich angesprochen.«

Ich war gerade dabei den Salat zu waschen und fragte mich, wer Andrea war.

»Du weißt schon, die Mutter von Stella. Letztens beim Abendessen ...«

Ach ja, die Hausbewunderin.

Als sich Mom sicher war, dass ich Bescheid wusste, fuhr sie fort. »Ich glaube, Andrea ist ein wenig verzweifelt. Sie klagt, dass Stella ständig müde ist und dass ihre schulischen Leistungen so nachgelassen haben. Sie wollte wissen, ob du zurzeit auch auf dieser Welle schwimmst. Dann hätte sie Stellas

Verhalten wohl auf irgendeine Entwicklungsphase geschoben. Aber keine Sorge, ich habe verneint.«

Mom nahm ein wenig Curry auf den Löffel und hielt ihn mir zum Kosten hin. »Probier mal. Aber Vorsicht, heiß!« Mit einem hastigen Griff zu meinem Wasserglas, um mir die brennende Zunge zu löschen, war das Thema Stella beendet.

»Mom, ich gehe heute auf die Internatsparty.«

Ich dürfte Mom damit überrascht haben. »Ich dachte, du wolltest nicht gehen. Tristan ist doch bei dieser Familienfeier.« Sie sah mich fragend an, dann wandte sie sich den geschnittenen Tomatenscheiben zu, gab sie zu dem Salat, den ich eben noch gewaschen hatte, und leerte schließlich Olivenöl darüber.

»Ich gehe mit Lina hin. Wir haben ohnehin zu wenig Zeit für uns. Ich meine natürlich abseits der Schule.«

Sechs Stunden später war es an der Zeit, mich ans Styling zu machen, das ich vorab mit Lina am Telefon abgeklärt hatte. Ich wollte Lina bereits im Vorhof abfangen, hoffte zu umgehen, dass meine Eltern auf die Idee kamen, Lina etwas zu trinken anzubieten. Denn heute fieberte ich einfach nur nach Rauskommen, Tanzen und einer guten Zeit mit meiner besten Freundin. So schlüpfte ich noch vor Linas Läuten durch die Terrassentür und verabschiedete mich von Mom und Dad, die mit Jacob im Garten saßen. Sie spielten Uno. Mom wünschte mir einen schönen Abend, Jacob murmelte etwas, ohne dabei von seinem Kartenblatt aufzusehen, nur Dad sagte nichts. Bereits beim Abendessen war er ungewöhnlich ruhig gewesen. Gerade als ich wieder kehrtmachte, rief mir Dad nach, nicht auf unser Gespräch am Wochenende zu vergessen. Ich nickte und sah Mom, wie sie Dad mit einem fragenden Blick ansah. Es wirkte auf mich, als ob Dad dichtgehalten und die Sache mit mir alleine regeln wollte.

Lina wartete bereits vor dem Gartentor und wieder einmal musste ich feststellen, wie gut meine Freundin mit ihrem rabenschwarzen Bubikopf und ihren dunkel geschminkten Augen aussah.
Ich selbst hatte mich für ein kurzes, schwarzes Sommerkleid und für meine abgewetzte Lederjacke entschieden. Meine Haare trug ich offen. Sie reichten mir weit über meine Schultern und ich hoffte, es würde nicht allzu lange dauern, bis Tristan auch an diesem Abend mit einer meiner Strähnen spielen würde.
Lina und ich hatten darauf geachtet, auf der Party nicht unter den Ersten zu sein. Trotzdem konnten wir noch kein einziges bekanntes Gesicht ausmachen. Nicht mal Luis oder Nikolas waren irgendwo zu sehen. Aber das störte uns nicht. Die Musik war noch nicht auf Anschlag gedreht und so plauderten wir, als hätten wir uns seit Wochen nicht gesehen. Langsam und halb tanzend bewegten wir uns Richtung Bar. Ich lehnte mich gerade über den Tresen, als mir jemand von hinten etwas ins Ohr flüsterte. Es war eine männliche Stimme mit französischem Akzent. Ich wusste sofort, wer es war.
»Dasselbe wie beim letzten Mal?« Ich drehte mich um, tat es abrupt und berührte beinahe Lionels Lippen. Er war zwar um einiges größer als ich, aber da er nach vorne gebückt dastand, befanden sich unsere Köpfe auf gleicher Höhe. Erschrocken wich ich nach hinten, Lionel hingegen befand unsere körperliche Nähe als begrüßenswert, denn er lächelte. »Wenn isch misch rischtig erinnere, dann war es ein Glas Weißwein, nischt wahr?«
Und obwohl wir zu eng beisammenstanden und sein Gesicht dem meinem viel zu nahe war, spiegelte mein Ausdruck automatisch den seinen, und so stahl sich auf meine Lippen ebenfalls ein Lächeln. Ich nickte und ließ mir von Lionel ein Glas

Wein bestellen. Ich sah an ihm vorbei, wollte Lina fragen, ob sie sich nicht auch ein Getränk mitbestellen lassen wollte, aber dann entdeckte ich Luis, der eben aufgetaucht sein musste und sich bereits angeregt mit Lina unterhielt. Soweit zum Thema beste-Freundinnen-Abend. Lionel reichte mir das Glas Wein. Er lächelte noch immer.

»Und, wie fühlst du disch so? Hast du ausch schon alle Prüfungen hinter dir?«

»Ja, das Schuljahr ist so gut wie gelaufen. Und bei dir?«

Er ließ mich wissen, dass sich sein Österreichaufenthalt nun dem Ende zuneigte. Er überlegte, den Sommer in Österreich zu verbringen, bevor er sich zurück nach Frankreich begeben wollte. Seinen Platz im Internat hatte er jedenfalls nicht gekündigt.

»Möschtest du vielleischt tanzen?«

Ich schielte zu Lina, denn eigentlich wäre das Tanzen der Plan von uns beiden gewesen. Doch dann sah ich sie in den Armen von Luis. Ich warf einen kurzen Blick auf meine Armbanduhr. Bis Tristans Ankunft würde es bestimmt noch an die zwei Stunden dauern.

Ich leerte mein Glas, dann stupste ich Lina an und gab ihr per Handzeichen zu verstehen, dass ich auf den Weg zur Tanzfläche war. Für einen kurzen Augenblick hoffte ich, sie würde mich vielleicht begleiten, aber sie wandte sich wieder Luis zu. So folgte ich unter lauter gewordenen Beats Lionel.

Sofort begann er sich im Takt zu bewegen und ich tat es ihm gleich. Ein paar Tänzer weiter konnte ich Stella erkennen, die steif auf der Tanzfläche stand und zu uns herübersah. Einen Moment lang spielte ich mit dem Gedanken, zu ihr zu gehen und sie nach Mats zu fragen. Aber dann fiel mir ein, dass die beiden nicht mehr zusammen waren und sie wahrscheinlich auch nicht wusste, wie es ihm ging. Vielleicht wusste sie ja nicht einmal, dass Mats überhaupt im Krankenhaus lag.

Zugegeben, das Tanzen mit Lionel machte Spaß. Alles an ihm bewegte sich im Takt, bei bekannten Liedpassagen riss er seine Arme in die Luft und kreischte mit. Dabei bemerkte ich sein Tattoo, das mir bis dahin nie aufgefallen war. Es war nicht besonders originell, vielmehr ein geschwungenes L. Ich nahm an, dass es für Lionel stehen musste, und so beschäftigte es mich nicht weiter.
Ab und an kreuzten sich Stellas und meine Blicke und obwohl es mir das aufblitzende Licht nicht unbedingt leicht machte, glaubte ich dennoch in ihrem Gesicht einen düsteren Ausdruck zu erkennen. Irgendwie wirkte alles an ihr finster. Ihre Bewegungen und sogar ihr Zopf, der weniger schwang als sonst.
»Mir ischt heiß!« Mit rot gewordenem Gesicht beugte sich Lionel zu mir und deutete Richtung Terrasse. »Wollen wir für einen Moment rausgehen?« Es war dieselbe Terrasse, von der aus Tristan zum ersten Mal verschwunden war. Auch mir war in der Zwischenzeit warm geworden. Ich blickte Richtung Bar, versuchte Lina und Luis auszumachen, denn ehrlich gesagt hatte ich keine Lust, den ganzen Abend alleine mit Lionel zu verbringen. Ich wollte, dass Lina und Luis uns hinausbegleiteten, leider war von den beiden nichts zu sehen. Stella hingegen starrte unaufhörlich zu uns beiden herüber. Ihr Ausdruck war genauso düster wie eine Stunde zuvor. Vielleicht war es tatsächlich keine so schlechte Idee, frische Luft zu schnappen. Ich gab Lionel ein Zeichen, dass ich seine Idee für gut befand.
Beim Hinaustreten verursachte eine kühle Brise eine Gänsehaut auf meinen Armen. Mist, jetzt hätte ich meine Jacke gebraucht, aber die hing zwischen vielen anderen in der Garderobe. Egal, wir wollten ohnehin nur kurz frische Luft tanken. Ich schlang meine Arme vor meine Brust und strich an ihnen entlang, um sie ein wenig zu wärmen. Dabei bemerkte ich, wie

Lionel mich taxierte. Die Art und Weise, wie er es tat, fühlte sich unangenehm an.
Auf der Terrasse war jede Menge los. Gemurmel, Gelächter, alle schienen bester Laune zu sein. Grauer Zigarettenrauch stieg in den Himmel und irgendwo hörte man ein Glas auf dem Boden zerbersten. Lionels Augen waren noch immer auf meinem Körper geheftet und ich konnte nicht anders, als ihn anzufahren, warum er mich so anstarren würde. Mein barscher Tonfall tat mir sofort leid, doch Lionel schien es mir nicht übel zu nehmen. Auf seine Lippen stahl sich sein gewohntes Lionel-Lächeln.
»Ich frage misch schon die ganze Zeit, ob isch dir etwas zeigen soll.«
Er wollte mir etwas zeigen? Was sollte das hier draußen schon Besonderes sein? Jetzt, wo es bereits dunkel war. Lionel wollte soeben zu einer Erklärung ansetzen, als ein Typ, der nur ein kleines Stück von uns entfernt stand, seinen Namen rief. Der Typ fuchtelte mit seinen Armen, winkte uns zu sich. Anscheinend hatte Lionel keine Lust, zu ihm zu gehen, denn er flüsterte etwas Ähnliches wie: »Auf den hab isch jetzt escht keine Lust.« Dann zog mich Lionel weg. Weg von dem fuchtelnden Jungen und weg von der Menge mit dem Gemurmel und dem Gelächter.
Mir war gar nicht aufgefallen, wie weit wir uns von der Menge bereits fortbewegt hatten, als ich mich kurz umdrehte und sah, wie aus dem Licht der sich öffnenden Terrassentür eine bekannte Gestalt heraustrat. Mein Herz machte einen Satz. Ich hatte zwar das Gesicht nicht erkannt, dafür war die Distanz zu groß, diese Statur und dieser Gang konnten nur einer Person gehören. In Tristans Richtung gewandt, bewegten sich meine Füße wie von selbst, wurden immer schneller. Ich hob eine Hand, wollte winken, öffnete meinen Mund, um seinen

Namen zu rufen. Doch plötzlich spürte ich etwas Weiches, das sich in mein Gesicht drückte. War es ein Tuch? Ein stechender Geruch stieg mir in die Nase und dann wurde es um mich herum schwarz.

Kapitel 21

Ich musste einen Moment lang bewusstlos gewesen sein. Was war passiert? War ich irgendwo dagegengelaufen? Nein, bestimmt nicht. Der Gegenstand, den ich in meinem Gesicht gespürt hatte, war eindeutig ein weiches Tuch gewesen. Also nichts, woran man sich hätte stoßen können. Moment mal, das Tuch hatte einen stechenden Geruch verströmt. Oh mein Gott, ich war betäubt worden! In meinem Kopf begann sich alles zu drehen. Ich versuchte meine Augen einen Spalt weit zu öffnen, jedoch wurde mein Schwindelgefühl dadurch um Vieles stärker. Also schloss ich sie wieder. Der Versuch, meine Augen zu reiben, funktionierte ebenfalls nicht, denn aus irgendeinem Grund konnte ich meine Arme nicht bewegen. Ich spürte Panik in mir hochsteigen, aber plötzlich war da noch ein anderes Gefühl, ein angenehmes.

Auf meiner Wange ruhte eine Hand, die mich sanft zu streicheln begann. Tristan. Er hatte mich entdeckt und war zu mir geeilt. Alles war gut, ich war in Sicherheit. Die Panik verschwand. Für einen Augenblick gab ich mich der sanften Berührung hin, war beruhigt, doch mein Unterbewusstsein schien sich an etwas zu stoßen.

Moment mal … irgendetwas stimmte hier nicht. Der Duft. Es war der Duft! Die Hand roch nicht nach Meeresbrise. Unter Anstrengung zwang ich mich, meine Augen zu öffnen. Der Anblick ließ mich meinen Schwindel vergessen, das Blut stockte mir in meinen Adern. Auf mir saß Lionel. Ich lag auf einer Couch. Mit lüsternem Blick beugte er sich gerade über mich. Warum kam mir denn keiner zu Hilfe und warum konnte ich weder Stimmen noch Gelächter hören? Wo war die Party hin? Wo war überhaupt alles hin? Hier sah es ganz anders aus, als Sekunden zuvor. Kein Internatsgebäude, keine Terrasse und kein Garten. Und trotzdem kam mir die Kulisse irgendwie bekannt vor. Nur Lionel passte nicht hinein. Woher kannte ich nur diese geräumige Suite und was war das für ein Geräusch, das an mein Ohr drang? Dieses dumpfe Klopfen, das nach Wasser klang. Es hörte sich an, als würde es gegen einen Gegenstand schwappen. Mir fehlte nur ein einziges Puzzleteil, dann würde ich die Lösung finden.

Dazu kam ich nicht mehr, denn Lionel steckte mir seine Zunge in den Mund. Vollkommen irritiert und mehr intuitiv als sonst irgendetwas, biss ich mit voller Kraft zu. Lionel schreckte wimmernd zurück. Dann wollte ich ihm eine scheuern, aber ich konnte meine Arme noch immer nicht bewegen. Wild geworden, schrie ich ihn an.

»Sag mal, spinnst du? Was ist denn in dich gefahren?«

Lionel fuhr sich vorsichtig mit seinem Finger an die Zunge. Dann hielt er sich die Hand vors Auge und bemerkte das Blut, das daran haftete. »Du bist ja ein wilderes Kätzchen, als ich es mir erhofft habe.«

»Lass mich sofort los und geh verdammt noch mal von mir runter, Lionel! Was soll denn der ganze Scheiß?« Ich war vollkommen aufgebracht, geradezu panisch. Ich versuchte mich zu beruhigen, redete mir ein, dass mir nichts passieren konnte. Immerhin handelte es sich nicht um irgendwen, sondern um Lionel. Lionel, der Junge mit dem Akzent, Lionel, mit dem es Spaß machte zu tanzen.

Er stieg von mir herunter. Ich fühlte mich bestätigt, vermutete, dass es sich tatsächlich nur um einen dummen Aussetzer seinerseits gehandelt hatte. Ich wollte mich aufstützen, ihn zur Rede stellen, aber in meinen Armen war noch immer kein Gefühl. Sie lagen schlaff an meiner Seite. Lionels irrer Blick machte es mir schwer, mich zu beruhigen.

»Dein lieber Daddy hat dir wohl nicht alles erzählt, nicht wahr? Wie verantwortungslos von ihm! Da macht er einen auf Samariter, springt mit seinen Silicium-Spritzen durch die Gegend und vergisst dabei zu erwähnen, dass Silicium auch Wirkung auf euch Wahre hat. Ich habe dir etwas injiziert.« Dann begann er höhnisch zu lachen.
»Wovon sprichst du, Lionel?« Sein gekünsteltes Lachen machte mir Angst. Er verstummte und kam mir dabei so nahe, dass ich seinen Atem spüren konnte.
»Hilf mir, auch einer zu sein, Emma!« Ich versuchte erst mal meine Gedanken zu ordnen. Hatte Mühe, zu verstehen, was hier eigentlich vor sich ging. Hatte ich das richtig verstanden? Lionel war ein Springer? Ein Unwahrer? Er wollte mich, um ein Wahrer zu werden?
»Einen Scheiß werde ich tun, Lionel. Verrate mir lieber mal, warum ich meine Arme nicht bewegen kann!« Ich wollte aufspringen und weggelaufen. Aber meine Beine ließen sich ebenfalls nicht bewegen. War ich denn nun vollkommen gelähmt? Ruhig bleiben, nachdenken und ... springen. Ich schloss meine Augen und dachte an zuhause. Dort würde ich in Sicherheit sein. Ich wartete auf die lieb gewonnene Schwärze. Aber sie kam nicht. Die vorherrschende Dunkelheit bildeten allein meine geschlossenen Augenlider. Erneut hörte ich Lionel auflachen. Erneut riss ich meine Augen auf. Ich sah seinen lüsternen Blick über meinen Körper schweifen.
»Es wird dir nicht gelingen zu springen, Emma. Jetzt gehörst du mir. Sobald wir uns vereint haben, wird deine wahre Gabe auf mich überspringen und dann, ja dann stehen uns alle Wege offen!« Während er sich über mich beugte und seine Hände neben meinem Kopf platzierte, war es, als würde sein tätowiertes L zu leuchten beginnen. Dann, unerwartet und ganz plötzlich, war mir alles klar. Es war, als würde sich der Nebel der

Unwissenheit mit einem Schlag verziehen und alles, was mein Unterbewusstsein bereits geahnt hatte, an die Oberfläche treten. Er hatte jedes seiner »ch« akzentfrei ausgesprochen, der Franzose in Lionel war verschwunden.

»Du bist gar kein Franzose, nicht wahr?«

In Lionels Ausdruck zeigte sich Bewunderung. »Ich wusste, dass du nicht nur ein hübsches, sondern auch ein smartes Mädchen bist. Das wird unsere Vereinigung noch schöner machen.« Er begann an meinen Beinen entlangzustreichen. Mit einem Mal war ich froh, kein Gefühl in ihnen zu haben.

»Keine Sorge, meine Wahre, schon bald wird das Silicium seine Wirkung verlieren und du wirst jede meiner Berührungen spüren können.« Er drückte mir einen nassen Kuss auf meine Wange. Auf seinen Lippen klebte noch Blut. »Jetzt werden wir eins sein. Du und ich. Ich und du.« Mit seiner Rechten schob er meine Beine auseinander.

Panik beschreibt nicht annähernd das, was ich in diesem Moment empfand. Nachdenken, Emma! Denk nach! Ich rief mir die vielen Bücher und Filme ins Bewusstsein, jene, in denen Opfer ihren Tätern gegenüberstanden. Was machten diese nur immer, wenn sie ihnen entkommen wollten? Zumindest waren sie nicht mit Silicium vollgepumpt und konnten laufen. Viel mehr wollte mir nicht einfallen, außer, dass sie die Täter in Gespräche verwickelten. Aber worüber sollte ich mich bloß mit diesem verwandelten Lionel unterhalten? Ich starrte an die Decke, starrte an die Wände, dachte angestrengt nach. Dieser Raum mit seinen Fenstern, das dumpfe Klopfen. Na klar! Dieses monotone Geräusch waren Wellen! Wir befanden uns auf einem Boot und ich war schon einmal hier gewesen!

»Du heißt nicht Lionel. Hab ich Recht?«

Er fuhr sich mit seiner blutigen Zunge an die Lippen.

Mir graute so sehr, dass ich Mühe hatte, ihn anzusehen.

»Sprich weiter, Emma.«
»Das *L* auf deinem Unterarm steht für Loki.«
Sichtlich begeistert von meinen Gedankengängen, atmete er laut ein.
Er griff zu seinem Gürtel, bereit ihn zu öffnen.
Mir wurde übel! Vielleicht hatte das Silicium ja bereits nachgelassen? Ich musste es einfach noch einmal probieren. Ich schloss meine Augen, dachte wieder an Zuhause. Dabei fiel mir Dad ein. Warum nur hatte er nie erwähnt, dass man mit Silicium Wahre springunfähig machen konnte? Ich erinnerte mich an mein Bett, meinen Schreibtisch, an das Foto von Tristan und mir. Ich dachte so fest daran, dass ich mir sogar für einen Augenblick einbildete, Tristans Stimme zu hören. Aber das, was er sagte, passte einfach nicht zu dem harmonischen Bild in meinem Kopf. Denn er schrie: »Du Schwein!« Dann hörte ich einen Schlag und etwas zu Boden krachen. Ich unterbrach meinen verzweifelten Versuch, zu springen, und riss meine Augen auf. Was ich sah, war Tristan, der dabei war, Lionel unschädlich zu machen.
»Tristan!« Mit einem Rumms! ließ ich mich von der Couch auf den Boden fallen. Wann würde nur endlich mein Gefühl in meine Gliedmaßen zurückkehren?
»Emma, alles okay?«, rief Tristan erschrocken. Er kniete sich neben mich und drückte mich dabei fest an sich. Mein schlaffer Köper schien ihm Angst zu machen. »Was hat dieses Schwein nur mit dir gemacht?« Besorgnis lag in seinen Worten. »Ich komm nicht zu spät, oder?«
»Du kommst so etwas von rechtzeitig!« Mir gelang es sogar zu lächeln. Ich hätte so gerne seine Wangen berührt, stattdessen hing ich wie ein Sack in seinen Armen.
»Was ist mit deinem Körper? Was hat er mit dir gemacht?«
»Keine Sorge. Das vergeht wieder. Das ist nur Silicium.«

»Das ist nur Silicium? Was hat das zu bedeuten?«

»Lionel ist Loki.«

»Was?« Er klang so aufgebracht, dass ich befürchtete, sein Schreien würde Lionel wieder wecken. Doch dieser lag bewusstlos auf dem Boden.

»Tristan, Lionel ist ein Springer, ein Unwahrer. Er wollte mich benutzen, um ein Wahrer zu werden. Er war sich sicher, durch eine Vereinigung würde er einer werden.« Verwirrung huschte über Tristans wütenden Gesichtsausdruck.

»Aber, wie konnte er dich überhaupt hierherschaffen? Das Wasser müsste für ihn auch eine Wand gewesen sein.«

Wieder sah ich auf den reglosen Körper Lionels. Mir schauderte. Nur wenige Minute später und es wäre zu einer Vereinigung gekommen.

»Ich weiß es nicht, Tristan. Er hatte mich betäubt. Aber wahrscheinlich ist er mit mir auf den Steg gesprungen und hat mich den Rest getragen.« Die ganze Geschichte war schwer zu begreifen. »Was machen wir denn jetzt?«

»Mit diesem Schwein, meinst du?« Tristan deutete ein abwertendes Spucken an. »Zuerst einmal fesseln wir ihn und dann schauen wir, dass wir von hier verschwinden. Vorher sollten wir uns hier aber ein wenig umsehen.«

Er hob mich auf die Couch, bevor er begann, wie wild nach einem Strick zu suchen. Es dauerte nicht lange, bis er fündig wurde und Loki fesselte. »Wir sollten ihm jetzt Silicium verabreichen. Dadurch müsste er für alle Zeiten außer Gefecht gesetzt sein.« Was möglich gewesen wäre, hätte sich Dad ebenfalls hier befunden. Ich staunte nicht schlecht, als Tristan in die Tasche seines Kapuzenpullis griff und eine verpackte Injektionsspritze mit der linken und ein kleines Glasfläschchen mit der rechten Hand herauszog. »Ich hatte schon Angst, dass es mir kaputtgegangen sein könnte.«

»Ist das etwa Silicium? Woher hast du das?«
Er lächelte verschmitzt. »Von deinem Dad natürlich. Er hat mich quasi zu deinem persönlichen Beschützer ernannt und gemeint, dass es nicht schaden könnte, mich damit auszustatten. Als du dich auf der Party plötzlich in Nichts aufgelöst hattest, habe ich sofort das kleine Fläschchen geholt.«
»Aber woher wusstest du, dass er mich hierhergebracht hat?«
»Das hatten wir so oft probiert, weißt du nicht mehr? Ich springe dir nach und du springst mir nach. Ich bin einfach zu der Stelle gesprungen, an der du verschwunden warst und habe sofort deinen Pfad gefunden. Wenn ich gewusst hätte, was er mit dir anstellt, hätte ich auf das Silicium verzichtet und wäre dir sofort nachgesprungen! Aber auf die Entfernung hatte ich nicht erkannt, dass es Lionel bzw. Loki war, der dich mitgerissen hat.«
Ich hätte ihn so gerne in die Arme genommen, ihm gezeigt, dass alles gut war, aber meine Hände waren immer noch taub.
Dann nahmen wir das Boot auseinander, besser gesagt Tristan suchte wie wild nach Hinweisen jeglicher Art. Ich beschränkte mich darauf, ihm liegend Tipps zu geben. Neben Unmengen an Geldscheinen fanden wir jede Menge intimer Fotos von Prominenten.
»F***, was haben die nur alles geklaut? Das ist ja irre!«
Ich konnte spüren, wie die Wirkung des Siliciums nach und nach weniger wurde und schielte nervös zu Lionel, der regungslos auf dem Boden lag. Bei ihm würde es hoffentlich noch länger dauern, bis er aufwachen würde.
»Ich rufe jetzt Dad an.«
Tristan zögerte. »Und wenn wir einfach von hier verschwinden?«
»Du meinst, wir sollen Lionel hier liegen lassen und ihm damit die Möglichkeit geben, mich wieder einmal aufzusuchen?

Immerhin wohnt er im Internat. Sicher nicht!« Ich musste Dad einfach um Hilfe bitten. Ich hatte keine andere Wahl. Hektisch begann ich mein Handy zu suchen. Es war nirgends zu finden. Es musste auf dem Weg hierher verloren gegangen sein. »Kannst du mir kurz dein Handy borgen?«

Es dauerte einige Sekunden, bis Dad ans Telefon ging. »Hi, Dad ... sorry, dass ich dich aufgeweckt habe ... ja, es ist etwas passiert ... nein, nein, keine Sorge, mit mir ist alles in Ordnung ... ja, Tristan steht neben mir ... könntest du bitte trotzdem so schnell wie möglich herkommen? Wir schicken dir die Koordinaten per SMS.«

Nach einer Minute stand Dad neben uns. Im Pyjama. Unsere Kurzfassung über die letzten Ereignisse ließen Dads Augen größer und größer werden. Er sagte nicht viel, nickte umso mehr. Dabei wanderte sein Blick unablässig zu Lionel, der noch immer bewegungslos auf dem Boden lag. Langsam beschlich mich das ungute Gefühl, Tristan könnte ihm zu viel vom Silicium verabreicht haben. Nachdem wir mit unseren Schilderungen fertig waren, dachte Dad erstmal nach. Dann fiel mir plötzlich Ms Bacon ein.

»Ms Beacon hat letztens Anspielungen gemacht. Sie kannte den Namen Loki und wusste einiges über ihn. Vielleicht kann sie uns ja weiterhelfen. Was meinst du dazu, Dad?«

»Die alte Ms Beacon? Es wäre zumindest nicht das erste Mal, dass mir diese alte Dame weiterhilft. Lasst uns keine Zeit verlieren!« Er machte einen Schritt auf Lionel zu und rief dabei Tristan über die Schulter zu sich. »Tristan, hilf mir mal, diesen Herrn hier hochzuheben.« Für einen Augenblick hatte es den Anschein, als ob Tristan es nicht schaffen würde, Lionel zu bewegen, ohne ihm erneut eine reinzuhauen. Doch dann packte er ihn schließlich an einem Arm.

»Tristan, wir zwei bringen Lionel jetzt zu Ms Beacon. Es ist

zwar unhöflich, einfach so mit Schurken wie ihm aufzukreuzen, aber das ist Ms Beacon ohnehin gewohnt.«
»Aber, Herr Mattis, ich habe ihm Silicium verabreicht. Wir können ihn unmöglich bis nach New York tragen!«
»Wer sagt denn, dass wir ihn länger als ein paar Sekunden tragen werden? Denk nur daran, wie du dein Surfbrett von einem Strand zum nächsten bringst.« So musste Dad wohl normalerweise dreinschauen, wenn er vor seinen Schülern stand und sie belehrte.
»Ich soll jetzt ernsthaft daran denken, wie ich mein Surfbrett von einem Strand zum nächsten bringe?« Dann ging ihm ein Licht auf und mir auch.
Ich setzte zu einer Frage an, aber Dad unterbrach mich, bevor ich nur einen Ton herausgebracht hatte.
»Ach, Emma, es gibt so vieles, das du noch nicht weißt. Dir alles zu erklären würde Tage benötigen und dafür ist jetzt definitiv keine Zeit.«
So vieles, was ich nicht wusste?
»Du springst jetzt jedenfalls nach Hause, denn deine Mom stirbt mit Sicherheit bereits tausend Tode.«
»Ich muss nach Hause springen? Warum kann ich nicht mit euch kommen? Immerhin war Ms Beacon meine Idee!«
Dads Blick ließ keine weiteren Fragen zu und war Antwort genug.
»Ich melde mich morgen Früh bei dir«, versuchte Tristan mich zu beruhigen. Dann fiel ihm ein, dass ich mein Handy verloren hatte.
»Du kannst Emma auf meinem Handy anrufen«, warf Dad ein und drückte es mir in die Hand, »aber jetzt sollten wir los, Tristan. Und wir zwei sehen uns zu Hause.«
Dann waren sie weg und ich war es nur kurze Zeit später ebenfalls. Nichts hielt mich an diesem schrecklichen Ort.

Mom nahm mich kommentarlos in ihre Arme.
In meinem Kopf begann sich alles zu wiederholen. Es war, als würde ich die Szenen der letzten Stunden nochmals durchleben, was meine Tränen zum Laufen brachte. Zuerst kamen die Worte zögerlich, doch dann sprudelten sie nur so aus mir heraus. Ich fühlte mich furchtbar, aber Mom schien in jeder Sekunde meines Elends zu wissen, was zu sagen und was zu tun war. Sie bot mir an in ihrem Bett zu schlafen und das erste Mal seit Jahren wollte ich nichts mehr als das. Ich fühlte mich erschöpft und fand zu meiner Verwunderung erstaunlich schnell Schlaf.
Als ich meine Augen wieder öffnete, war es bereits hell und ich war allein. Die Wecker, die an beiden Bettseiten platziert waren, leuchteten mir ihre Uhrzeit entgegen, verkündeten in ihrer roten Leuchtschrift, dass Mom und Dad bereits mit meinen Geschwistern beim Frühstück saßen. Ich schob die weiche Decke von mir. Mein Sommerkleid war wie durch Zauberhand durch ein Herren-T-Shirt in Größe Large ausgetauscht worden. Einen Moment lang saß ich einfach nur da, hörte in die Stille hinein, fand sie beruhigend. Dann vernahm ich das vertraute Knacken der mahlenden Kaffeemaschine, in das sich leises Stimmengewirr mischte.
Ich lief barfuß die Treppen hinab und erblickte Tristan, der bereits an unserem Tisch saß und frühstückte.
»Überraschung! Deine Eltern haben mich angerufen und mich zum Frühstück eingeladen. Bin wieder mal vor dir bei Tisch.«
Ich stürzte mich in seine Arme und spürte, dass der Schrecken der gestrigen Nacht auch tief in ihm saß. Was wohl noch alles passiert war? Wie hatte Ms Beacon reagiert und was war mit Lionel geschehen? Mein Blick war fragend, doch Tristan winkte ab.
Er lächelte und flüsterte: »Später.«

Mit einem Mal begriff ich, dass er nicht nur meinetwegen, sondern auch seinetwegen gekommen war. Denn seine Familie schien sich nicht sonderlich für sein Leben zu interessieren und hatte von alldem hier keinen Schimmer. Ich drückte mich fest an ihn und sog dabei seinen unverkennbaren Duft ein. Ich würde ihn nie wieder loslassen. Komme, was wolle.

Unser gemeinsames Frühstück ging in einen Brunch über und war auch dann noch nicht zu Ende, als sich Mom bereits ihren Nachmittagskaffee einschenkte. Olivia und Jacob waren schon lange davor aufgesprungen und tränkten mittlerweile unseren Rasen mit Massen an Gießkannenwasser.

Auch Dad goss sich Kaffee nach, jedoch wurde seine Miene plötzlich ernst. »Ich hatte deine Mom damals gewarnt, sich mit mir einzulassen.« Dabei sah er mich eindringlich an. »Wie du siehst, hat sie sich nicht davon abbringen lassen.« Er lächelte Mom liebevoll zu, bevor er sich wieder mir zuwandte. »Mit deiner Geburt, Emma, habe ich aufgehört zu springen. Das hatte ich deiner Mutter so versprochen. Es fiel mir nicht leicht, aber auch nicht sonderlich schwer, denn alles, was ich wollte, war, mit euch beiden zusammen zu sein. Dieser Wunsch überwog alles andere und keine Stadt, kein Land und kein Fleckchen Erde waren mir wichtiger als die wertvolle Zeit mit euch beiden.«

Dad nahm einen Schluck seines Kaffees.

»Doch die Ereignisse der letzten Wochen und vor allem die der letzten Nacht haben mich wachgerüttelt, Emma.« Seine Worte hingen plötzlich wie düstere Wolken in der Luft. »Ich habe lange darüber nachgedacht und mich auch mit deiner Mutter darüber unterhalten.«

»Worüber habt ihr euch unterhalten, Dad?«

»Wir haben beschlossen, dass es an der Zeit ist, den Tatsachen ins Auge zu sehen.«

»Welchen Tatsachen?« Dabei fiel mein Blick auf Tristan. Ob er Bescheid wusste? Er schien meine Gedanken erraten zu haben, denn er schüttelte leicht den Kopf. Dad hatte nicht weitergesprochen. Die Atmosphäre begann mich nervös zu machen.

»Mir geht es gut!« Hektisch blickte ich zwischen meinen Eltern hin und her. »Wirklich, ihr müsst nichts unternehmen. Echt nicht!«

Dads Miene blieb unverändert ernst. »Das hat gestern Nacht aber anders ausgesehen, Emma. Nicht auszudenken, was alles passieren hätte können.«

Mom ließ ihre Hand über den Tisch wandern und nahm meine Hand in ihre.

»Emma-Schätzchen, was ich in all den Jahren vor deiner Geburt mitbekommen habe, ist, dass es immer wieder jemanden wie diesen Lionel geben wird. So viele Springer haben deinen Dad damals besucht, ihn angerufen oder sonstwie kontaktiert, um ihn um Hilfe zu bitten. Und auch er war immer wieder auf Hilfe anderer angewiesen.« Sie drückte meine Hand. »Das nächste Mal, Emma, hast du vielleicht nicht mehr so viel Glück und das könnten wir uns nie verzeihen!« Dann stiegen ihr Tränen in die Augen und dieses Mal war ich es, die ihre Hand sanft drückte.

»Ach Mom, mir ist ja nichts passiert! Aber bitte, bitte verbietet mir nicht zu springen.«

Verzweifelt blickte ich zu Tristan, in dessen Augen ich Unsicherheit erkennen konnte. Keiner sprach, kein Wort fiel. Das Schweigen wurde unerträglich, bis Dads tiefe Stimme plötzlich diese Stille durchschnitt.

»Keiner verbietet hier irgendetwas. Aber du verstehst sicherlich, dass wir uns Sorgen machen. Du musst lernen, mit deiner Gabe richtig umzugehen und dich vor anderen schützen zu können. Deswegen haben wir beschlossen, dich auf eine

Schule für Springer zu schicken. Zu deiner eigenen Sicherheit, Emma.«

Wäm! Diese Worte trafen mich mitten in die Magengrube und raubten mir für einen Bruchteil der Sekunde die Luft zum Atmen. Meine Eltern wollten mich fortschicken? Mich weggeben und in eine Springerschule stecken? Was sollte das überhaupt für eine Schule sein? Langsam kehrte die Luft in meine Lungen zurück und ließ mich aufspringen. »Ich werde nirgendwo hingehen!« Meine Stimme klang fremd. »Das kannst du echt nicht bringen, Dad! Nicht jetzt, wo ich mich hier eingelebt habe. Das hättet ihr euch schon vorher überlegen müssen!« Mein Mund fühlte sich trocken an. Meine Augen brannten.

Dann meldete sich Mom zu Wort. Meine Mom, die gestern Nacht so verständnisvoll war und auf meiner Seite gestanden hatte. Heute wollte sie mich fortschicken. »Emma-Schätzchen, jetzt beruhig dich erst mal. Lass uns versuchen, in Ruhe miteinander zu reden!«

In Ruhe miteinander reden? Wie konnte sie das in einem Augenblick, in dem sie mich loswerden wollten, nur von mir verlangen? »Und was ist mit Jacob und Olivia? Werdet ihr sie ebenfalls wegschicken, wenn es so weit ist?«

Mom wollte etwas erwidern, aber ich ließ sie nicht zu Wort kommen.

»Ich werde nicht weggehen, damit ihr das wisst! Es ist mir egal, wie sehr ihr euch beide das alles ausgemalt habt! Ich bleibe hier und ich bleibe bei Tristan.«

Dieser erhob sich ebenfalls, wortlos. Er wollte mir signalisieren, dass er zu mir stand. Dass er mich nicht im Stich lassen würde.

»Emma, setz dich bitte wieder hin.« Dad deutete auf den leeren Stuhl, auf dem ich eben noch gesessen hatte. »Bitte, Emma. Lass uns zumindest alle Möglichkeiten durchgehen.«

Ungläubig starrte ich auf den leeren Stuhl, als mich plötzlich das unerwartete Läuten der Türglocke zum Zusammenzucken brachte. Ich ließ Tristans Hand los, die mir einen Hauch von Sicherheit gegeben hatte, und eilte zur Tür. Ich hatte erst gar nicht versucht meine Wut in der Küche zu lassen, als ich die Tür mit solch einer Wucht aufriss, dass der Postbote einen Schritt zurückwich.

»Ja, bitte?« Ich herrschte ihn an.

»Wohnt hier eine Frau Emma Mattis?« Dabei fiel sein Blick auf das A4-Kuvert, das er in seiner Linken hielt. Das Papier kam mir vage bekannt vor.

»Ja. Das bin ich.«

Er legte mir eine Art übergroßes Handy in die Hand und bat mich mit dem daran befestigten Stift darauf zu unterzeichnen. Dann drückte er mir den Umschlag in die Hand und machte sich mit einem kurzen »Einen schönen Tag noch!« aus dem Staub.

Jetzt stand ich allein da mit einem Knoten in meinem Bauch und einem Kuvert in meiner Hand.

Dass Tristan hinter mich getreten war, bemerkte ich erst, als mir das geöffnete Kuvert mit dem Brief und den vielen Fotos aus der Hand geglitten und zu Boden gesegelt war. Die Fotos ergossen sich über die Steinfliesen, hinter einen Blumentopf, bis zu den Sträuchern.

Ich machte keine Anstalten, auch nur eines davon aufzuheben. Stattdessen stand ich nur wie versteinert da und blickte ins Leere. Tristan machte sich meiner statt daran, ein Foto nach dem anderen aufzuheben. Er ließ sich dabei Zeit, betrachtete jedes einzelne. Allesamt zeigten mich und mein Leben in Österreich. Und zwischen einer lachenden, einer plaudernden und einer sitzenden Emma stachen Bilder hervor, die mich schlafend zeigten.

Tristan steckte alle Fotos ins Kuvert zurück. Anschließend hob er den Brief auf.

Darauf war die Zeichnung eines Jungenkopfs zu erkennen, der ein Mädchen küsste. Umrandet wurde das Pärchen von einem mit Ornamenten verziertem Herz. Das Mädchen trug einen Pferdeschwanz, der schwungvoll aus dem Herzbogen schwang. Darunter stand in runder Schrift:

Es ist noch nicht vorbei!